तो जनार्दन बाबू...

तो जनार्दन बाबू...

गोविन्द मिश्र

वाणी प्रकाशन

प्रकाशन के उत्कृष्टतम 62 वर्ष

सजिल्द पहला संस्करण : 2025

vaniprakashan.com

वाणी प्रकाशन

4695, 21-ए, दरियागंज, नयी दिल्ली-110 002

फ़ोन : + 91 11 23273167, 23275710

शाखाएँ

अशोक राजपथ, पटना-800 004, बिहार

कॉफ़ी हाउस कैम्पस, महात्मा गांधी मार्ग, प्रयागराज-211 001, उत्तर प्रदेश

महात्मा गांधी अन्तरराष्ट्रीय हिन्दी विश्वविद्यालय, वर्धा-442 001, महाराष्ट्र

sales@vaniprakashan.in

vaniprakashan@gmail.com

To Janardan Babu...

by Govind Mishra

ISBN : 978-93-6944-327-7

Novel

मूल्य : ₹ 450

सिटी प्रेस, दिल्ली-110 095 में मुद्रित

वाणी प्रकाशन का लोगो मक़बूल फ़िदा हुसैन की कूची से

1

हालिया चुनाव में जिस सीट से जनार्दन बाबू पाँच बार लगातार भारी बहुमत से जीता किये, वहाँ का टिकिट उन्हें तो नहीं ही दिया गया, बिना उनसे पूछे ही किसी को दे दिया। यह नहीं कि उनका पाला-पोसा चुनाव-क्षेत्र है तो कम से कम जनार्दन बाबू की राय से उनकी पसन्द के किसी व्यक्ति को दिया जाता। उसे जनार्दन बाबू का संरक्षण मिलता जिसका फायदा आगे चलकर पार्टी को ही जाता। जल्दी ही यह भी जाहिर हो गया कि जैसे वहाँ से, वैसे ही कहीं और जगह से ज5नार्दन बाबू को चुनाव लड़ने का मौका नहीं दिया जाना। एक चीज़ जो खुली जुबान से नहीं कही जाती, लेकिन जिसे जनार्दन बाबू बखूबी समझते हैं, जिसे उनके विरोधी क्या, अब सभी फुसफुसाहट में वक्त-बेवक्त आगे सरका देते होंगे— वह है अपने पूरे राजनैतिक जीवन में जो एक बार जनार्दन बाबू अपनी सीनियर्टी व पार्टी में प्रतिष्ठा देखते हुए प्रधानमंत्री पद के लिए अपने नाम को आगे बढ़ा बैठे थे। हाईकमाण्ड की कोटरी को इसमें बगावत की बू नज़र आयी, जो उन्होंने हाईकमाण्ड को सुँघा दी... ये भी खबर उड़ा दी कि जनार्दन बाबू उसके लिए दूसरे दलों की मदद टटोल रहे हैं। जनार्दन बाबू राजनीति में थे तो उनकी यह महत्त्वाकांक्षा क्यों नहीं हो सकती थी ? जिसने अपना सारा जीवन राजनीति में लगाया, वह उसे अपने कैरियर के रूप में भी क्यों नहीं देख सकता था ?

उस दौड़ में जनार्दन बाबू कामयाब नहीं हुए... महत्त्वाकांक्षा भी क्यों पाली— इसका खामियाजा उन्हें भुगतना पड़ा, चार-पाँच वर्षों तक वे करीब-करीब खाली बिठा दिये गये। उनकी योग्यता, निष्ठा, ईमानदारी, तीक्ष्णबुद्धि... इन सबका ही कमाल था कि उस दर्म्यान भी जब-जब उनकी पार्टी की सरकार किसी गहरे संकट में आई, जनार्दन बाबू को ही संकट-मोचन की तरह आगे बढ़ाया गया और यह भी कि हर बार ही वे सरकार को उस संकट से उबार लाये। एक जन-आन्दोलन ने पूरे देश को हिला कर रख दिया था, सरकार को झटके लगने शुरू हो गये थे,

उनकी पार्टी सत्ता में थी, किसी मंत्री की हिम्मत जन-सैलाब के सामने जाने की नहीं होती थी। एक जनार्दन बाबू ही थे जो आन्दोलनकारियों से समझौते के लिए आन्दोलन वाली जगह पर ही उनके साथ चार-चार बार बैठे, संसद में और बाहर विरोधी पार्टियों के आक्रमण का सामना किया। जनार्दन बाबू की साफ-सुथरी छवि की वजह से उनकी बातों का प्रभाव भी पड़ता था। आन्दोलन सिमट गया, स्थिति सँभल गयी। उसके बाद ज़रूर पार्टी में उनकी स्थिति पहले जैसी हो गयी, राष्ट्रपति, उपराष्ट्रपति, प्रधानमंत्री को छोड़कर करीब-करीब सब बड़े मंत्री-पद उन्हें मिले, एक के बाद एक... लेकिन जनार्दन बाबू में यह एहसास बराबर बनाये रखा गया कि पार्टी की किताब से वह अध्याय जिसे लोग उनकी बगावत की कोशिश मानते हैं, हटाया नहीं गया है। मौके-बेमौके उनके विरोधी उस बात को उठाने से कभी नहीं चूके। अब पार्टी के नये नेताओं ने 75 वर्ष से ऊपर की उम्र का बहाना लेकर जो उन्हें रिटायरमैंट थमाया है, इसका उस बात से सीधा ताल्लुक भले न दिखता हो, क्योंकि यह कुछ दूसरे नेताओं के साथ भी किया गया है... लेकिन वे नेता जनार्दन बाबू से बहुत नीचे के पायदान वाले हैं... तो यह बिल्कुल हो सकता है कि उन लोगों के आगे यह फार्मूला पार्टी की नई नीति जैसा जताने की खातिर रखा गया हो। असली मक्सद जनार्दन बाबू से छुट्टी पाना ही था।

वे कहते हैं— जनार्दन बाबू आपकी पारी खत्म हुई, अब आप घर बैठिये। आपने देश के लिए बहुत किया— पार्टी और सरकार दोनों के महत्त्वपूर्ण पदों पर रहे। हमारे देश में प्रजातंत्र है, माने सबको समान अवसर मिलना चाहिए। पार्टी में दूसरे नेता/कार्यकर्त्ता भी हैं। देश में नयी पीढ़ी आ चुकी, तो हमारी पार्टी में भी नयी पीढ़ी के लोगों को देश की सेवा का अवसर मिलना चाहिए। उनकी जनता की नयी पीढ़ी के साथ तालमेल ठीक बैठेगी, 'जनरेशन गैप' नहीं होगा। आप लोग अब पुराने हुए, सठया जाने वाली उम्र के भी पार पहुँच गये, त्वरित निर्णय नहीं ले पायेंगे... जो लेंगे उन पर जनता को उसकी आज की पीढ़ी को भरोसा नहीं जमेगा। आपका सोच देशहित का नहीं होगा, क्योंकि आप लोग आज की वास्तविकता से परिचित नहीं। हम ही उसे समझते हैं, इसलिए हमी देशहित का सोच और कर सकते हैं।

वे यह सब आमने-सामने, इन्हीं शब्दों में नहीं कहते, परन्तु कितने तरीकों से, इधर-उधर यह हवा फैलाते हुए जाहिर कर देते हैं। हर महत्त्वपूर्ण मौके पर अख़बार वालों को साथ लाकर आपके चरण छुएँगे, देश-समाज को बार-बार सन्देश भेजेंगे कि जनार्दन बाबू जैसे लोग उनके श्रद्धेय हैं, मार्गदर्शक हैं। इस तरह

वे अपनी ही ख्याति बढ़ाते हैं... देखो देश की परम्परा का कितना ख्याल है हमें, हम वृद्धों को पूजते हैं, लेकिन उनका आशय यही होता है कि अब आप लोग मूर्तियाँ बन मन्दिर में पधर जाओ, देश हमें हमारे हिसाब से चलाने दो। काम कराने, अपने स्वार्थ साधने के लिए हमें अपने से हीनतर लोग चाहिए जो हमारी बात बिना हीला-हवाला किये मान लें, चूँ-चपड़ न करें। अगर आप जैसे लोग किसी ऊँचे पद पर बिठा दिये गये या साथ ही लिये गये तो हर चीज़ में दस मीनमेख निकालेंगे... काम अटक-अटक जायेंगे।

अब आप घोषित/अघोषित मार्गदर्शक बन एक किनारे फिके पड़े हैं। वे एक बार भी आपकी राय लेने, कुछ पूछने नहीं आयेंगे... आप रास्ता देखते रहिये। उधर वे अपनी धुन में जो कुछ भी करते चले जायेंगे। आपकी निगाह अगर अपने या अपने किसी चेले के लिए किसी पद-वद पर है और इसकी भनक उन्हें पड़ गयी तो वे उस पर बड़े शातिर ढंग से पहले ही अपना कोई बन्दा बिठा देंगे, भले ही वह उस पद के लायक ज़रा भी न हो...

पहले जब-जब खाली बैठने का समय आया तो जनार्दन बाबू ने उसे कई तरह से भर लिया था, क्योंकि उन्हें यह विश्वास था कि खाली समय बहुत लम्बा नहीं खिंचने वाला, कुछ दिनों बाद वे फिर किसी-न-किसी महत्त्वपूर्ण पद पर होंगे और उनकी दिनचर्या पहले जैसी व्यस्त-व्यस्त हो जायेगी। यह एहसास बाहर जनता में भी था, इसलिए लोग बराबर उनके पास आते रहते थे। वे सांसद तो थे ही, तो सरकारी घर में ही उनका मंत्री जैसा कार्यालय बन जाता। वहाँ उनके व्यक्तिगत स्टाफ के पुराने सहायक/कार्यकर्त्ता पहले की तरह ही काम करते, मिलने वालों को पहले की तरह समय दिया जाता, जनार्दन बाबू निश्चित समय पर अपने बाहरी कमरे में बैठते, मुलाकातियों को जो समय दिया गया, उसी के अनुसार लोगों को एक-एक कर उनके कमरे में भेजा जाता। वे जिस काम के लिए आते, जनार्दन बाबू अपने पी.ए. को वह नोट करवाते और अपने सम्पर्कों और प्रभाव से लोगों के जायज काम करवा भी देते। इस तरह वह समय जल्दी निकल जाता, लेकिन अब ऐसा लगता है, लगता क्या है ही कि जनार्दन बाबू की किसी पद पर वापसी नहीं होगी। उन्हें सांसद भी नहीं बनने दिया गया। पार्टी की मौजूदा शक्तियाँ अब उन्हें स्थायी वनवास में ही रखेंगी।

जनार्दन बाबू को संतोष है कि उन्होंने राजनीति में होते हुए भी खुद को राजनीति के कीचड़ से दूर रखा। उनकी प्रतिष्ठा और छवि एक ईमानदार, निष्ठावान, पार्टी की विचारधारा को समर्पित राजनेता होने के साथ-साथ व्यक्तिगत स्तर पर

बौद्धिक होने की भी है, आज के नेता जो लगभग-लगभग अशिक्षित होते हैं... उनसे बहुत ऊपर की। विभिन्न विषयों पर उनके लेख समय-समय पर अख़बारों में प्रकाशित होते रहते हैं। लेखकों, विचारकों के बीच वे सम्मान पाते रहे, बुद्धिजीवी उनसे सम्मानित होकर गौरवान्वित महसूस करते रहे... लेकिन जनार्दन बाबू को दिखता है जो उनके इस यश का हश्र होगा— वही जो उनके जैसे दूसरे नेताओं का हुआ है, जो उनके पहले गये... कि पद छोड़ते ही उन्हें बुद्धिजीवियों ने भी जल्दी भुला दिया। स्वतंत्रता संग्राम के नेता जो आज भी चर्चा में हैं, उनकी बात और थी। निश्चित ही वे बड़े कद के नेता थे, उनका व्यक्तित्व बड़ा था, उनकी शिक्षा व तैयारी बड़ी थी और उनका संघर्ष भी लम्बा था इसलिए वे लम्बे समय तक याद किये जाते हैं। उस समय के अधिकांश नेता लेखक भी थे। अंग्रेज़ उन्हें जेल में डाल देते तो वहाँ वे अपना समय लिखने से भर लेते थे। उनकी किताबें आज भी आदर के साथ पढ़ी जाती हैं, बौद्धिकों के बीच उनकी चर्चा होती है। आज के नेता यह नहीं समझते कि राजनीति सिर्फ़ अवसरवादिता नहीं है। जो भी कदम उठाया जाये उसके पीछे कोई विचार, दर्शन होना चाहिए। कुछ समय पहले ज़रूर ऐसी इक्का-दुक्का मिसालें सामने आयी थीं। एक नेता ने रथयात्रा की शुरूआत की थी तो जहाँ से जहाँ तक जाना था, उसके पीछे उनका जो भी विचार था... उसे रथयात्रा ध्वनित करती थी। (आज रथयात्रा को चुनाव के वक्त प्रचार, हाथ हिलाते चले जाने के फूहड़ 'रोड-शो' में परिवर्तित कर लिया गया है।) एक नेता ने दक्षिण से उत्तर तक जगह-जगह रुकते हुए पदयात्रा की थी तो उसके पीछे आशय था कि जहाँ-जहाँ भी वे रुकते/ठहरते वहाँ के लोगों, उनकी समस्याओं से परिचित होते थे। महात्मा गाँधी ने अफ्रीका से लौटकर भारत को पहले यात्रा करके ही पहचाना था, नेहरू की किताब 'डिस्कवरी ऑफ़ इण्डिया' है ही।

स्वतंत्रता के बाद नेताओं के व्यक्तित्व, उनकी शिक्षा, उनके चिन्तन का स्तर, ये सब गिरते चले गये और मौजूदा समय तक पहुँचते-पहुँचते न केवल हम स्वतंत्रता संग्रामी नेताओं के आगे बौने हैं, हम में लालच, भ्रष्टाचार, स्वार्थपरकता जैसी चीज़ें भी बढ़ती चली गयी हैं। उनकी विद्वता, देशप्रेम और ईमानदारी जैसे गुणों की वजह से स्वतंत्रता संग्राम के नेताओं को लोग पूजते थे, आदर देते थे... उन्हें किसी तरह की अपनी सुरक्षा की ज़रूरत नहीं पड़ती थी। आज तो एक मुख्यमंत्री को अपना दफ़्तर तक बुलेटप्रूफ बनवाना पड़ा है। आज हम नेताओं के लिए जनता के मन में करीब-करीब नफरत है। हमें अपनी सभाओं में भीड़ इकट्ठा कराना पड़ती है। जो अपनी बड़े नेता वाली छवि बनाना/दिखाना चाहते हैं, वे अपनी सभाओं में श्रोताओं

के बीच अपने चमचे या 'पेड' बन्दे बैठाते हैं, जो बीच-बीच में, मौके-बेमौके उनकी जय-जयकार करते हैं। इस तरह की चापलूसी संसद में भी दिखाई देने लगी है। ऐसे में जनार्दन बाबू को कभी-कभी यह भी लगता है कि अगर पार्टी ने उन्हें दरकिनार कर दिया तो इसमें उनकी मुक्ति ही है। काजल की कोठरी से बगैर दागी हुए निकल आना ही आज बड़ी प्राप्ति है।

तो अब आगे जनार्दन बाबू क्या करेंगे?

भीष्म पितामह ने शरशैया पर कितने दिनों पड़ने रहने के बाद भी, धर्म-अधर्म... राजधर्म, मूल्य-अमूल्य जाने किस-किस चीज़ पर बातें कीं। जनार्दन बाबू तो अब भी सुख-सुविधाओं में हैं। फिलहाल सरकारी मकान में हैं, शहर में उनका अपना मकान भी है जहाँ चले जायेंगे, जब यह छोड़ना पड़ेगा। बौद्धिक होने की वजह से, पढ़ते-लिखते रहने के कारण उनकी चिन्तन-शक्ति क्षीण नहीं हुई है। शायद ईश्वर ने उन्हें अब आगे जो यह खाली समय दिया है तो जीवन सम्बन्धी बुनियादी चीज़ों को सोचने-समझने के लिए— जो मौका उन्हें राजनीति की व्यस्तता, आडम्बर, उसके घटाटोप में कभी नहीं मिला। पार्टी की विचारधारा के बाहर विचार और भी हैं, राजनीति के बाहर किये जाने वाले काम और भी हैं... उन सबके बारे में जनार्दन बाबू सोचें— जैसे कि यही कि समाज के लिए किये गये काम ज़्यादा महत्त्वपूर्ण हैं या अपने लिए किये गये। खुद को आनंदित रखने, आत्म-तुष्टि के लिए किये गये काम क्या उपेक्षणीय ही होते हैं? जीवन में महत्त्वपूर्ण क्या है— पद, पैसा, परोपकार, यश, परिवार की या समाज-सेवा, प्रेम या कुछ और... इनमें से कौन, और कहाँ तक? जनार्दन बाबू के एक परिचित तो यहाँ तक कहते थे कि आदमी को निरन्तर केवल अर्थोपार्जन में लगे रहना चाहिए— पहले कमाओ पूर्वजों के लिए, फिर अपने लिए, फिर सन्तति के लिए, फिर सन्तति की सन्तति के लिए भी... लेकिन जनार्दन बाबू सोचते हैं, क्या इन चीज़ों— पैसा, पद, प्रतिष्ठा आदि के लिए भी कोई सीमा नहीं बाँधी जाना चाहिए, जबकि प्रकृति के प्रांगण में हर चीज़ की सीमा बंधी हुई है, प्रकृति ने बाँध रखी है?

शाम को प्रमोद पार्टी के दस-पन्द्रह लोग लेकर आया, सबको मीटिंग रूम— जहाँ पहले पार्टी कार्यकर्ताओं या मंत्रालय के अधिकारियों के साथ बैठकें होती थीं— वहाँ बिठाकर जनार्दन बाबू को अन्दर खबर भिजवा दी कि पार्टी के कुछ लोग उनसे मिलना चाहते हैं।

बौद्धिक मिज़ाज का होने की वजह से जनार्दन बाबू का पार्टी के कार्यकर्ताओं से वैसा मेल-जोल नहीं रहा, जो एक सामान्य नेता का होता है... भीड़-भाड़ वाला, लेकिन उनकी ईमानदारी और बौद्धिकता के लिए सब उन्हें श्रद्धा और आदर से देखते हैं। प्रमोद थोड़ा उनका मुँहलगा हो गया था तो इसलिए कि वह पढ़ा-लिखा था, समकालीन विषयों की समझ रखता था, साधारण पार्टीवालों की तरह कट्टर नहीं, खुले दिमाग़ का था। जनार्दन बाबू उससे अक्सर पार्टी और देश के मसलों पर खुली चर्चा कर लेते थे।

प्रमोद में उनकी दिलचस्पी एकाएक शुरू हुई थी, जब उसने बताया था कि वह अविवाहित है और आजीवन रहेगा। आलवाल क्यों फैलाया जाये, अपने लिए यह सुविधा क्यों न रखी जाय कि जीवन में आप जो चाहते हैं वह कर सकें, जैसे चाहें वैसे जी सकें। जनार्दन बाबू को आज तक सही-सही यह नहीं पता कि प्रमोद करता क्या है। उनकी पार्टी का सदस्य वह नहीं है, लेकिन पार्टी के सक्रिय सदस्यों के बीच उसका उठना-बैठना खूब है, कई से नजदीकियाँ हैं। उसकी गर्दन थोड़ा दायीं तरफ़ झुकी हुई है... जनार्दन बाबू की पार्टी की विचारधारा की कई बातों में उसकी आस्था है— यह उसकी बातों से जाहिर हो जाता है। किसी दूसरी पार्टी का सदस्य भी वह नहीं है, लेकिन मिलना-जुलना सबसे है। खुद को किसी मीडिया कम्पनी का डायरेक्टर बताता है, विजिटिंग कार्ड जो पहली बार जनार्दन बाबू से मिलने पर दिया था, उसमें कम्पनी का नाम था— जो कभी कहीं सुना हुआ नहीं था, न ही ऐसा कि याद रह जाये। जनार्दन बाबू की सादगी, ईमानदारी, निष्ठा की तारीफ़ वह आज तक हर बार उनसे मिलने पर इस या उस बात की लपेट के साथ इस तरह कर जाता है कि वह चापलूसी न लगे। यह भी हर बार किसी-न-किसी तरह जाहिर कर देता है कि इस दर्म्यान फलाँ महत्त्वपूर्ण शख्सियत से उसने जनार्दन बाबू की इन चीज़ों की तारीफ़ की, बताया कि जनार्दन बाबू जैसे लोग आज दुर्लभ हैं। उनका भक्त टाइप हो गया है।

लोग ज़्यादा थे तो मिलने के लिए जनार्दन बाबू को मीटिंग रूम में ही जाना पड़ा, जबकि वे बाहर के अपने कमरे में ही लोगों से मिलते थे। मीटिंग रूम में अध्यक्ष वाली कुर्सी पर बैठ गये... जहाँ पहले बैठते थे। सब प्रमोद की तरफ़ देख रहे थे कि वह शुरू करे... तो प्रमोद ने लोगों को उकसा दिया- "कहिये, कहिये... आप लोग जो कहना चाहते हैं... खुलकर कहिये। हमारे जनार्दन बाबू खुली बातचीत पसन्द करते हैं।"

आगन्तुकों में से एक खड़ा हुआ... प्रमोद ने उसे बैठे-बैठे ही अपनी बात रखने को कहा तो वह बैठकर बोलने लगा—

''जनार्दन बाबू!, आप हमारे वरिष्ठ नेता हैं। सब आपका बहुत सम्मान करते हैं। आपने देश और पार्टी के लिए इतना किया, अपना पूरा जीवन लगा दिया। पार्टी ने आपको टिकट न देकर आपके साथ अच्छा नहीं किया। इस बात को लेकर पार्टी के कार्यकर्ताओं में रोष है। हम सब आपके साथ हैं।''

सुनकर जनार्दन बाबू को अच्छा लगा... लेकिन वे दबा गये, वही कहा जो ऐसे में कोई मंजा हुआ नेता कहता है—

''चुनाव में किसको खड़ा करना है... और वह भी कहाँ से— यह पार्टी हाईकमाण्ड तय करता है।''

''आप नौबतगंज से लगातार जीतते चले आये हैं। आपका टिकट नहीं कटना था।''

''हम लोग उम्रदराज हो गये भाई! पार्टी का सोचना है कि पचहत्तर वर्ष से ऊपर के लोगों को रिटायर हो जाना चाहिए।''

''दूसरी पार्टियों में तो करीब-करीब सभी बड़े नेता इस उम्र के हैं।'' कोई दूसरा था।

''उन पार्टियों की बात वे जाने। हमारी पार्टी का यह फैसला था।''

''कब... किसने किया यह फैसला... किस बैठक में... किस अधिवेशन में यह मुद्दा रखा गया... कब हुआ यह फैसला। चार-पाँच लोगों ने अगर बन्द कमरे में बैठकर कोई फैसला कर लिया तो वह पार्टी का फैसला हो गया?...'' कोई तीसरा था, उसका स्वर आक्रोश भरा था। जनार्दन बाबू ने जाहिर तो नहीं किया, लेकिन भीतर-भीतर वे खिल उठे... कि जो काँटा उन्हें गड़ता है, उसकी तकलीफ़ बाहर भी महसूस की जा रही है। बात सच थी। सचमुच यह बड़ा मुद्दा था। इस पर खुले में बहस होना चाहिए थी। पार्टी के खुले अधिवेशन में यह तय किया जाना चाहिए था... और वह भी चुनाव के पहले।

''कम से कम आपके साथ तो यह नहीं करना था... जिसने नौबतगंज से पाँच बार लगातार चुनाव जीता।'' चौथा था।

''लगातार जीतने पर यह तो नहीं कहा जा सकता कि नौबतगंज मेरी जागीर हो गई। अब भी वहाँ से पार्टी का ही व्यक्ति जीता है। पार्टी व्यक्ति से बड़ी होती है।'' जनार्दन बाबू ने पार्टी का नज़रिया आगे कर दिया।

''और जिन्होंने अपनी सारी ज़िन्दगी पार्टी के लिए खपा दी... वे कुछ नहीं?''

जनार्दन बाबू कुछ कहते इससे पहले वही व्यक्ति आगे आ गया जिसने चर्चा शुरू की थी—

''जनार्दन बाबू अन्याय तो हुआ है। आप नयी पार्टी बनाइये। आप भर नहीं, कितनों के साथ पार्टी ने अच्छा सुलूक नहीं किया है। सब आपके साथ आ जायेंगे।''

''क्या वे सब जिन्हें टिकट नहीं मिला... ?'' जनार्दन बाबू ने मुस्कुराकर कहा।

''नहीं कितने दूसरे मुद्दे हैं जिन्हें लेकर पार्टी में आक्रोश है। मौजूदा नेताओं की कार्यशैली... पार्टी को चापलूसों की एक कोटरी चला रही है। पार्टी के अन्दर प्रजातंत्र कहाँ है।''

''तो इस मुद्दे को सबके सामने, उचित फोरम में उठाइये।'' जनार्दन बाबू ने परामर्श दी।

''नयी पार्टी नहीं, तो हम अलग मोर्चा बना सकते हैं कम से कम, वर्ना ये लोग इस तरह कई एकतरफे फैसले करते चले जायेंगे''— कोई पाँचवाँ था— ''अब यही भाषा समझते हैं लोग। मोर्चा बनेगा, तभी वे आपकी तरफ़ देखेंगे। आपके जीवन भर का योगदान चुटकियों में उड़ा दिया... जैसे ही यह नेतृत्व आया। मज़ाक है!''

''पार्टी में हज़ारों हैं जिनके गले के नीचे यह बात नहीं उतर रही। नये नेतृत्व का खेल खूब समझते हैं लोग। आपको रास्ते से हटाने के लिए यह पछत्तर-अछत्तर की बात लायी गयी है।'' आगन्तुकों के नेता ने संजीदगी से कहा।

जो बात जनार्दन बाबू के भीतर कसकती है, जिसे वे दबाये-छिपाये रखते हैं... वह जगजाहिर है। जो जगजाहिर है, उसे खुलकर कहने में लोग हिचकते हैं... राजनीति के क्षेत्र में ही ऐसे मज़ाक देखने को मिलते हैं!

''हमारे प्रस्ताव पर गम्भीरता से सोचिये जनार्दन बाबू। बड़ी फौलोइंग है आपकी...''

''अनुगृहीत हूँ... आपका, उन सबका जो मुझे इतना सम्मान देते हैं...''

जनार्दन बाबू ने हाथ जोड़ दिये और उठ गये। इतने अनुभवी वे थे, जानते थे कि ऐसे फैसले न इतनी जल्दी लिये जाते हैं, न ऐसे खुले में। अपने दृष्टिकोण को अस्पष्ट रखना— राजनीति ने उन्हें यह भी सिखाया था। जल्दी इसलिए उठ गये कि कहीं गहमागहमी में उनके मुँह से कुछ निकल गया, कोई गलत संकेत दे बैठे तो फट से बात आग की तरह फैल जायेगी... कहा कुछ, फैला कुछ और दिया जायेगा। ऐसे फैसले भीड़ में नहीं, तीन-चार अन्तरंगों के बीच किये जाते हैं। प्रमोद से भी उन्होंने कभी ऐसी कोई चर्चा नहीं की। प्रमोद को वे जानते हैं। उसकी अपनी कोई महत्त्वाकांक्षा नहीं... अपनी शान वह इसी में समझता है कि फलाँ-फलाँ

मंत्रियों का करीबी है। कभी किसी काम के लिए नहीं कहेगा... शायद मंत्री के करीबी होने का फायदा उठाकर वह अफसरों से काम करा लेता हो। वह चुनाव-उनाव के चक्कर में नहीं पड़ता... दिखाना भी नहीं चाहता कि वह किसी पार्टी विशेष से जुड़ा है, लेकिन जो पार्टी सत्ता में है उसके सदस्यों के साथ ज़्यादा उठने-बैठने से यह जाहिर हो ही जाता है। इससे उसे कोई गुरेज भी नहीं, उल्टे चाहता है कि लोग जानें कि वह सत्ताधारी पार्टी... उसके फलाँ-फलाँ मंत्रियों का करीबी है। वह जनार्दन बाबू को मंत्री ही देखना चाहता है। इसीलिए वह इतने लोगों को लेकर आ गया, यहाँ यह बात उठायी, लेकिन इस बात की हिस्सेदारी उसके साथ भी नहीं हो सकती। हाँ... जो रिटायरमैंट के दूसरे भुक्तभोगी हैं, उन्हें टटोला जा सकता है... या फिर एक-दो वे जो वयोवृद्ध हैं, राजनीति से जिन्होंने संन्यास ले लिया है, एक तरह से... उनकी सलाह ली जा सकती है... लेकिन उसके भी पहले जनार्दन बाबू को अपने अन्दर ही गहरा मंथन करना होगा। अभी उन्होंने ही अपना मन नहीं बनाया है। पहले वे तो कुछ तय करें... तब आगे का सोचा जाय...

अलग पार्टी बनायें जनार्दन बाबू? किसकी पार्टी होगी वह? असन्तुष्टों की पार्टी। कितने दिनों चलेगी? नयी पार्टी से भी जल्दी असन्तुष्ट हो वे लोग कहीं और खिसक जायेंगे। जनार्दन बाबू जीवनभर राजनीति में रहे हैं। जानते हैं— राजनीति में मूवर्स की एक अलग जमात होती है... वे लोग जो लगातार 'मूव' करते रहते हैं— इस पार्टी से उस पार्टी, उस पार्टी से उस पार्टी। इनके बल पर चलेगी नयी पार्टी?

कुछ दिनों बाद विरोधी पार्टी— जिसने वह जन आन्दोलन खड़ा किया था, जिससे सरकार का समझौता कराने, आन्दोलन की आग बुझाने के लिए जनार्दन बाबू को भेजा गया था— उसके दो नेता जनार्दन बाबू से मिलने के लिए आये...

"जनार्दन बाबू! आप जानते हैं कि हमारी लड़ाई राजनीति में स्वच्छता लाने की है। हमने देखा है कि आप हमारे विचारों के करीब हैं, आपकी छवि स्वच्छ नेता की है, मूल्यों में आपकी आस्था है, आप भी राजनीति में स्वच्छता चाहते हैं। आपकी पार्टी इस मुद्दे को हमेशा दरकिनार करेगी क्योंकि वह बराबर सत्ता में बने रहना चाहती है। आप जैसे लोगों की उन्हें ज़रूरत नहीं। आप हमारी पार्टी में आ जायें। हम आपकी वरिष्ठता का सम्मान करेंगे। हमें आप जैसी छवि वाले नेता चाहिए..."

चुप्पी साधे जनार्दन बाबू उन्हें सुनते रहे। अपनी तारीफें अच्छी लग रही थीं। भीतर की कसमसाहट बढ़ गयी थी। सही है कि अपनी पार्टी से ज़्यादा समरसता वे इन लोगों में महसूस करते हैं... लेकिन उनका तजुर्बा जानता था— किसी भी पार्टी

के लोग शुरू में तो सम्मान वगैरह की लम्बी-चौड़ी बातें करेंगे... लेकिन जैसे ही कोई अपनी पार्टी से पैर उखाड़ उनके यहाँ पहुँचा... वहाँ उस पार्टी का मात्र एक कार्यकर्ता बनकर रह गया। कहा जायेगा कि फलाँ पद आपके कद के हिसाब से छोटा है, फलाँ के लिए उनकी अपनी पार्टी के कितने लोग पहले से ही खड़े हैं... जनार्दन बाबू आप कतार में हैं !

जनार्दन बाबू मुँह चकचका कर रह गये। आक्रोश तो उन्हें है। उसकी सनसनाहट उनके भीतर लगतार बजती रहती है। उनकी पार्टी के जिन लोगों के हाथ में आज सत्ता है उनके लिए मन में दबा-दबा गुस्सा भी है। वे यह नहीं सोचते कि जैसे तुमने जनार्दन बाबू जैसे नेताओं को पुराना कहकर अपने जैसे 'नयों' के लिए रास्ता बनाया है, वैसे ही कल के दिन तुम्हें खिसकाने वाले दूसरे 'नये' भी आयेंगे। वे यह नहीं सोचेंगे क्योंकि उन्हें हर हाल में हर तरीके से आगे बढ़ना है। जनार्दन जैसे को हटाकर ही उन्होंने अपना रास्ता बनाया है। तो अब अपनी पार्टी में जनार्दन बाबू की स्थिति यही रहेगी। दूसरी किसी पार्टी में बेहतर होगी... इसमें शक है। उल्टे दलबदलू का तमगा आप पर आ चिपकेगा, बची-खुची साख जाती रहेगी। नयी पार्टी की योजना? वह पटरी से ही नहीं खिसकेगी, जनार्दन बाबू की उम्र ऐसी शुरूआत के लायक नहीं है, वे उस तरह के नेता भी नहीं रहे। चापलूस लोग अपने स्वार्थों की वजह से उकसाते हैं... जनार्दन बाबू यह जानते हैं।

जनार्दन बाबू अब यह सोचें कि उन्हें यहाँ से कहाँ जाना है। वे राजनीति में ही अपने लिए कोई रास्ता निकालें या थोड़ा गहरे जाकर वृहत्तर संदर्भ में देखें, यह सोचें कि जीवन में उनकी कोई खोज थी या वे सिर्फ़ भटकाव में झूलते रहे, जैसे कि अभी भी झूल रहे हैं। अगर कोई खोज थी तो वह क्या थी, उसे अब पकड़ा जा सकता है क्या। नहीं तो अब कोई हो सकती है? जो समय जीवन का बचा है उसमें वे राजनीति करें, समाज-देश का सोचें या अपना जीवन जियें— वह करें जो अब तक नहीं कर सके, लिखे-पढ़ें या भ्रमण ही करें... वहाँ जायें जहाँ अब तक नहीं गये।

2

जनार्दन बाबू के एक मित्र ने उनको सलाह दी— बड़ी-बड़ी बातें एक तरफ़, बुनियादी बात है कि पत्नी के देहान्त के बाद आप अकेले हो गये हैं, आपको प्यार चाहिए... 'जनार्दन बाबू! यू फाल इन लव', जिसके लिए आदमी कभी बूढ़ा नहीं होता, हो भी गया हो तो प्यार उसे जवान बना देता है।' इत्तिफ़ाक कि उस सलाह के थोड़े दिनों बाद ही एक आकर्षण ने उन्हें पकड़ लिया।

जनार्दन बाबू ने बाहर के अपने कमरे को जहाँ पहले वे मुलाकातियोंसे एक-एक करके मिलते थे... मुलाकाती कक्ष... उसे 'स्टडी' में परिवर्तित करना शुरू किया था कि अब वहाँ घर की सारी किताबें जमा लेंगे, किताबों का वितान ऊपर एक वृक्ष की तरह होगा, जिसके साये में वे अधिकांश समय बैठा करेंगे। किताबें जो इधर-उधर बिखरी हुई थीं... उन्हें इकट्ठा करवा लिया था, उनकी धूल साफ़ कर, कमरे की आलमारियों में सिलसिलेवार लगा रहे थे कि एक रोज, एक नवयुवती उनकी इस नयी स्टडी में घुसती चली आयी। वह चड्डी जैसे चिपके हुए छोटे निकर में थी। उसकी लम्बी छरहरी चिकनी जाँघें और टाँगें चुस्त छोटे निकर के नीचे उतरते चले गये थे— एकदम आनुपातिक, रोयां एक भी नहीं, साँवला रंग गोरे की तरफ़ सरकता हुआ। आँखें भी बड़ी और सुन्दर।

"ओ... वाउ... सो मैनी बुक्स... सर! माफ कीजियेगा... मैं श्रुति, सवेरे इधर जिम के लिए जाती हूँ, लौट रही थी कि बाहर आपकी नेमप्लेट पर नज़र पड़ी। आप... इतने बड़े आदमी और नेमप्लेट इतनी सादा, सिर्फ़ नाम... नीचे कोई भूतपूर्व-अभूतपूर्व, मंत्री-संत्री का ज़िक्र नहीं, गेट पर कोई सिक्योरिटी-विक्योरिटी का चक्कर नहीं... अन्दर आ गयी।"

डैशिंग... जो नयी उम्र ही हो सकती है... जनार्दन बाबू एकटक उसे देखे जा रहे थे, वह हाँफ रही थी।

"जो मैं अब नहीं हूँ, वह नेमप्लेट पर क्यों दिखाना... भूतपूर्व, अभूतपूर्व भी क्यों।

मैं अब सिर्फ़ जनार्दन हूँ, वही बाहर आगन्तुकों की मदद के लिए रखा। गार्ड वगैरह की भी क्या ज़रूरत... मेरी जान को कोई खतरा तो है नहीं।''

''कितने अच्छे ख्याल हैं। मैं अख़बारों-मैगजीन्स में जहाँ आपके लेख दिखे ज़रूर पढ़ती हूँ। सर! क्या मैं कभी आकर इन किताबों में से कोई पढ़ने को ले जा सकती हूँ... पढ़कर वापस दे जाया करूँगी।''

''ज़रूर...'' जनार्दन बाबू हतप्रभ— आधुनिक लड़की पुस्तक-प्रेमी! लेकिन उससे भी ज़्यादा सौन्दर्य जो नयी उम्र श्रुति पर खिलाये हुए थी, ऊपर से नीचे तक ताजगी... उसके व्यवहार में भी! वे श्रुति की लय में बह गये-

''तुम जब चाहे आ सकती हो, जो किताब चाहे ले जा सकती हो, यहाँ बैठकर पढ़ सकती हो... लेकिन एक शर्त है...

''मुझे मंजूर है।''

कमाल, बिना सुने ही? वाह युवावस्था!

''शर्त तो तुमने सुनी ही नहीं...''

''क्या...''

''हर किताब खत्म करने के बाद तुम मुझसे उस किताब को 'डिस्कस' करोगी, ओवर ए कप ऑफ़ कॉफ़ी। मुझे भी तो पता चले कि तुमने उस किताब से क्या लिया।''

''ओह सर!... इट वुड मी माई प्लेज़र एंड प्रिविलिज़... अभी तो आप अपनी पसन्द की ही कोई किताब दे दीजिये। मैं फिर आऊँगी... अपनी पसन्द की निकाल लिया करूँगी, वापस उसी जगह लगा जाया करूँगी। कहिये तो कभी आकर मैं किताबें लगाने में आपकी मदद करूँ!''

''वह तो मुझे ही करना है... किताब किस विषय की है, उसे कहाँ लगाना है... जिससे कि मुझे वक्त-ज़रूरत उसे निकालने में आसानी हो।''

''ठीक है, मैं तब आऊँगी जब आपकी सभी किताबें लग जायेंगी।''

जनार्दन बाबू ने उसे एक किताब दी, जिसे लेकर श्रुति खुश-खुश चली गयी।

श्रुति में जनार्दन बाबू के लिए आकर्षण नेता होने से कहीं ज़्यादा पढ़ने-लिखने वाले, बौद्धिक का था। उनकी छवि का यह पक्ष जो अब तक दबा-दबा रहा था, राजनीति की सक्रियता से हटते ही बाहर आ रहा था। बाहर का आलवाल हटा लो तो कैसे तुम्हारा असली व्यक्तित्व आगे आ जाता है। उनके मन में श्रुति के लिए ऐसा अनुराग जागा, जैसा इधर किसी के लिए नहीं हुआ था। उससे कह डाला कि वह जब चाहे, जिस वक्त... वे घर में नहीं हों तो भी आ सकती है... स्टडी में

बैठकर पढ़ सकती है, इस घर को अपना घर ही समझे...

हॉल्ट...

ए जनार्दन बाबू! ये श्रुति... इस नाम से ही थोड़ा सीखो। श्रुति... तो क्या सुनने में आता है इन दिनों, अपनी स्मृति का दरवाज़ा खटखटाओ...

...जैसे ही जनार्दन बाबू उस असम होटल के रिसैप्शन पर पहुँचे, उनका स्वागत स्थानीय परम्परा के अनुसार हुआ— होटल स्टाफ की एक लड़की काउन्टर से आयी, तिलक लगाया और असम का रंग-बिरंगा उत्तरीय उन्हें पहनाकर पतली डगाल पर एक गुलाब का फूल दिया। आई.डी. प्रूफ दिखाने के लिए जनार्दन बाबू ने उसी लड़की से निहायत बेतकुल्लफी के साथ बैग से निकालने को कह दिया। वह उजले रंग की छरहरी, सुन्दर युवती थी। जनार्दन बाबू का बैग खोलते वक्त उसे जरा भी संकोच नहीं हुआ कि बैग किसी अजनबी का है या वह कोई हीनतर काम कर रही है। उसकी वह अनौपचारिक आत्मीयता जनार्दन बाबू को छू गई और उस दिन अपने कमरे से आते-जाते जब भी मौका मिला काउन्टर पर वह अकेली हुई, वे उससे छोटी-मोटी बातचीत भी कर लेते। लड़की अपनी पढ़ाई पूरी कर रही थी, होटल में नौकरी भी कर रही थी। दिन में होटल में खटने के बाद शाम की कक्षाओं में जाती थी और पास ही लड़कियों के छात्रावास में रहती थी। उसे आगे पढ़ने की इच्छा थी। लेकिन आर्थिक तंगी के कारण नौकरी करने को भी मजबूर थी। जनार्दन बाबू में उसे ज़्यादा जानने की इच्छा पैदा हुई।

"क्या मैं तुम्हारे छात्रावास में तुमसे मिल सकता हूँ?"

"नहीं सर! वहाँ बाहर के लोगों का आना मना है।"

"यहाँ कहीं... क्या तुमसे अलग से बातें हो सकती हैं?"

"यहाँ मुझे काउण्टर पर ही रहना होता है।"

"मैं चाहता था तुम्हारी आगे की शिक्षा के बारे में तुमसे बात करूँ। हमारे देश में कितनी संस्थाएँ हैं जो तुम्हारी जैसी मेधावी लड़कियों को सुविधाएँ देती हैं, आर्थिक मदद भी करती हैं। मैं पास के किसी रेस्तोरां का पता कर वहाँ तुम्हें बुला लूँगा, जहाँ हम चाय पर बात कर सकते हैं।"

लड़की ने कुछ नहीं कहा, काउण्टर पर तब तक दूसरा कर्मचारी आ गया था।

उतनी ही बात हो पायी।

...जनार्दन बाबू उसको एक पर्ची अंग्रेज़ी में लिखकर देते हैं, पास के एक रेस्तोरां का नाम, वहाँ पहुँचने का समय। लड़की चुपचाप स्लिप ले लेती है। थोड़ी देर बाद जब वे लॉबी के बाहर निकल रहे होते हैं तो एक नवयुवक उनकी तरफ

अकेला बढ़ आता है और उन्हें 'जस्ट ए मिनट' कहकर एक कोने में ले जाता है...

"ये स्लिप आपने उस लड़की को दी है?"

'हाँ..."

"आपको शर्म आनी चाहिए। अपनी उम्र देखिए, सिर पर सफेद बाल आने लगे हैं और आप एक किशोर लड़की को अकेले में बुलाते हैं!"

जनार्दन बाबू भौंचक! वे कहना चाहते हैं कि उन्होंने उसे कमरे में नहीं बुलाया, एक रेस्तोरां में जो पब्लिक प्लेस है, वहाँ चाय पर बुलाया है। एक तरह से उसे आदर ही दिया है। वे उससे उसकी शिक्षा व उसके भविष्य के बारे में बात करना चाहते थे... वे कहने जा रहे थे कि नवयुवक उँगली उठाकर फुलस्टॉप लगा देता है...

"नो एक्सप्लेनेशन्स!" वह लड़की का इमप्लौयर से लेकर मंगेतर... कुछ भी हो सकता था! कुछ भी सुनने को तैयार नहीं। फर्राटेदार अंग्रेज़ी में बोले जा रहा था—

"मुझे मालूम है उधर के लोग यहाँ आकर असम की भोली-भाली लड़कियों को कैसे फाँसते हैं... बट मेक नो मिस्टेक मिस्टर, हम भी कम नहीं, हम यहाँ लोगों को उठवा लेते हैं, ऐसे गायब करते हैं कि सुराख भी नहीं मिलता। बोलिये क्या मीडिया को बुलाऊँ? आप शरीफ आदमी हैं और होटल की प्रतिष्ठा का भी सवाल है इसलिए छोड़े दे रहा हूँ। जाइए और आइंदा ऐसी हरकतों से बाज आइए।"

और वह जैसे आया वैसे ही चला जाता है...

गनीमत कि जनार्दन बाबू के मन में लड़की को चाय पर बुलाने का ख्याल तो आया था पर उन्होंने ऐसी कोई स्लिप लड़की को नहीं दी थी। लड़की से आगे बात ही नहीं हो सकी थी। दूसरे दिन वे व्यस्त रहे और उनके आते-जाते काउण्टर पर लड़की नहीं थी। तीसरे दिन लौटने के लिए सवेरे ही होटल छोड़ दिया था और इस सबसे वे बचे रह गये जिसकी कि वे आज के ज़माने को देखते हुए साकार कल्पना कर रहे हैं। जनार्दन बाबू तब तक एक जानी-पहचानी शख्सियत तो हो ही चुके थे... जो उनकी कल्पना में हुआ अगर वह हुआ होता तो...

एक दूसरा वाक़या एक सेमिनार का था जहाँ एक ऐसी ही लड़की जनार्दन बाबू की एस्कौर्ट थी, जो सेमिनार में उनके वक्तव्य से बहुत प्रभावित हुई थी। वह सेमिनार के लिए अस्थायी रूप से रखी गयी थी और फिलवक्त नौकरी ढूँढ़ रही थी। उसने जिस आत्मीयता और तल्लीनता से जनार्दन बाबू की सुविधाओं का ख्याल रखा, उससे जनार्दन बाबू भी उसे पसन्द करने लगे थे, नौकरी के लिए उसकी मदद

करने का सोचने लगे थे, और बातों ही बातों में उसे सेमिनार के विषय से सम्बन्धित एक किताब देने का वायदा कर बैठे...

...जनार्दन बाबू ने उसे होटल में अपना कमरा नम्बर बताया है, लड़की कमरे में आती है, जनार्दन बाबू उसे किताब देते हैं, किताब पर अपना पता भी, उसे सम्पर्क बनाये रखने को कहते हैं, लड़की खुश-खुश चली जाती है। दूसरी सुबह सेमिनार के आयोजकों की एक टीम उनके कमरे को खटखटाती है। तीन महिलाएँ और एक पुरुष। महिलाएँ बेधड़क आकर सोफ़े पर बैठ जाती हैं, पुरुष थोड़ा दूर पढ़ने वाली मेज़ की कुर्सी पर। पुरुष चुप रहता है लेकिन महिलाएँ, तत्काल ही पुलिसिया अन्दाज़ में पूछताछ करने लगती हैं—

"कल आपके कमरे में एक लड़की आई थी?"

"हाँ... मेरी एस्कौर्ट..."

"क्यों आई थी... ?"

"किताब लेने।"

"हमारे यहाँ किसी अकेली लड़की का किसी 'विजिटर' के कमरे में जाना मना है।"

"मुझे मालूम नहीं, न ही शायद उस लड़की को पता था वर्ना वह बताती।"

"वह क्या बताती। वह तो आपकी आज्ञा का पालन कर रही थी। आपने उसके साथ बदसलूकी की। रो-रोकर बेचारी का बुरा हाल है..."

वे और भी जाने क्या-क्या कहती चली जाती हैं, 'मीटू' आन्दोलन की हैं। जनार्दन बाबू कुछ कहना चाहते हैं पर वे कुछ भी नहीं सुनतीं। उनके अनुसार किसी लड़की का पुरुष से अकेले में मिलने का एक ही मतलब है। इसमें वे पुरुष को ही दोषी मानती है और उसे हर तरह से जलील करती हैं। जनार्दन बाबू जलालत में धँसते जा रहे हैं...

गनीमत यहाँ भी कि यह सब नहीं हुआ था। जनार्दन बाबू ने जिस वक्त उस लड़की को कमरे में आकर किताब ले जाने को कहा था और वो ड्यूटी खत्म कर आने का वायदा भी कर चुकी थी कि...लिफ़्ट तक पहुँचते-पहुँचते उनका विचार बदल गया, पता नहीं जब वह लड़की आये तब वे क्या कर रहे हों, बाथरूम में हो सकते हैं। वे उल्टे पाँव लौटे और लड़की से बोले कि वे रिशैप्शन में किताब छोड़ देंगे, वह वहाँ से ले ले।

असम की वह लड़की और सेमिनार की वह एस्कोर्ट... उनकी मदद करने के जनार्दन बाबू के ख्याल मनसूबे ही रह गये थे। उनके बीच उग रही स्वाभाविक

आत्मीयता... जनार्दन बाबू की अपनी और लड़कियों की ड्यूटी वाली व्यस्तता.. इनके उधर ही अटक कर रह गयी थी।

ये वे दिन थे जब जनार्दन बाबू ने राजनीति में पैर ही रखा था। वे मुक्त इधर-उधर आते-जाते थे। अब जो श्रुति के लिए उनके मन में प्राकृतिक अनुराग-सा जाग रहा है... इसका हश्र क्या वही नहीं होगा जो असम की उस लड़की और सेमिनार की एस्कौर्ट को लेकर उनकी कल्पना में उतरा है... जैसा इन दिनों आर-पार सुना जाता है। भले वे अब राजनीति से रिटायर कर दिये गये हों, लेकिन उनका नाम सबकी जुबान पर है। यह वह समय है जब जनार्दन बाबू पहले से कहीं-कहीं ज़्यादा प्रसिद्ध हो चुके हैं, उधर लड़कियों की हिफाजत के लिए उनके पक्ष में कितने नये कानून आ गये हैं, जो पुरुषों को दण्डित करने के लिए हैं। कोई दण्डित न भी हो, बदनामी तो हो ही जाती है... 'टच्ड मी इनएप्रोप्रियेटली', गलत नज़रों से देखा... जैसी बातें!

प्रकृति बचाती है, जनार्दन बाबू को तो ज़रूर ही।

3

राजनीति में आजकल जो तमाशे हो रहे हैं, उन्हें देखते हुए जनार्दन बाबू की समझ में नहीं आता कि वे हँसे या रोयें। प्रदेशों में येन केन प्रकारेण अपनी सरकार बनाने के लिए राजनैतिक पार्टियाँ जो खेल खेलती हैं... जनार्दन बाबू को वे सर्कस के खेल लगते हैं, जिन्हें देखकर हँसी आती है, पर उनके नीचे से नैतिक पतन की जो दुर्गन्ध उठती है... तो रोना भी आता है। विशेष विमान में भेड़-बकरियों की तरह भरकर दूसरी पार्टी के बागी विधायकों को ले जाकर किसी सुदूर जगह—बढ़िया रिसोर्ट या फाइव स्टार होटल में—कैद कर दिया... कि वे पाली बदलकर हमारी तरफ आ जायें, हमें सपोर्ट करें ताकि हम उस प्रान्त में अपनी सरकार बना सकें। अब विधानसभा में क्या छीछालेदार हो रही है... जो लाये उनके तीन-तीन लोग, चिल्ला-चिल्लाकर कह रहे हैं— फलाँ को इतने करोड़ दिये, ढिकाँ को इतने... और दूसरी तरफ़ करोड़ों लेने वाले एक बार भी 'ना' नहीं कर रहे हैं, सिर्फ़ हैं... हैं!

तमाशे को टी.वी. में सारा देश देख रहा है। राष्ट्रपति, प्रधानमंत्री, सरकारों में बड़े पदों पर काबिज नेताओं, संवैधानिक शक्तियों— सभी की नज़र में वह है... पर वे ऐसे बैठे हुए हैं कि वे वह नहीं देख रहे जो सारा देश देख रहा है! उनकी तरफ़ से कोई बयान नहीं आता... तो जनता में संदेश यही जाता है कि विधायकों की खरीद-फरोख्त जो हो रही थी, उन्हें बड़े नेताओं का संरक्षण प्राप्त था और इसे वे सामान्य राजनैतिक कार्यकलाप मानते हैं। जनता ने क्यों क्या देखकर, उनके किन विचारों के लिए उन्हें चुना— स्वतंत्र राय! वे उनके इस पार्टी से उस पार्टी में जाने को जायज ठहराते हैं... इसे दरकिनार कर देते हैं। ज़्यादा से ज़्यादा इस सम्बन्ध में जो नियम-कानून हैं, जो उन्होंने अपनी इस सुविधा के लिए बनाये हैं, उनका हवाला देकर छुट्टी पा लेते हैं। इस सबसे यही आम धारणा दृढ़ होती है कि राजनीति में जो भी हैं... ऊपर से नीचे तक... सब भ्रष्ट हैं, पैसा बनाने ही वे राजनीति में आते हैं।

कोर्ट ने कहा- फलाँ तारीख तक शक्ति-परीक्षण हो जाना चाहिए, स्पीकर बोला- वे कौन होते हैं हमें आदेश देने वाले। राज्यपाल की कोई नहीं सुन रहा। संवैधानिक शक्तियाँ भ्रष्टाचार के नंगे नाच को देखते हुए भी अशक्त हैं। फिर हम किस मुँह से जनता से या कि अधिकारियों से यह कह सकते हैं कि भ्रष्टाचार बर्दाश्त नहीं किया जायेगा, कहते हैं तो कौन इस पर विश्वास करेगा।

हर पार्टी यह कहते हुए आती है कि वह एक अलग तरह की पार्टी हैं— साफ-सुथरी, सिद्धान्तवादी! हर नेता स्वयं को जनता का सेवक बताता है। एक पार्टी का विधायक क्रिकेट वर्ल्डकप के दौरान बैट्समैन की स्टाइल में दोनों हाथों से बैट को पकड़, एक सरकारी कर्मचारी को सरेआम पीटते-पीटते सड़क पर दौड़ाता गया, जबकि वह बेचारा सिर्फ़ अपनी ड्यूटी कर रहा था। प्रान्त में उस विधायक की पार्टी की सरकार थी तो उसका ठस्सा। सब जानते हैं कि कानून में सरकारी कर्मचारी के काम में अड़चन डालना जुर्म है। विधायक संविधान की रक्षा करने की शपथ लेने के बावजूद दो-दो अपराध कर रहा था— एक सरकारी कर्मचारी के काम में व्यवधान डालना, दूसरा— हिंसा। इस कारनामे के फ़ोटो सब अख़बारों में निकले, पूरा घटनाक्रम वायरल हुआ। जेल में दो दिन रहने के बाद जब वह बेल पर बाहर आया तो फूलमालाओं से पार्टी के लोगों ने उसका स्वागत किया, अपने कन्धों पर बिठाकर उसके समर्थकों ने खुशी में एक-दो हवाई फायर भी किये, जैसे शादियों के वक्त या कहीं-कहीं लड़का पैदा होने के वक्त करते हैं। पूरे देश ने विधायक के उस कुकृत्य को धिक्कारा। उसकी पार्टी के सर्वेसर्वा ने सार्वजनिक बयान दिया- यह कौन-सी संस्कृति है, ऐसे लोगों को पार्टी से निकाल देना चाहिए... लेकिन कहीं कुछ नहीं हुआ। पार्टी का विचार है— सब कुछ समय के गर्त में जाकर छिप जायेगा, आगे आने वाली कोई घटना पिछली घटना को दबा देगी, लोग भूल जायेंगे। वे पार्टी से एक को भी निकालकर अपने विधायकों की संख्या क्यों कम करें!

जनार्दन बाबू सोचते हैं कि आपके पास पहले ही कई राज्यों की सत्ता है तो एक और राज्य के कुछ विपक्षी विधायकों को खरीद कर वहाँ भी अपनी सत्ता कायम करने की ऐसी कौन-सी ज़रूरत आन पड़ी... कुछ राज्य दूसरी पार्टियों के पास भी रहने दीजिये। यदि पाँच-छ: बैट्समैन टाइप विधायक पार्टी से निकाल भी दिये गये तो तुम्हारी संख्या पर ऐसा क्या असर पड़ जायेगा। अगर वह और उसके साथी पार्टी से तत्काल निकाल दिये जाते तो एक मिसाल कायम होती, आगे ऐसी हरकतों से राजनेता बाज आते।

एक दलित महिला ने एक नेता पर बलात्कार का आरोप लगाया था। आरोप

साबित हुआ, नेता को जेल हुई, मुकदमा ऊपरी अदालत में चल रहा था... कि तभी एक ट्रक जिसका गाड़ी नम्बर काली स्याही से पोत दिया गया था... उसने पीड़िता की टैक्सी पर जबरदस्त टक्कर मार दी... टैक्सी जिसमें उसका वकील, दो गवाह और वह खुद बैठी थी। गवाहों की मौके पर ही मृत्यु हो गयी, पीड़िता व वकील की हालत गम्भीर बतायी जाती है। एक्सीडैन्ट साफ प्रायोजित था, उस नेता का ही कारनामा, फिर भी उसे पार्टी से नहीं निकाला गया।

आपकी पार्टी देश की बड़ी पार्टी हो गयी है, फिर भी सदस्य-बढ़ाओ अभियान चला रहे हैं, दूसरी पार्टियों के असन्तुष्ट लोगों को बिना जाँच-पड़ताल लिया जा रहा है तो वह अलग तरह की पार्टी कहाँ रही। हम जिस किसी को पार्टी में लेते रहेंगे तो पार्टी में बैट्समैन विधायक या टैक्सीमार छाप नेता आ ही जायेंगे...

जनार्दन बाबू को ये सब कुकृत्य देखे नहीं जाते। वे दूसरों को दोष देते हैं, खुद उन्होंने क्या किया? अपनी पार्टी के किसी कुकृत्य के अवसर पर सार्वजनिक बयान देते और खुद को पार्टी से अलग कर लेते, लेकिन वे अब भी चिपके हुए हैं। भविष्य में कुछ मिलेगा— इस प्रलोभन से या कि अपनी अशक्तता से कि अगर वे पार्टी की सदस्यता से इस्तीफा दे देते हैं तो भी वहाँ कोई पत्ता नहीं हिलने वाला, उल्टे जिन्होंने जनार्दन बाबू को वनवास दिया है वे खुश ही होंगे कि एक शुद्धतावादी से छुट्टी मिली।

एक राजनेता के रूप में तो जनार्दन बाबू ऐसी घटनाओं से टकराते ही हैं... पर वे राजनेता से अलग एक विशुद्ध बौद्धिक की तरह भी सोचते हैं... कि हम जो चुनाव में विशाल जनमत हासिल करने का इतना ढिंढोरा पीटते हैं, उसके बल पर क्या उसी जनता जिसने हमें जिताया... उसके साथ छल नहीं कर रहे...

तीस बौद्धिक अपने दस्तखत से बयान जारी कर किसी तरफ हमारा ध्यान खींचना चाहते हैं तो पहले तो हम चालीस कैसे भी बौद्धिकों का बयान अपने पक्ष में जारी करा देते हैं, फिर कुछ ही दिनों में उन तीस बौद्धिकों में से चार-छः के ख़िलाफ़ किसी बहाने से एफ.आई.आर. दर्ज हो जाती है। इससे उन्हें और दूसरों को यह सन्देश भेजा जाता है कि देखो यह है हमारी ताकत, अगर तुम वैसा करोगे तो हम ऐसा करेंगे! चुनाव (माने अभिव्यक्ति की स्वतंत्रता) से हम प्रजातांत्रिक सत्ता तक पहुँचते हैं, फिर उसी के बल पर हम अभिव्यक्ति की स्वतंत्रता को कुचलने चल पड़ते हैं। जनार्दन बाबू को कभी-कभी लगता है कि राजनीति, जिसमें उन्होंने अपना पूरा जीवन खपाया... यह पेशा लोगों को, दुनिया को, यहाँ तक कि अपने आपको बेवकूफ बनाने वाला पेशा है।

'आरक्षण' एक और मुद्दा है जिसे लेकर पार्टियाँ अपने-अपने खेल खेलती हैं... कोई अपने प्रान्त में उच्चतम न्यायालय द्वारा निर्धारित सीमा के आगे आरक्षण लागू कर देती है, कोई संविधान को ही धता बताकर धर्म के आधार पर आरक्षण देने चल पड़ती है। आरक्षण केवल दलितों और आदिवासियों के लिए और एक सीमित समय के लिए ही था। हम उसमें पिछड़े वर्ग को ले आये और अनन्त समय के लिए जिसमें आये दिन श्रेणियाँ, उपश्रेणियाँ बढ़ती रहती हैं, कौन जाति, ओ.बी.सी. में आती है, कौन नहीं... ये झगड़े, आन्दोलन हर समय होते रहते हैं जिसके कभी-कभी एक जाति दूसरी जाति से विस्फोटक संघर्ष की स्थिति में पहुँच जाती है। महाराष्ट्र में 'मराठा' आरक्षण के लिए आन्दोलन चल रहा है। एक मराठा नेता के आमरण अनशन के बाद सरकार को 'सगे सोयरे' (सगे-सम्बन्धी) नोटीफिकेशन जारी करने के लिए एक माह का समय दिया गया है, जिसके विरोध में ओ.बी.सी. कम्यूनिटी ने चेतावनी दी है कि अगर सरकार ने यह किया तो प्रान्त भर में अनशन किया जायेगा, क्योंकि इससे ओ.बी.सी. कोटा कम होता है। पार्टियाँ आरक्षण को चुनाव में अपने फायदे के लिए इस्तेमाल करती हैं, उन्हें यह नहीं दिखाई देता कि इस रास्ते हम देश को गृहयुद्ध की तरफ ही ढकेल रहे हैं।

यह सब देखते हुए जनार्दन बाबू की तबियत हो आती है कि वे एक सुबह प्रेस बुलाकर बाकायदे घोषणा कर दें कि वे राजनीति से संन्यास ले रहे हैं... लेकिन तब उनकी पार्टी वाले प्रचारित करेंगे और जनता भी यही सोचेगी कि जनार्दन बाबू को टिकिट नहीं मिला, उन्हें इस बार कुछ दिया नहीं गया, इसलिए उन्होंने संन्यास ले लिया। तो वे यह नहीं कर पाते। कभी सोचते हैं कि कोई घोषणा-ओषणा नहीं, चुपचाप यह सब छोड़कर वे एक साधारण व्यक्ति का जीवन जीने लगें... अनाम रहकर, दूर से तमाशा देखें, लेकिन इससे तो बाहर जो उनकी पहचान है, वही जाती रहेगी... जो उनकी जीवनभर की कमायी है। कभी यह मैदान से भागने जैसा भी लगता है... आखिर तुम इतने साल राजनीति में रहे, कितनी पीढ़ियों को तुमने देखा, और देश और समाज... तुम्हारे राजनैतिक समाज को ही आज अनैतिकता दूषित कर रही है तो तुम्हारा फर्ज बनता है कि उसे रोको, कुछ ऐसा करो कि जो राजनीति में हैं, वे सही रास्ते पर चलें। इस क्षेत्र में तुम्हारी एक साख है, तुम्हारी बात का वजन होगा।

पर कहाँ! वे किससे कहें ये सब बातें। वे लोग तो चुनाव में जीत के बाद जनार्दन बाबू जैसे एक-दो के चरण छूकर चले गये... जनार्दन बाबू की बात सुनने वाले, उन्हें अपना नेता मानने वाले जो हो सकते थे, वे और उनकी देखादेखी उनके

पिछलग्गू... सब पावर और पावर के साथ जो पैसा है उसके पीछे अंधाधुंध भागे चले जा रहे हैं। कोई यह नहीं सोचता कि आखिर इस पैसे का तुम करोगे क्या, इसे भोग भी सकोगे क्या, भोगने के वक्त तक जीवित भी रहोगे... ? क्योंकि आखिरी खेल खेलना तो प्रकृति ने अपने हाथ में ले रखा है...

राजनीति... जहाँ उनकी सारी ज़िन्दगी बीती... उसके लिए वितृष्णा से भर उठता है जनार्दन बाबू का मन। वे इस सारे कलुष से दूर एक साधारण व्यक्ति का जीवन जीने की तरफ़ फिर तकने लगते हैं...

4

जनार्दन बाबू! आप साधारण व्यक्ति का जीवन जिओगे? क्या इस बल पर कि पूरे जीवन में आपने एक ही घर बनाया, वह भी साधारण-सा, जबकि आपके सहकर्मियों ने पाँच सालों के एक टर्म में ही कई-कई कोठियाँ खड़ी कर लीं... या कि आपके पास अपनी एक ही कार है, जबकि आपके किसी भी राजनेता साथी के यहाँ उनके परिवार के हर सदस्य के लिए एक-एक कार है... या कि यह कि आपका बैंक-बैलैंस करोड़ कभी नहीं छू पाया, जबकि आज हर दूसरा राजनेता करोड़पति है... या कि आपकी ज़रूरतें बहुत कम हैं और आप कम में भी गुजारा कर लेते हो? नहीं, जनार्दन बाबू सिर्फ़ इनसे काम नहीं चलेगा क्योंकि आपके व्यक्तित्व में ये जो दो बैठे हुए हैं— राजनेता और बौद्धिक... ये दोनों ही विशिष्ट हैं... वे बाहरी चीज़ों के आगे क्या कुछ और नहीं चाहेंगे?

साधारण जीवन में भी माधुर्य तो चाहिए!

क्यों न जनार्दन बाबू अपने कुछ पुराने उन सम्बन्धों की तरफ लौटें जो अन्तरंग बनते-बनते रह गये, राजनैतिक व्यस्तता के दौर में जिनका माधुर्य बीच कहीं सूख गया। उनमें से किसी को या सबको फिर पकड़ लें... उन्हें खुले मन और दिमाग से लें... उन लोगों की स्वतंत्रता का पूरा सम्मान करते हुए— जिसके कि जनार्दन बाबू हिमायती हैं— उनकी सहमति से धीरे-धीरे आगे बढ़ें। राजनीति के क्षेत्र में हर नागरिक की स्वतंत्रता की रक्षा करना एक मूल्य है तो करीबी सम्बन्धों में तो वह और भी बड़ा मूल्य होना चाहिए। उसके बिना वे अन्तरंग बनेंगे कैसे! भीतर कुछ उठेगा ही नहीं, ऐसा तो कभी नहीं जो व्यक्तियों को भर सके...

मतलब, साधारण जीवन-यापन के साथ-साथ जनार्दन बाबू आपको मानवीय सम्बन्ध और वहाँ भी गहराई चाहिए, सिर्फ़ ऊपरी-ऊपरी औपचारिकता नहीं जो राजनीति में आप खूब जी चुके और जिससे आप ऊब गये हैं। गहराई से आपका आशय क्या सिर्फ़ महिलाओं के साथ सम्बन्ध से नहीं है, जिसकी कमी पत्नी के देहान्त के बाद आप कुछ ज़्यादा ही महसूस करने लगे हैं?

''नहीं... नहीं''— आप साफ करते है— ''मानवीय में महिला-पुरुष दोनों आते हैं''।

यह आप खुद को सभ्य-सभ्य दिखाने की खातिर कह रहे हैं जनार्दन बाबू, जो राजनीति में रहते हुए आपका आचरण बन गया है। चलिये मान लिया। पुरुषों से शुरू करें तो कहाँ से आप वह अन्तरंगता, वह गहनता खींचेंगे? एक वे थे— अमिताभ, हरफनमौला, सतत यात्रिक जो आपके साथ कहीं भी चल देने को तैयार हो जाते थे, जो आपकी बौद्धिकता में भी हिस्सेदारी करते थे या कि दूसरे वे रणजीत बनारस वाले जो संस्कृत के विद्वान और तटस्थ व्यक्तित्व के धनी थे। वे आपके किसी भी आयोजन-प्रयोजन, आचरण-कर्म के लिए शास्त्र-सम्मत दर्शन प्रस्तुत कर देते थे। इससे आपका हौसला बढ़ जाता था। दर्शन की पेचीदगी से निकल आप कभी-कभी उन्हीं दिनों के अपने साथी विनोद की सरलता में घुस जाते थे... कैसा निश्छल और सरल व्यक्तित्व, करीब-करीब बच्चों जैसा! अक्सर जब आपको विद्वता की छौंक वाले भोजन की चाह होती थी तो पालीवाल भाई थे, जिन्हें आधा हिन्दी साहित्य कण्ठस्थ था...

पर ये सब तो गुज़र चुके जनार्दन बाबू, आप पीछे छूट गये। इस उम्र में यही होता है— जिन्हें आप चाहते हैं जो आपके पूरक हैं एक तरह से, वे एक-एक करके गुज़रते जाते हैं, आपको और-और अकेला छोड़ते हुए...

अब कहाँ से लायेंगे आप ऐसे लोग! नयों में वे दो हो सकते हैं, जो भ्रष्टाचार उन्मूलन वाले आन्दोलन के वक्त मिले थे। उनमें आपको उभरती हुई भारतीय युवा शक्ति दिखी थी। आपको ऐसा लगा था कि ये दो भारतीय युवा शक्ति का नेतृत्व करेंगे, उनके माध्यम से एक नया आन्दोलन खड़ा होगा, जो मौजूदा सभी राजनैतिक पार्टियों के आचरण से भिन्न होगा... यहाँ तक कि राजनैतिक पार्टी-प्रणाली से भी फ़र्क़ होगा... अलग खड़ा होगा... प्रकाश स्तम्भ की तरह। इन दो युवाओं से आपका अन्तरंग रिश्ता हो जाता, क्योंकि वे आपके सोच के थे... पर अफसोस! आन्दोलन से जम्प लेकर उन्होंने अपनी पार्टी बना ली। कितनी राजनैतिक पार्टियों जैसी ही, आपकी जैसी ही। आपकी पार्टी भी अपने को शुरू में अलग तरह की पार्टी कहती थी, इन्होंने भी कहा। जो नयी पार्टी बनी, उसे जनता ने एक राज्य के लिए चुनाव में जिताया, वह थोड़े-बहुत अपने राज्य में अच्छे काम भी कर सकी... लेकिन उसके आगे वह सिर्फ़ दूसरी पार्टियों के रास्ते ही चली... उन लोगों ने आपके पास दूत तो भेजे थे कि आप उनकी पार्टी में आ जायें... लेकिन वे दो

शीर्षस्थ जिनसे आप इतना प्रभावित थे, वे ही नेतृत्व के लिए आपस में झगड़ कर अलग हो गये... जैसा दूसरी पार्टियों में होता है। अब आप अफसोस के साथ उन दोनों को एक दूसरे की आलोचना करते देखते ही हैं।

पुराने चले गये, नये बन नहीं सकते... है फिलवक्त पुरुषों में कोई, जिसका साथ ही आपको मिले... माधुर्य तो दूर की बात?

तो चलिये, चलते हैं महिलाओं की तरफ़... आप संसद में महिला आरक्षण के हिमायती रहे हैं और हर फोरम में आपने उनके लिए वकालत की है। आप यहाँ-वहाँ यह कहते भी सुने गये हैं कि महिलाएँ पुरुषों के मुकाबले ज़्यादा कार्यकुशल, ज़्यादा ईमानदार होती हैं... किसी भी क्षेत्र में। व्यक्तिगत स्तर पर आपकी महिलाओं के साथ दोस्ती भी जल्दी हो जाती है।

जनार्दन बाबू उन महिलाओं को अक्सर याद करते हैं जो उनकी अन्तरंग होते-होते रह गयीं। क्यों न उन्हें फिर ढूँढ़ लिया जाये। शायद उनसे अब वह अन्तरंगता स्थापित हो जाये जो जनार्दन बाबू के साधारण जीवन-यापन को थोड़ा रसमय बना दे...

एक वह थी... आभा— चटक गोरा रंग, भरा-भरा शरीर, बड़ी-बड़ी आँखें, बायें गाल पर काला तिल। सुबह की सैर के वक्त अक्सर दिख जाती। जितनी सुन्दर वह खुद, उतनी ही उसकी ड्रैस— सलवार-कुर्ता, दुपट्टा। हर रोज नयी डिज़ाइन, नया रंग। तेज चाल से चलते हुए, हर दूसरे कदम पर उसका दुपट्टा नीचे गिर जाता, जिसे सँभाल वह झट से ऊपर करती। उस छोटे से अन्तराल में खूब फूले हुए गेंदे के दो बड़े फूल झलक जाते जो उस पूरी काया को और भी मोहक बना देते।

ये वे दिन थे जब जनार्दन राजनीति में तेजी से उभरते हुए सितारे थे। प्रान्त में उनकी पार्टी सत्ता में थी और जनार्दन के तार सत्तासीनों से जुड़े हुए थे। उनकी पहुँच प्रान्त की बड़ी राजनैतिक हस्तियों तक थी... और वे खुद भी प्रान्तीय सरकार में मंत्री अब बने... अब बने... वाले पायदान पर थे। उनसे परिचय, दोस्ती सभी करना चाहते थे। जनार्दन को आभा... और उसके परिवार तक पहुँचने में कोई दिक्कत नहीं हुई। आभा के पति सरकारी महकमे में इंजीनियर थे। उनके दो बेटियाँ थीं। सभी के स्वभाव गुडी-गुडी। परिवार ऐसा जहाँ सभी खुश रहने-दिखने की जिद सी पाले हुए थे।

जनार्दन की पत्नी अधिकतर उनके शहर के पैतृक घर में रहती थीं, जनार्दन प्रान्तीय राजधानी के विधायक-आवास में। पत्नी कभी-कभी यहाँ आतीं, लेकिन

जनार्दन की राजनैतिक व्यस्तता से ऊब कर लौट जातीं... जहाँ उनके सास-ससुर के अलावा बच्ची— नम्रता थी, जो तब वहीं पढ़ती थी।

जनार्दन आभा के घर जाने लगे... शुरू में एक-दो बार अपनी पत्नी के साथ गये, फिर अकेले। आभा अधिकतर अपने पति के साथ ही उनके पास बैठती। पहली बार जब वे थोड़ी देर के लिए अकेले हुए... तो जनार्दन ने उसकी आँखों में झाँका, आभा ने आँखें नहीं हटायीं। जनार्दन उसकी आँखों में उतरते चले गये। आभा की उठी हुई नाक और आँखें नारी-देह से ज़्यादा मोहक लगीं। अब आभा का सामीप्य जनार्दन के मन में तरंगें उठाता। वे उसके घर ज़्यादा जाने लगे, अधिकतर अकेले, क्योंकि अकेले ही होते थे। आभा, उसका पति और वे तीनों साथ बैठते, गपशप करते। उसका पति जनार्दन से सम्पर्क बनाकर खुश था, क्योंकि वे 'मैन हू मैटर्स' थे। एक बार आते-जाते आभा और वे सीढ़ियों पर अकेले, बहुत पास हो गये... जनार्दन की प्रेम-दृष्टि उसे छुए बिना न रह सकी। प्रत्युत्तर में आभा हँसी जिससे उसके गोरे चेहरे पर सुर्खी फैल गयी... वह और भी सुन्दर हो गयी। तभी अपने लिए रास्ता बनाकर वह सीढ़ियों से उतर आयी जहाँ उसके पति दोनों का इन्तज़ार कर रहे थे।

दो-तीन बार उनके साथ शादियों के रिसैप्शन में जाना हुआ। जनार्दन वहाँ एक से एक सजधज में आई औरतों को एक-एक करके देखते... उसके बाद आभा को जो, अपने सौन्दर्य से उस पूरे जमावड़े में दीपशिखा की तरह जलती दिखती, सबसे अलग, उजली-उजली। हर बार वे इसी निष्कर्ष पर पहुँचते और उन्हें खुद इस पर ताज्जुब होता... सौ-सौ औरतों में सबसे अलग... आभा? एक रिसैप्शन में जब वे और आभा एक कोने में आइसक्रीम खा रहे थे तो वे उससे कह भी बैठे—

"तुम्हारे साथ मैं तीन रिसैप्शन में गया हूँ। हर बार मैंने वहाँ आयी दूसरी औरतों के जमावड़े में तुम्हें देखा... और हर बार ही तुम्हें सबसे ज़्यादा सुन्दर पाया।"

"थैंक यू..."

उसने कहा और अपनी आइसक्रीम चाटने लगी।

एक बार आभा के घर उससे अकेले में मिलना भी हुआ। आभा के पति कहीं बाहर गये हुए थे। हमेशा की तरह जनार्दन उसकी आँखों में उतर गये, दोनों तरफ से आँखों के तार... आभा की आँखें और सुन्दर और गहरी हो गयी थीं।

"आभा... तुमने अपनी बेटियों को अपने चेहरे का आकार, अपनी नाक, अपना रंग... ये सब तो दिये लेकिन आँखों को अपने लिए रखा। कितनी गहराई है यहाँ... वहाँ नीचे सितारे छिटके हुए दिखते हैं...

"आप फेस-रीडिंग करते हैं क्या?"

जनार्दन को हल्का झटका लगा जिसने उन्हें फौरन रूमानियत की उस सीढ़ी से नीचे उतार दिया जिस पर तब वे थे। आने वाले दिनों में उस तरह के, उससे मिलते-जुलते झटके और भी आये। आभा का जन्मदिन आने वाला था। उसके पति के साथ यह प्लान बना कि अपनी बेटियों के साथ वे दोनों और जनार्दन... सिर्फ़ ये... अपनी प्रायवेट किस्म की छोटी-सी पार्टी रखें। क्लब में आभा का परिवार जनार्दन के मेहमान होंगे। आभा और उसके पति की सहमति से प्रोग्राम पक्का हो गया। एक दिन पहले उसके पति का फ़ोन आया...

"सर! माफ करेंगे... हम क्लब नहीं आ सकेंगे!"

"क्यों क्या हो गया... आभा से बात कराइये।"

"वे अभी रैस्ट-रूम में हैं..."

हाय-हाय... री ये मध्यवर्गीय ग्रन्थि... टायलट के लिए 'रैस्ट रूम' हाल ही पश्चिमी देशों से आयातित हुआ था!

"तो आप ही बतायें क्या हो गया।"

"दरअसल जब हम लोगों ने क्लब का प्रोग्राम बनाया था... मैडम को याद नहीं रहा था कि आज उन्हें किटी पार्टी में जाना है..."

मैडम!... किटी पार्टी!!

जनार्दन उचट गये। आभा के तौर-तरीकों, बातचीत के टुकड़ों... आदि को मिलाने पर उन्हें साफ दिख गया कि वह उस तरह की महिला थी जिसके लिए यह आनन्द सर्वोपरि था कि ज़्यादा से ज़्यादा लोगों का ध्यान उसकी तरफ़ हो... किटी पार्टी, वहाँ फ़िल्मी गाने गाना... मुटल्ल औरतों की वाहवाही लूटना... यह ज़्यादा महत्त्व का था बनिस्बत तीन-चार लोगों की आत्मीय बैठक के। इसीलिए वह एक भी रिसैप्शन नहीं छोड़ती थी। जानी-पहचानी मध्यवर्गीय मानसिकता की शिकार... जहाँ अंग्रेज़ी के कुछ फिकरे सीख लेना, कुत्ता पाल लेना, बड़ी कार रखना... यही शिक्षित, समृद्ध और सुसंस्कृत होना था।

आभा का सौन्दर्य... वह सैन्ट जो बदन पर छिड़काव के समय तो सुगन्ध बिखेरती है, लेकिन जल्दी ही पसीने से मिलकर दुर्गन्ध फेंकने लगती है... यह था। जनार्दन को लगा... आन्तरिक सौन्दर्य के बिना सौन्दर्य, सौन्दर्य नहीं होता। लेकिन फ़िल्मी गाने, किटी पार्टी से उठकर किताबें पढ़ने वाले स्तर पर होने की उससे अपेक्षा करना भी कहाँ तक वाजिब था। आभा और उसका पति सीधे-साधारण इन्सान थे... अपनी छोटी-मोटी चीज़ों... नालायकिओं में भी खुश, उन्हें वहाँ से

निकालकर किसी और धरातल पर जीने के लिए कहने का अधिकार था क्या जनार्दन का। आभा और उसका पति यह चाहते भी तो क्या वैसा कर पाते... ? वे वैसे बने ही नहीं थे।

उन्हीं दिनों की एक दूसरी वह... सविता, जिससे मुलाकात एक संगोष्ठी के दौरान हुई थी। उसके चेहरे पर बुद्धि का तेज था। वह बिना कुछ बोले ही बुद्धिमान दिखती, थी भी काफी कुछ। यह लड़की.... जनार्दन को अपनी यूनिवर्सिटी के गोपीकृष्ण की याद दिलाती... जो उनके सीनियर थे। गोपी का चेहरा भी ऐसे ही हमेशा प्राकृतिक रूप से दमर-दमर करता रहता था। कैसे प्रकृति चेहरे पर व्यक्तित्व के असली रंग को खिलाये रखती है। गोपी की पतली गोरी बाँहें, कमीज के नीचे दो चिकनी, पतली डगालों की तरह झूलती थीं, वैसे ही सविता की उसके ब्लाउज के नीचे उतरती थी। दोनों की काया भी एक समान... पाँच फुट के आसपास। सविता को देखते ही ऐसा लगा जैसे गोपी ही लड़की का रूप धर कर आ गया हो। गोपी से नजदीकियाँ तब नहीं हो सकी थीं... और यह प्यास जनार्दन में यूनिवर्सिटी छोड़ने के बाद भी काफी दिनों तक छरछराती रही। संगोष्ठी में सविता का बोलना... अंग्रेज़ी का उसका रेशमी उच्चारण... जैसे जनार्दन यूनिवर्सिटी की डिबेट प्रतियोगिता में गोपी को सुन रहे हों...

उस दिन सविता से सिर्फ़ परिचय हुआ... लेकिन उसे सुनने वे हर उस संगोष्ठी में जाने लगे जिसमें सविता की भागीदारी की खबर उन्हें मिल जाती। गोष्ठी में चाय-पान के दौरान सविता से कुछ बातें भी हो जातीं... ज़्यादातर संगोष्ठी के विषय के इर्द-गिर्द। एक ऐसी ही गोष्ठी में सविता के पति से भी मुलाकात हो गई— अपने ज़माने का बड़ा अफसर जिसने अपने प्रभाव से सविता को स्थानीय सरकारी डिग्री कॉलेज में लेक्चरर लगवा दिया था। अब रिटायर्ड, जबकि सविता की नौकरी अभी दस साल से ज़्यादा थी। रिटायर होते ही पति ने अपना सरकारी मकान सविता के नाम अलौट करा दिया था। वे अब उसी में रहते थे।

ज़रूर सविता ने उस शख़्स से शादी (पति की दूसरी) यही सब देख-सोचकर की होगी, वर्ना जितना सविता का चेहरा दमकता था, उतना ही पति का धुँधला... करीब-करीब काला था। सविता स्मार्ट, वह गुप्पा... अब रिटायर्ड था तो और भी। सविता की उम्र, ताजगी के आगे... वह बुझा-बुझा-सा। जनार्दन से परिचय होते ही संगोष्ठी के बाद जनार्दन के साथ सैल्फ़ी लेने को व्यग्र... सैल्फ़ी लेना उन दिनों आधुनिक होना था... जो वह पुराना आदमी होना चाहता था। पति की खातिर सविता जनार्दन के बगल में फ़ोटो के लिए खड़ी हुई— एक तरफ़ वह, बीच में

जनार्दन, इस तरफ़ उसका पति अपने मोबाइल से सैल्फ़ी लेते हुए। फ़ोटो में तीनों आ जायें तो जनार्दन ने कमर से सविता को अपनी तरफ़ खींच लिया... साड़ी के ऊपर सविता की कमर का गोरापन बिना देखे ही उनकी आँखों के सामने झूल गया।

सविता ने नहीं, उसके पति ने घर आने का निमंत्रण दिया, जिसे जनार्दन ने झट से लपक लिया। वे उनके घर जाने लगे, जाते सविता की वजह से थे... स्वाँग उसके पति से घनिष्टता का करते। बैठकों में चाय सविता बनाती, जनार्दन कप में चम्मच चलाती उसकी पतली गोरी उँगलियों को मुग्ध होकर देखते रहते। एक बार पति को एड़ी में दर्द था... तो सविता ने ही कहा- 'मैं छोड़कर आती हूँ इन्हें कार तक'...।' पति बैठकी में ही रुके रहे।

बाहर रात की चादर फैली थी... आधे चाँद की रोशनी में रंगी। जनार्दन ने कार बंगले के अन्दर उनकी बैठकी के पास ही खड़ी की थी। वे सीधे ड्राइवर की सीट पर जा बैठे, तब अपनी कार वे खुद चलाते थे। सविता 'बाय' करने के लिए कार से थोड़ा दूरी पर खड़ी थी। बंगले के सामने उद्यान था, चाँदनी में नहाया हुआ... उसके इधर, जनार्दन की तरफ़ पर उनसे थोड़ा दूर सविता, लाल साड़ी में... जैसे उद्यान में लाल फूलों से भरा लता का कोई गुच्छा। जनार्दन से न रहा गया, हाथ के इशारे से सविता को पास बुलाया। सविता अपनी स्वाभाविक स्मार्ट चाल से उनके पास पहुँच गयी... शायद जनार्दन को कुछ याद आ गया हो, जो जाने के पहले वे कहना चाहते थे...

वे ज़रूर कहना चाहते थे... पास आयी सविता से मिलाने के लिए हाथ आगे बढ़ा दिया, सविता की हथेली— छोटी, गोरी, कोमल— जनार्दन के हाथ में उतरी, एक पल के लिए वहाँ पत्ती की तरह थरथरायी... और वापस हो ली। अगले ही क्षण कार से चार कदम परे हट सविता बाय-बाय में हाथ हिला रही थी... पतली डगाल हल्की हवा में हिलती हुई।

जनार्दन ने कार स्टार्ट कर दी। तभी उन्हें ऐसा लगा जैसे बैठकी— जहाँ वे अभी तक बैठे थे... उसकी इस तरफ़ की खिड़की पर एक छाया हिली है!

आने वाले दिनों में ऐसा हुआ कि जनार्दन सविता के यहाँ जाते तो, लेकिन घर में सिर्फ़ उसका पति होता। वह भी और बुझा-बुझा चाय पर उनके साथ अकेले बैठता। उसने बताया कि सविता एक स्थानीय साहित्य-संस्था की अध्यक्षा है, और कॉलेज के बाद वह वहाँ के कार्यक्रमों में व्यस्त होती है। फ़ोन पर भी सविता से बात न हो पाती... सविता का मोबाइल नम्बर उनके पास था, लेकिन वह उठाती

नहीं... और न वापस फ़ोन करती। एक बार जनार्दन के साथ अकेले चाय पीते हुए उसके पति ने कहा– 'एड़ी की वजह से चलने में तकलीफ ज़्यादा होने लगी है, इसलिए उन दोनों ने सोशल लाइफ कट करने का फैसला किया है... अफसरी चाल!'

वह इशारा था... कि जनार्दन उनके घर आगे न आया करें... और जनार्दन ने वही किया। किसी पर खुद को लादने की फितरत उनकी कभी नहीं थी।

बुद्धि के तेज़ में दमर-दमर करती सविता की उसके जीवन की प्राप्ति उसका पति था... जिसकी वजह से वह बड़े बंगले में थी, जिसकी मोटी पेंशन के सहारे वह अब भी उसी स्टाइल में रहती थी जिसमें शादी के बाद से रहती आयी थी... दो कारें, उसके अपने लिए एक अलग, शोफर ड्रिवन! घर में नौकर-चाकर... उसके आगे उसे कुछ नहीं चाहिए था!

जनार्दन कैसे शिकायत कर सकते थे कि सविता अपनी बुद्धि का उपयोग बड़ी चीज़ों के लिए क्यों नहीं करती। अच्छी चीज़ें पढ़े, किताबें लिखे, बौद्धिकों के बीच उठे-बैठे... जबकि उसने खुद को पति, कॉलेज और वह साधारण-सी साहित्य संस्था जिसमें ज़्यादातर अफसरों की घटिया रचनाओं का पाठ, कुछ चलताऊ किस्म के भाषण, असफल फ़िल्मों का प्रदर्शन... उन पर बातचीत जैसे सस्ते कार्यक्रम होते थे— इन्हीं में कैद कर रखा था...

गोपीकृष्ण ने अपने जीवन का क्या किया... जनार्दन ने पता किया कभी?

उस समय की एक तीसरी भी याद आती है... सलिला, जिसका नाम शहर में कितनों से जोड़ा जाता था। चहकती, फुदकती चिड़िया-सी, जो आसानी से किसी की भी दोस्त... यहाँ तक कि प्रेमिका भी बन जाती... हमेशा खुश-खुश, कभी यहाँ दिखाई देती, कभी वहाँ। ऐसा नहीं कि जनार्दन को सलिला के दोस्त-प्रेमियों की लिस्ट में शामिल होने का शौक चर्राया था... दरअसल उन दिनों वे मायूस-से रहते थे। राजनीति में कैरियर बनाने की खातिर उन्होंने दूसरे क्षेत्रों के लिए कभी जमकर प्रयास नहीं किया... और राजनीति में कोई ब्रैक नहीं मिल रहा था... इसे लेकर उन दिनों वे अक्सर विषाद में डूब जाते। हमेशा खुश-खुश रहने वाली सलिला... उसका यह आकर्षण था, जो उन्हें उसके पास ले गया। उसका साथ उन्हें अपनी मायूसी से थोड़ी देर को ही सही बाहर ले आता।

उधर सलिला... प्रान्तीय सरकार में दूसरे श्रेणी की अधिकारी... उसका तबादला एक छोटे-से गाँवनुमा कस्बे में हो गया था (वह जो प्रान्त की राजधानी में फुदकती रहती थी, वह उस छोटी-सी बस्ती में क्या करेगी!) जिसको बदलवाने के लिए वह इधर-उधर दौड़ रही थी। उसे पता चला था कि जनार्दन की गहरी

पहुँच उस मंत्री तक है जिससे उसका काम हो सकता था। इस तरह दोनों जल्दी दोस्त बन गये। सलिला में औरताना संकोच नहीं के बराबर था, उल्टे वह खुद को खुले दिल-दिमाग वाली आधुनिक महिला के रूप में ढाल रही थी... इसलिए वह जल्दी कहीं भी घुल-मिल जाती, पुरुषों में ख़ासतौर में। महिलाओं में उसके मित्र नहीं के बराबर थे। वह घर में व्हिस्की भी रखती थी... रोज और किसी ऐरे-गैरे के साथ नहीं, कभी-कभार और कुछ ख़ास मेहमानों के साथ लेने के लिए।

जनार्दन सलिला के घर बैठने लगे। पहली बैठक में ही उनके सामने यह प्रकट हो गया कि सलिला उन दिनों अपने पति से अलग होने के क्रम में थी। वे दोनों एकदम फ़र्क़ थे... सलिला खूब मिलनसार, पति घर-घुस्सा। सलिला इतने लोगों के साथ उठती-बैठती है... इसको लेकर उनमें झगड़े होते थे और बात अब तलाक तक आ पहुँची थी। उसका पति अब स्थायी रूप से सलिला से अलग रहने लगा था, सलिला अपने घर में अकेली... जहाँ अक्सर वह शाम को किसी न किसी दोस्त के साथ बैठती। इस सिलसिले की एक कड़ी जनार्दन भी हो गये थे... जो सलिला के साथ ड्रिंक लेते हुए अपनी मायूसियत को धोते होते...

एक शाम सलिला का फ़ोन आया... आवाज़ भारी... ग़मगीन--

''आप आधे घंटे में मेरे घर पहुँच सकते हैं? मैं पहुँच रही हूँ।''

सलिला की वह बेताबी... ज़रूर तबादला रद्द करने का कोई नया सूत्र उसके हाथ आया होगा... जैसे एक बार सलिला को पता चला कि उसके मंत्रालय में एक पद खाली है जहाँ अगर उसे डैपुटेशन पर ले लिया जाय तो तबादले के आदेश अपने आप खत्म हो जायेंगे... और उसने इसी तरह जनार्दन को बुलाया था। वह बात कुछ बन नहीं पायी थी। जनार्दन ने मंत्री से सलिला को मिलवा तो दिया था... मंत्री ने आश्वासन भी दिया लेकिन किया कुछ नहीं... जैसी कि नेताओं की शैली होती है। मंत्री कुछ करता अगर जनार्दन की जगह किसी ताकतवर नेता की सिफारिश होती... फिलवक्त सलिला और जनार्दन... दोनों उम्मीद पर लटके हुए थे, कोशिशें किये जा रहे थे...

लेकिन इस बार सलिला ने जनार्दन को उस मक्सद से नहीं बुलाया था...

''सौरी... लैट्स हैव सम ड्रिंक्स ...''

सलिला दो गिलास बनाकर लायी और अलग सोफ़े पर न बैठकर जनार्दन के बगल में कोउच पर बैठी। उसका चेहरा, जिसे जनार्दन ने हमेशा ही खिला-खिला, जीवन्त देखा था, आज मुर्झाया हुआ था... जैसे वह अभी-अभी रोकर उठी हो।

सलिला और रोना... जनार्दन कल्पना नहीं कर सकते थे।

"कोई ख़ास बात... ?" जनार्दन ने पहली चुस्की लेते ही पूछा।

वे आशंकित थे कि कहीं उसके तबादले को लेकर कोई गम्भीर बात तो नहीं हो गयी, कहीं उसके विभाग ने इस पर तो आपत्ति नहीं की कि मंत्री से क्यों मिली, कहीं उसे तत्काल नयी जगह ड्यूटी ज्वाइन करने का अल्टीमेटम तो नहीं दे दिया... जबकि अभी तक— सलिला के अपने प्रभाव से ही— विभाग उसे समय दिये हुए था।

"नहीं... बस, आपके साथ बैठना था!"

पीछे एक फीकी हँसी जिससे यह दिख गया कि वह झूठ था। सच जो जनार्दन के सामने था वह यह कि तब उस शाम वह अकेली नहीं होना चाहती थी, उसे किसी का साथ चाहिए था। जनार्दन को यह इल्म था कि सलिला के और भी दोस्त थे, जनार्दन से ज़्यादा घनिष्ठ। वे यह मुग़ालता नहीं पाल सकते थे कि सलिला को एक उन्हीं की ज़रूरत हुई... दरअसल वे अभी तक यही गुत्थी नहीं सुलझा पा रहे थे कि फुलझड़ी-सी वह लड़की इतनी उदास कैसे और किस वजह से हो सकती है...

थोड़ी देर वे तबादले की बातें करते रहे... क्या और नयी कोशिशें की जा सकती हैं.... सलिला उन बातों में शिरकत करती रही पर खिंचे-खिंचे ही। दूसरे गिलास के दर्म्यान... बात कुछ और चल रही थी कि सलिला के मुँह से निकला- 'आदमी लोग बेवफ़ा क्यों होते हैं... ?' और वह फफक पड़ी, उसका सिर जनार्दन की गदर्न में आ गिरा... और वह रोती चली गयी।

अब तक जनार्दन सलिला से काफी परिचित हो चुके थे, उसके साथ इस जगह अकेले भी कई बार बैठे थे। उसके दोस्त हो गये थे, हालाँकि खुद को उसका घनिष्ठ अब भी नहीं कह सकते थे।

जनार्दन ने तब सलिला के आँसू पोंछे, थपथपाया, सांत्वना दी... जो इस परिस्थिति में उन्हें करना ही था। सलिला जब सँभल गयी तब उसी से धीरे-धीरे यह खुलासा हुआ कि वह आज उसके घर गयी थी जिससे पति से तलाक लेने के बाद वह शादी करने जा रही है, उसके साथ होना चाहती थी... लेकिन वहाँ वह शख़्स एक दूसरी लड़की के साथ अकेले बैठा हुआ था... वह बाहर से नहीं लौटी, अन्दर गयी... लेकिन उसकी मौजूदगी से बेअसर वह उस लड़की से खासी आत्मीयता से बातें करता रहा, सलिला का परिचय ऐसे कराया जैसे वह भी एक

थी। उसने उस लड़की को जल्दी रुख़्सत करने की जरा भी कोशिश नहीं की। बोर होकर सलिला चलने को हुई, उसने एक बार भी उसे नहीं रोका। वह चली आयी, कमबख्त उस लड़की से बातें करता रहा, अब भी बैठा होगा उसके साथ...

"आदमी लोग बेवफ़ा क्यों होते हैं!"

वह बार-बार हैरत से कह रही थी... और जनार्दन उसे समझा रहे थे कि यह साधारण गलतफहमी का मसला भी हो सकता है।

सलिला जिससे शादी करने जा रही थी... वह तलाकशुदा पहले से ही था। सलिला चाहती तो अपने तलाक के बाद किसी से भी शादी कर सकती थी... इतनी सुन्दर वह थी, उसकी उम्र अभी भी पैंतीस के आसपास थी, जबकि वह शख्स पचास को छू रहा था। सलिला का कहना था कि उसे इस व्यक्ति से प्रेम था... क्या पता वह दूसरों को दिखाने के लिए कहती थी या खुद को यह प्रतीति सायास देती थी। अपने पति को दण्डित करने के ख्याल से विवाह वह फौरन करना चाहती थी... इसलिए इस नये व्यक्ति से प्रेम की बात कहती फिरती थी। तलाक तो उसे लेना ही था, पर वह सशंकित थी कि अगर ज़्यादा दिनों अविवाहिता रही... तो उसकी मिलनसारी तबीयत, उसकी वैसी ख्याति... इसमें खतरे ज़्यादा थे! हमारे समाज में विवाहिता होना ही बड़ी सुरक्षा है।

जनार्दन सलिला के उन मसलों से दूर ही रहे लेकिन उसके तबादले वाले से ज़रूर जुड़े रहे। आने वाले दिनों में जनार्दन की तो कोई कोशिश काम नहीं आयी पर सलिला के तबादले का आदेश रद्द हो गया। सलिला ने जनार्दन के फ़ोन लेना बन्द कर दिया, जनार्दन छूंछा चना बाजे घना साबित हुए थे! उन्होंने भी सलिला से बात किये बगैर उसके घर जाना ठीक नहीं समझा। कुछ महीनों में सुनने में आया कि सलिला का तलाक हो गया है और उसने उसी घर में अपने नये पति— वही शख्स जिससे वह सोचती थी कि वह प्रेम करती है, जिससे दु:खी होकर एक दिन वह जनार्दन के कन्धे पर सिर रखकर रोई थी— उसके साथ रहना शुरू कर दिया है।

जनार्दन को यह जानकारी भी मिली कि सोर्स-सिफारिशों की दौड़-धूप को एकदम दरकिनार कर उसके प्रेमी ने सम्बन्धित लोगों की मुट्ठी गर्म की थी, जिससे सलिला का तबादला आनन-फानन रुक गया और सलिला उससे और ज़्यादा प्रेम (!) करने लगी!

जनार्दन को उन्हीं दिनों उनकी पार्टी ने देश की राजधानी में खींच लिया, सलिला प्रकरण पीछे छूट गया।

अगर सलिला को सच्ची दोस्ती या सच्चे प्रेम की पहचान ही नहीं थी तो सिर्फ़ एक रोज... असहायता के पलों में उसका उनके कन्धे पर सिर रख आँसू बहाने के भी क्या मायने!

दिल्ली में एक दिन जनार्दन एक पेंटिंग-नुमाइश देखने पहुँचे थे। एक ही तल पर आयोजित उस नुमाइश में ज़्यादा नहीं सौ-एक चित्र लगे हुए थे... सभी अमूर्त चित्रकारी के नमूने... जिनमें उजले रंग बहुत कम थे। मद्धिम, धुँधले... डल... काले... ये ज़्यादा थे। चित्रकार महिला थी... एक किनारे कुर्सी पर बैठीं। आगन्तुकों के पास जा-जाकर उन्हें बताने में उनकी दिलचस्पी नहीं थी... कोई पूछने आता तो... वह भी कभी-कभी ही... बेमन से उठतीं, उस व्यक्ति के साथ उस चित्र तक जाती और संक्षिप्त-सा उत्तर देती। चित्रकार-महिला मोटी तो नहीं, स्थूलकाय थीं, गोरी नहीं लेकिन काली भी नहीं। कोई मेकअप नहीं... साधारण रूप से आकर्षक...

जनार्दन ने गौर किया कि चित्रकार-महिला उतनी ही गम्भीर थीं, जितना उनके पीछे प्रान्त में छूटी सलिला उथली। हो सकता है सलिला के उथलेपन से वितृष्णा के कारण चित्रकार-महिला की गम्भीरता में कुछ ज़्यादा ही आकर्षण था। वे उनके पास पहुँच गये...

"आपके चित्रों में उदासी ही उदासी है... जीवन में क्या कोई और रंग नहीं?"

वे मुस्कुराकर रह गयीं... जैसे कि उस नादानी पर क्या कहा जाये, जबकि जनार्दन के ख्याल से उनका सवाल खासा गम्भीर था।

"आपने कुछ कहा नहीं..." जनार्दन ने कुरेदा।

"क्या कहूँ..." उन्होंने बात जनार्दन की तरफ ही फेंक दी।

जनार्दन को अजीब लगा। चित्रकार-महिला को बोलने में बहुत रुचि नहीं थी, जैसे कि सोचतीं हों कि बोलने लायक था भी क्या दुनिया में... या जो तब उनके मन में आ रहा था... वह इस व्यक्ति से बोला जा सकता था क्या... वह उस लायक था क्या!

जहाँ तक वे कुछ नहीं सोच रही थीं, सिर्फ़ चुप थीं या तटस्थ... अपने चित्रों से भी। तो अपने चित्रों को दिखाना... यह नुमाइश भी क्यों?

"मैं जानना चाहता था— काला रंग इतना ज़्यादा क्यों हैं आपके यहाँ!"

"ज़िन्दगी सिर्फ़ हँसी-मज़ाक तो नहीं!"

उनका आशय शायद यह था कि काला रंग गम्भीरता का द्योतक है... काला से काल भी... जिसकी निष्ठुर चाल के आगे सब बेहाल। कला की दुनिया...

जनार्दन की राजनीति वाली से कितना फ़र्क़ थी— वह स्थूल तो यह सूक्ष्म, उनकी अल्पकालिक तो यह अनन्तकालिक... राजनीति में उठापटक, कूड़ा-करकट, शोर-शराबा.... सब कुछ, जबंकि यहाँ सिर्फ़ सत्त्व, शान्ति...

जनार्दन को उत्सुकता थी। कुछ था जो चित्रकार-महिला की तरफ़ खींचता था, जबकि देखने में वे करीब-करीब साधारण थीं। उनकी चुप्पी... पीछे गम्भीरता का समुद्र, अथाह। बहुत ही मितव्ययता के साथ निकाले गये चन्द शब्दों के उठते बुलबुले। उस गम्भीरता के आगे जनार्दन को राजनीति के कारनामे, गतिविधियाँ, भाषणबाजी... वे व्यर्थ की उछल-कूद से ज़्यादा कुछ नहीं दिखते थे।

"आपसे कुछ देर अलग से बातचीत हो सकेगी?"

"किस बारे में?"

"यही... आपके चित्रों के बारे में..." जनार्दन ने अचकचा कर बहाना बना दिया... फिर जोड़ा- "कला के बारे में, जीवन के बारे में..."

चित्रकार-महिला ने तब जनार्दन को गौर से देखा, कुछ पल उनकी आँखें जनार्दन पर ठहरी रहीं।

"परसों तक तो यह नुमाइश ही चलेगी... परसों शाम 6.00 बजे... आ सकते हैं। बाहर यहीं के कैफेटेरिया में कॉफ़ी पी लेंगे..."

चित्रकार-महिला ने करीब-करीब बेरुखी से कहा। जनार्दन कौन है... क्या है... जानने में कोई दिलचस्पी नहीं!

"थैंक्स..."

जनार्दन ने सामने मेज़ पर पड़ा नुमाइश का ब्रोशर उठाया और बाहर निकल आये। तीसरे दिन नियत समय पर पहुँचे।

मूक अभिवादन का जवाब चित्रकार महिला ने सिर्फ़ सिर हिलाकर दिया, एक खाली कुर्सी की तरफ़ इशारा करके बैठ जाने को कहा... माने उन्हें याद था। वे अपने चित्रों को पैक कराने में व्यस्त थीं। जैसे ही वह काम खत्म हुआ, वे जनार्दन की तरफ मुखातिब हुईं और उन्हें पीछे-पीछे आने को कहा। छोटा-सा वह कैफेटेरिया, उस इमारत का हिस्सा ही था। उन्होंने काउण्टर की तरफ़ दो उँगलियों उठाकर इशारा किया... माने दो कॉफ़ी...

"आप चित्रकारी के अलावा भी कुछ करती हैं?"

"क्या ज़रूरत... नुमाइश में एक-दो चित्र बिक गये... साल-दो साल के लिए खर्च निकल आया। और क्या चाहिए..."

"जितना आपका काम है, उतना नाम नहीं। क्या यह नहीं सोचतीं कभी कि बाहर नाम... प्रतिष्ठा... के लिए कुछ ज़्यादा किया जाना चाहिए..."

"हैं तो आप लोग... एक दूसरे से कहेगा, दूसरा तीसरे से। काफी है... काम है जो महत्त्वपूर्ण होता है, जो हमारे जीवन को भरे रखता है, यश-प्रतिष्ठा अर्जित की जाती है, ज़्यादा उस समय के लिए जब आप पृथ्वी पर होंगे ही नहीं... तो वे क्या मायने रखते हैं? प्रतिष्ठा जितनी काम के बल पर स्वतः मिल जाये... सिर्फ़ उतनी ही सच होती है, बाकी सब दूसरे तरीकों से अंगोठी हुई, इसलिए झूठी।"

"ब्रोशर में आपका पता दिया है।"

"हाँ... कुछ लोग जो नुमाइश में चित्र नहीं खरीद पाये, और खरीदना चाहते हैं उनके लिए..."

"आपका अपना घर है यह?"

"नहीं, किराये का..."

"अपना घर?"

"कहीं नहीं... शुरू से ही तय कर रखा था कि मकान खरीदने या बनवाने की बेवकूफी मैं कभी नहीं करूँगी।"

"अरे!... अपने परिवार... बच्चों की खातिर ही सही..."

"कोई नहीं है... होते भी तो मैं उनसे कहती वे करें जो करना चाहें। कितने दिनों पृथ्वी पर रहना है कि यहाँ झंडे गाड़े जायें..."

वे हल्के से हँसी... जिससे उनका चेहरा थोड़ा खिल आया।

जनार्दन को अजीब लगा... कितने लोगों की जीवन भर की साध होती है, कहीं घर बनाना... मंजिले मक्सूद! कितनों का पेट एक घर से नहीं भरता और वे बनाये चले जाते हैं— एक, दो, तीन और यह महिला पूरा जीवन किराये के मकान में ही निकाल देगी...?

"घर न सही... जीवन में साथी तो चाहिए..."

"कोई साथ ऐसा होता है क्या जो आपको पूरी तरह भर दे... आपको खाली न छोड़े! खालीपन आपको खुद ही भरना होता है।"

"आप अकेले रहती हैं?"

"नहीं... मैं अपने साथ रहती हूँ। मेरा साथ ही मुझे भरता है। रीत गयी हूँ... कभी ऐसा लगता है तो उतना खालीपन ज़रूरी है... कला को उतरने के लिए स्पेस तो देना है न..."

"आपके दोस्त तो होंगे... सहकर्मी, कलाकार या..."

"जोड़ दीजिए... हिचकिये मत... प्रेमी! यह सवाल ज़रूर उठाया जाता है... महिला हूँ न। देखिये— दोस्ती... प्रेम... ये शब्द हैं... इनके अर्थ वे होते हैं जो इन्हें हम अपने लिए देते हैं। प्रेम तो वैसे भी क्षणों में ही महसूस किया जाता है... तेजी से परवान चढ़ता है और जैसे ही अपने चरम पर पहुँचा, वहीं से बुझने के रास्ते लुढ़कने लगता है... उसी तेजी से जैसे ऊपर गया था। दोस्ती थोड़ा ज़्यादा देर टिक सकती है... बशर्ते हम दूसरे को अपने जैसा देखने/बनाने की हरकत न करें, दूरी रखें, उससे कुछ अपेक्षा न करें। फिर भी प्रेमी या दोस्त... कभी वह आईना नहीं हो सकता जिसमें आप अपने आपको देख सकें... देखकर खुश हों, दुःखी हों... या सुधरने के रास्ते चल सकें... अपने लिए वह आईना आप ही हो सकते हैं।"

"आप आत्मकेन्द्रित ज़्यादा लगती हैं, शायद हर कलाकार होता होगा। बाहर के लोगों से सम्पर्क ही नहीं होगा तो आपकी कला में जीवन कहाँ से आयेगा... शायद इसीलिए आज अमूर्तन चित्रकला की आम शैली हो गयी है... खेलते रहिये रंगों से... माफ कीजियेगा..."

जनार्दन थोड़ा कड़े पड़ गये थे। चित्रकार-महिला को खराब नहीं लगा था, उनके हल्के मुस्कुराने से जाहिर हो रहा था। उल्टे उन्हें अच्छा लग रहा था कि सामने वाले ने बहस थोड़ी गरम कर दी थी... वर्ना तो ज़्यादातर सामने से तारीफ़ ही तारीफ़ आती है... जो ज़्यादा आसान है... फिर बातचीत क्या... सब फुस-फुस ही रहा आता है।

"क्या कोई ऐसा हो सकता है जिसका बाहरी जीवन से सम्पर्क ही न हो... कन्दराओं में रहने वाले साधु-सन्यासी का हो सकता है, हालाँकि वहाँ भी पूर्णतः नहीं... तो बाहर का सम्पर्क तो रहता ही है। अब यह आपके ऊपर है कि आप उसे अपने यहाँ कितना आने देते हैं-- एक सीमा में रहने देते हैं या उसे अपने ऊपर हावी हो जाने देते हैं... वैसे बाइ द वे... आप क्या करते हैं..."

"राजनीति में हूँ।"

"तभी तो... बाहर के लोग... सम्पर्क... ये बातें बार-बार आती हैं आपके यहाँ। आपको भीड़ चाहिए, हमारे यहाँ उससे परहेज है। कभी-कभी तो एक व्यक्ति भी भीड़ बन जाता है। हमें अपना एकान्त चाहिए... ज़्यादा से ज़्यादा। मैं अपने जीवन में बाहर का सम्पर्क उतना ही आने देती हूँ जितना आना ही आना है। जितने

के बिना निजात नहीं... वही बहुत होता है... भीड़ तो आप लोगों को चाहिए... आप उसके पीछे भागते हैं और वह आपके पीछे...'' वे हँसी।

''राजनीति को नफरत से देखती होंगी।''

''ऐसा तो नहीं... अलग-अलग कार्यक्षेत्र हैं... लेकिन कुछ काम ऐसे होते हैं जो आपको और साफ, और ईमानदार और सत्य-खोजी बनाते हैं, कुछ ऐसे जो आपको और दिखावी, और बेईमान और झूठा बनाते हैं...''

''ऐसा नहीं है... कला के क्षेत्र में भी झूठे, पैसों के पीछे भागने वाले लोग पाये जाते हैं...''

''लोगों की नहीं... मैं काम की बात कर रही थी... उस काम का जो स्वभाव होता है... वह।''

''मैं निजी स्तर पर यह कोशिश कर रहा हूँ कि राजनीति में तो रहूँ... पर उसके कलुष को अपने ऊपर न आने दूँ।''

''ज़रूर कर रहे होंगे... वही तो आपको कला-दीर्घा में लाया।''

''आपसे बातें करना अच्छा लगता है... क्या हम आगे भी मिल सकते हैं?''

''क्यों नहीं...''

''आपके घर?''

''नहीं। वहाँ मैं सिर्फ़ बिजनिस की बातें करती हूँ, इन्टर्व्यू भी नहीं। क्या होता है— घर में टाइम दिया... उसी से लोग गलतफहमी में आ जाते हैं... फिर बात अनौपचारिकता से होते हुए फिजूल घनिष्ठता की ओर बढ़ने लगती है।''

''घनिष्ठता को आप फिजूल कहती हैं।''

''इसलिए कि वहाँ जल्दी वह विन्दु आ जाता है जहाँ से लुढ़कना चालू हो जाता है... कटुता वगैरह चीज़ें आने लगती हैं। थोड़ी दूरी... वह रहना चाहिए... स्पेस, जो व्यक्तियों को अपने अलग क्षेत्रों में जीने के लिए ज़रूरी है। आप फ़ोन कर लीजिएगा... हम ऐसी ही किसी जगह मिल लेंगे।''

इधर दाखिल-घर हो जाने का सिलसिला बिठा लेना जनार्दन की शैली बन गयी थी। दूसरी तरफ़ चित्रकार महिला यह देख रही थी कि जनार्दन जैसों को घर आने देना— माने उस सिलसिले की शुरूआत जिससे कुछ नहीं निकलने वाला... इसमें उन्हें कोई रुचि नहीं थी।

जनार्दन ने उनसे फिर सम्पर्क नहीं किया। क्या फायदा ऐसी ही दूसरी या तीसरी बैठक का... वही बातें करना जो वे कर चुके थे। घनिष्ठता न हो तो आत्मीयता कहाँ

से आयेगी... और वह नहीं तो हम सिर्फ़ एक दूसरे का समय खराब कर रहे हैं। कोई सम्बन्ध क्या सिर्फ़ जानकारी, ज्ञान कह लीजिये, उसके आदान-प्रदान करने भर के लिए होता है... उसके बाद अपने-अपने रास्तों पर! एक दूसरे के जीवन में थोड़ा-बहुत दखल, हिस्सेदारी... यह न हुए तो सम्बन्ध कहाँ हुआ... और सम्बन्ध नहीं बनाना तो दूसरे को जानने-समझने की ज़रूरत भी क्या...

फिर भी पीछे जनार्दन में गम्भीरता के लिए आकर्षण छूट गया... आज भी है... गम्भीरता जो चित्रकार महिला की जीवन-दृष्टि— आप सहमत हों या नहीं— उसके पीछे थी, जिसे वे जी भी रही थीं...

महत्त्वपूर्ण चित्रकार महिला नहीं, वह जीवन-दृष्टि भी नहीं... उसके पीछे जो गम्भीरता थी वह है। जीने के पीछे एक सोच... उसी के अनुसार जीना...

5

तो जनार्दन बाबू...

पुरानी नायिकाओं के साथ आप अपने पुराने समय को जी आये, आपके पीछे-पीछे थोड़ा-बहुत मैं भी... टोका-टोकी कर सकता हूँ...

आप माने न माने, राजनीति के क्षेत्र में आप महत्त्वाकांक्षी थे और उसकी लपेट में आपके जीवन में ऐसे कितने सम्बन्ध बनते-बनते रह गये। देखा जाये तो वे आपके व्यक्तित्व के अलग-अलग तत्त्व ही थे, जो जहाँ आपको दिखाई दिये वहाँ उसके लिए आकर्षण बना—आभा, सविता, सलिला... वह चित्रकार-महिला, कोई भी। उनकी चीज़ें आपके अन्दर थी, राजनीति उन्हें उभरने नहीं देती थी। आप अपने जीवन में उन्हें लायें... राजनीति यह होने नहीं देती थी, एक सीमा के आगे जाने से आपको रोक लेती थी। फलतः आपका कोई स्थायी सम्बन्ध न हुआ। पत्नी का छोड़िये... विवाह से तो आप लड़कपन में ही बँध गये थे... वह एक रिचुअल था और वही रहा... जैसे आते-जाते हम रास्ते में आये मन्दिर को शीश नवा लेते हैं... या पूजा स्थान में बैठते हैं... अन्दर कोई भावना नहीं। रिचुअल के क्रम में ही नम्रता हो गयी... सैटिल हो गयी... और इधर पत्नी भी स्वर्गवासी हो गयीं... लेकिन ये सब आपको कोरा ही छोड़ गये। बाहर के कुछ... आभा, सलिला जैसे भी हल्का छिड़काव कर चले गये। अब... यहाँ पहुँचकर इनमें आपको वह अन्तरंगता नहीं मिलेगी, जिसके बल पर आप रस लेते हुए जिसे आप साधारण जीवन कहते हैं... वह जी सकें। आपकी जानकारी के लिए....

रूपवती आभा की दोनों बच्चियों का विवाह हो चुका है। आयु के साथ आभा का रंग धुँधला गया है। पति रिटायर हो गये और वे दोनों अपना समय अब और ज़्यादा किटी पार्टियों और फ़िल्मी गाने गाकर काटते हैं, अपने घर सिस्टम और माइक लगवा लिये हैं, जिनके साथ वे फ़िल्मी गाने इस तरह गाते हैं जैसे सचमुच पार्श्व गायक हों! और क्या करें...

सविता की बौद्धिकता... नफासत और रेशमी उच्चारण से अंग्रेज़ी बोलने के आगे नहीं बढ़ सकी। वह अपनी संस्था के कार्यक्रमों का संचालन आज भी करती है, उसी में फँसी पड़ी है। पति... घुटनों के दर्द से परेशान हैं, लँगड़ा कर चलते हैं, कुछ ज़्यादा ही बूढ़े हो गये हैं, जो घुटनों के दर्द से भी ज़्यादा खालीपन के कारण हुआ है। सविता का उठना-बैठना ज़्यादातर उसकी संस्था के ही कर्मचारियों के बीच ही होता है, पहले भी यही था, क्योंकि उनके बीच ही वह लीडर हो पाती है। उसकी संस्था में मौजूदा अफसरों के कार्यक्रमों पर अब भी ज़्यादा जोर है... लेकिन अफसर उसे अपने से नीचे का ही आँकते हैं... हुआ करे सविता उनसे ज़्यादा बौद्धिक, उनके लिए पदों पर काबिज सीनियर अफसर और मंत्री... इनसे ऊपर कोई नहीं, कुछ नहीं!

सलिला ने अपनी सामाजिकता पर लगाम लगा रखी है। अपने आसन्न बुढ़ापे को देख वह नये पति का साथ निबाहती है— यह जानते हुए भी कि वह अब भी जो महिलाएँ सुलभ हैं उनके बीच लार टपकाता घूमता रहता है। सलिला सोचती है कि अब काम तो यही आयेगा... हालाँकि इसमें शक है। जो हो, वह अब घर में ज़्यादा सिमटी रहती है।

चित्रकार-महिला ने अपने रहने के लिए घर कहीं नहीं बनवाया। किराये का घर छोड़ वह एक रईस विधुर के साथ उसके घर पर रहने लगी... बुढ़ापे का 'लिव इन!' चित्रकारी करती है, लेकिन नुमाइश या चित्रों को बेचने की ज़रूरत अब उसे नहीं है।

सम्बन्धों को पीछे से उखाड़ कर नहीं लाया जा सकता कि आप उन्हें अपनी या उस दूसरे की ज़रूरत के अनुसार ढाल कर जब चाहे जहाँ बिठालें। सम्बन्ध हमेशा उस समय के होते हैं जिस समय वे बनते हैं, कहिये कि समय ही उन्हें बनाता और जीता है। फिर कुछ सम्बन्धों को गर्त में डालते हुए... कुछ को आकाश के चौखटे में सितारों की तरह टाँकते हुए समय आगे बढ़ जाता है। मनुष्य अपने स्वभाव के अनुसार चाहें तो गड़े मुर्दे उखाड़ा करें, चाहे तो समय-समय पर इन सितारों को तकें। हम सम्बन्धों के इस पक्ष या उस पक्ष को प्राणों में भर सकते हैं... लेकिन स्थूल रूप से उन्हें अपने जीवन में वापस नहीं ला सकते। अब आपके जीवन में इन लोगों का प्रवेश नहीं हो सकता...

तो वह छोड़िये... आप यह देखिये कि साधारण आदमी का जीवन जीने में सबसे बड़ी बाधा आप स्वयं हो— बौद्धिकता और राजनीति जो चिप्पियों में आपके व्यक्तित्व में इधर-उधर चिपकी हुई हैं, जो आपको आपके समकालीन स्त्री-पुरुषों से भी स्वाभाविक सम्बन्ध नहीं बनाने देतीं। राजनीति इसलिए कि उसमें आप सारी

उम्र रहे हैं, बौद्धिकता इसलिए कि उसके लिए आपके मन में दबा-दबा आकर्षण हमेशा रहा है!

जनार्दन बाबू समझ रहे हैं कि उनके लिए जैसे राजनीति में आगे का रास्ता बन्द है, वैसे ही सम्बन्धों के मामले में भी। अब उन्हें अकेले अपने बल पर ही, अपने ही साथ रहते हुए जीना होगा...

क्यों न वे वैसे रहने लगें जैसे तब वह चित्रकार-महिला रहती थी? चित्रकारी की जगह लेखन। वे एक लेखक का जीवन जीने लगें...

सरकारी बंगले में वे अब भी हैं। निर्माण भवन से जब खाली करने का आदेश आ जायेगा तो खाली कर शहर के बाहरी हिस्से में जो उनका निजी मकान है... वहाँ चले जायेंगे, न सही इतना बड़ा, उनके अपने काम लायक तो हो ही जायेगा। जब तक यहाँ हैं तो यह समय भी क्यों जाया किया जाये...

बाहर वाला कमरा जो कल तक मुलाकाती कक्ष था... उसे स्टडी बना ही लिया है... किताबें सज गयी हैं। पुराना स्टेनो शर्मा नियमित समय पर आये, जनार्दन बाबू डिक्टेट करेंगे... अपने मैमौयर्स!

उन्होंने राजनैतिक जीवन की अपनी यात्रा लिखाना शुरू कर दी, साथ-साथ वे काम करना जिनके लिए लोगों को वे जब-तब भाषणों/लेखों में उत्साहित करते रहते थे, लेकिन जो खुद कभी नहीं किये... समय ही नहीं मिलता था। पेड़ अनाप-शनाप काटे जा रहे हैं... जनार्दन बाबू किस तल्खी से कहा करते थे... हर दूसरे कस्बे को 'स्मार्ट सिटी' बनाने की प्रक्रिया चल पड़ी है (निर्माण कार्यों में कमाई जो है!), जिसके लिए पुरानी इमारतें तो ध्वस्त किया ही जाना है, कितने पुराने बड़े पेड़ों की भी बलि चढ़ जाती है। कहा जाता है— हम इनके एवज़ इतने पेड़ लगायेंगे... पौधारोपण होता है, लेकिन फ़ोटो-ओटो खिंचखिंचा गयीं तो उन पौधों को पानी देने वाला तक कोई नहीं। जनार्दन बाबू इस बंगले में पौधारोपण करेंगे, पौधों को बड़ा करेंगे... बंगला खाली करना पड़ेगा... कोई बात नहीं, पेड़ तो रहेंगे... वे जहाँ रहेंगे, पेड़ लगायेंगे और उनकी परवरिश करेंगे।

पीछे सर्वेन्ट्स-क्वाटर्स के रहवासियों के सहयोग से सब्जियाँ उगाना शुरू किया... जिन्हें वे उन लोगों के साथ बाँटेंगे जिनकी मेहनत उसमें लगती है। जनार्दन बाबू का सुख खेती जैसे काम में जुड़ने का।

किताब तेजी से चल पड़ी। शाम को शर्मा आ जाता, पुराना टाइप किया ले आता जिसे वे दूसरे दिन कभी भी देखते, दुरुस्त करते/सँवारते। शर्मा को आगे का लिखाते थे। कहीं रुकना नहीं पड़ता था। कल्पना या कुछ सोचने-वोचने का

चक्कर तो था नहीं, सिर्फ़ याद करके पुरानी बातों को क्रम से आगे बढ़ाते चले जाना था।

पाण्डुलिपि जल्दी तैयार हो गई। हवा लगते ही कई प्रकाशक दौड़ पड़े— जनार्दन बाबू अभी कल तक तो ही पद पर थे, किसी न किसी अख़बार में कहीं-न-कहीं होते थे, खूब परिचित नाम। राजनैतिक हस्ती... तो राजनैतिक उठापटक के क़िस्से खूब होंगे... उनके भी जो आज कुर्सियों पर काबिज हैं... चटखदार मसाला। किताब खूब बिकेगी। भले वह बहुत आगे तक चलने वाली न हो, लेकिन एक ही संस्करण में वह कमाई कर जायेगी जो अच्छी-से-अच्छी साहित्यिक किताब सालों नहीं कर पाती।

जनार्दन बाबू ने प्रकाशक के सामने अपनी कोई अलग शर्त नहीं रखी... जो शर्तें लेखकों के साथ साधारणत: रखी जाती हैं— वे ही। वैसा ही अनुबन्ध, वैसी ही रॉयल्टी। वे मंत्री रहे हैं, राजनेता के रूप में प्रसिद्ध हैं... इसके लिए कुछ विशेष... यह सब नहीं; अपनी छवि अब वे आम लेखक जैसी चाहते थे। प्रकाशक ने एक माह में ही किताब छाप दी। उसे जल्दी थी क्योंकि किताब के भीतर का माल अब भी ताजा था। उसने किताब का विधिवत विमोचन कराने का आग्रह किया तो जनार्दन बाबू चिन्ता में पड़ गये— प्रकाशक को विमोचन करने वाला कोई बुद्धिजीवी, साहित्यकार, पत्रकार, लेखक... ये नहीं, राजनेता चाहिए! जनार्दन बाबू से उम्र में बड़े नेता मिल जायेंगे लेकिन उनका राजनैतिक कद जनार्दन बाबू से नीचे का था, छवि भी अच्छी नहीं थी। प्रकाशक आज जो मंत्री थे... उनमें से किसी से विमोचन कराने का आग्रह कर रहा था। उसका तर्क था कि मंत्री के मुख्य अतिथि होने से श्रोता लोग बड़ी संख्या में उपस्थित हो जाते हैं, क्योंकि इसके लिए मंत्री जी का सारा स्टॉफ़ प्रयत्नशील होता है... उन्हें भीड़ इकट्ठी करने का तर्जुबा होता है। हॉल खचाखच भरा न हुआ तो मंत्री समारोह के आयोजकों पर नहीं, अपने स्टॉफ़ पर बरसते थे। स्टॉफ़ यह काम मंत्री के चमचों के मार्फत कराता था...

श्रोताओं के अलावा प्रकाशक की नज़र इस पर भी थी कि इस बहाने उसका एक मंत्री से सम्पर्क बनेगा!

जनार्दन बाबू मंत्री से विमोचन कराने के पक्ष में बहुत नहीं थे, क्योंकि ये सब वे ही तो थे जिन्होंने उम्र का पैंतरा चलाकर उन्हें एक किनारे फेंक दिया था... फिर भी उन्हें मानना पड़ा क्योंकि अगर श्रोताओं की संख्या कम हुई तो उनके विरोधियों को कहने के लिए एक और चीज़ मिल जायेगी— जनार्दन बाबू की तो कोई 'फौलोइंग' ही नहीं है, वे कहाँ के नेता! अच्छा हुआ उन्हें साइड लाइन कर

दिया! अपनी तरफ़ से जनार्दन बाबू ने पुस्तक पर बोलने के लिए दो साहित्यकारों को ज़रूर रखवा दिया जिससे कि वह मंत्री, पार्टी भी देख ले कि जनार्दन बाबू चलताऊ किस्म के राजनेता नहीं थे, बुद्धिजीवियों में भी उनकी साख है।

विमोचन कार्यक्रम में मंत्री फरफराते हुए समय पर आये, जनार्दन बाबू को प्रणाम झुककर किया और आयोजकों को फुसफुसा दिये कि उन्हें जल्दी एक ज़रूरी मीटिंग में जाना है... इसलिए शुरू में ही विमोचन करा लें, वे दो शब्द बोलकर चले जायेंगे, बैठ नहीं सकेंगे... हालाँकि उन्हें जनार्दन बाबू और दूसरे वक्ताओं को सुनने की बहुत उत्सुकता थी।

मंत्री जी ने जनार्दन बाबू के बारे में अच्छी-अच्छी बातें कहीं, कहा किताब उन्होंने नहीं पढ़ी है... पर अच्छी होगी... और वे जनार्दन बाबू को प्रणाम कर वैसे ही निकल गये, जैसे आये थे। मंत्री के जाते ही हॉल आधा खाली हो गया। मंच पर मुख्य अतिथि की खाली कुर्सी डोल रही थी। जनार्दन बाबू का मुँह सूख गया... कल का छोकरा, पार्टी में जनार्दन बाबू से कितना जूनियर... मंत्रित्व दिखाता है! उन्होंने साहित्यकारों को बोलने के लिए आमंत्रित करने का इशारा किया। साहित्यकार अच्छा बोले... खूब प्रशंसात्मक।

कार्यक्रम खत्म होने के ठीक पहले श्रोताओं में से एक व्यक्ति ने हाथ उठाकर कुछ कहने की इच्छा जाहिर की। कोई बुज़ुर्गवर थे। उत्साहित जनार्दन बाबू ने उन्हें मंच पर आकर माइक से बोलने के लिए कहा, आखिर वे अभिव्यक्ति की स्वतंत्रता के पक्षधर हमेशा से थे। बुज़ुर्गवर ने कहा कि उन्हें सिर्फ़ दो मुद्दे उठाना है। एक यह कि जनार्दन बाबू ने अपनी किताब में वह प्रसंग क्यों छिपाया जब उन्होंने प्रधानमंत्री पद के लिए खुद को आगे किया था, एक तरह से पार्टी हाईकमाण्ड के सामने खड़े हो गये थे। उस समय उनकी पार्टी का क्या रुख था, दूसरी पार्टियों की सपोर्ट के लिए किये गये जनार्दन बाबू के अपने प्रयास क्या थे— जिसके लिए उन पर आक्षेप भी लगाये गये थे... इस सबका खुलासा होता तो यह किताब समकालीन राजनैतिक इतिहास का एक दस्तावेज़ बन सकती थी। सत्य को छिपाना लेखकीय नैतिकता के ख़िलाफ़ है। या तो आत्मकथा या मैमोयर्स लिखे ही न जायें, लिखे जायें तो फिर सभी महत्त्वपूर्ण ब्यौरे पूरी सत्यता में उजागर किये जाना चाहिए, चाहे वे किसी के लिए, अपने लिए भी कितने ही कटु क्यों न हों। दूसरी बात कि जनार्दन बाबू मानते हैं कि देश में सभी तरह की विचारधाराएँ रहें, लेकिन पुस्तक में उन्होंने सिर्फ़ अपनी पार्टी की विचारधारा का महिमामंडन किया है। क्या विपरीत

विचारधाराओं में एक भी ऐसी नहीं जिसका निष्पक्ष रूप से विश्लेषण किया जाता, क्या एक में भी कोई अच्छी बात नहीं।

जनार्दन बाबू का मुँह उतर गया, खुद को आम लेखक के रूप में प्रस्तुत करने की कोशिशों पर पानी फिर गया। कल का छोकरा... वह राजनेता, मंत्री वैसे धोकर चला गया— उसने किताब पढ़ी नहीं, न ही कभी पढ़ेगा! और यह बजुर्ग जिसे उन्होंने ही बुलाकर बोलने का मौका दिया... उसने यों धो दिया। साहित्यकार जिन्होंने जनार्दन बाबू की तारीफ़ में भाषाई छटा दिखाई थी, उनकी भाषा पर बुजुर्गवर की खड़ी-खड़ी बोली ने काली स्याही फैला दी थी।

6

श्रुति किताब वापस करने आयी थी।

जनार्दन बाबू अपनी स्टडी के मेज़ पर थे, सवेरे नहा-धोकर तरोताजा! श्रुति जिम से लौट रही थी। ड्रैस वही... चुस्त निकर, ऊपर बनयान जैसी स्पोर्ट्स-शर्ट, वह भी चुस्त... युवावस्था की उठती छातियाँ कमीज़ फाड़ बाहर आने को बेचैन। गर्दन के नीचे झिलमिलाता साँवला, सुनहरा रंग... जनार्दन बाबू को अपना नहाया-धोया शरीर भी बासी-बासी लगा।

''थैंक यू सर!'' श्रुति ने टैगोर का उपन्यास 'गोरा' वापस करते हुए कहा।

''कैसा लगा?''

''अच्छा था। मुझे इमोशनल ज़्यादा अच्छे लगते हैं। इस बार मैं अपनी पसन्द की ले जाऊँगी।''

''अभी तक तुमने क्या पढ़ा है?''

''ज़्यादा नहीं सर... कोर्स की किताबें ही दम चाट लेती थीं!''

''कितना पढ़ी हो?''

''अंग्रेज़ी में एम.ए. कर रही हूँ। आखिरी साल है।'' श्रुति ने गर्व से कहा।

''गुड... अभी तो कोर्स का प्रैशर होगा। क्यों न बाहर की चीज़ें इम्तहान बाद पढ़ो।''

''इम्तहान का क्या... तारीखें आगे बढ़ती चली जाती हैं। कभी इसलिए तो कभी उसलिए।''

जनार्दन बाबू को अफसोस हुआ। जब वे यूनिवर्सिटी में थे तो हर चीज़ के लिए तारीखें पहले से तय होती थी और उन पर अमल भी किया जाता था— इस तारीख तक यूनिवर्सिटी में दाखिला, इस तारीख तक हॉस्टल में भरती। मार्च अन्त तक इम्तहान, मई शुरू में नतीजे... ताकि उसके बाद लड़के-लड़कियाँ आगे की पढ़ाई या नौकरी के लिए आवेदन वगैरह कर सकें। जुलाई से नया सत्र

शुरू। लेक्चर्स के साथ-साथ ट्यूटोरियल्स— जहाँ छः-सात विद्यार्थी ही होते थे, प्राध्यापकों का उनसे संवाद होता था— प्राध्यापक कोर्स के बाहर पढ़ने के लिए कितनी चीज़ें सुझाते थे।

"ओ.के.... तुम गाँधी जी का 'माई एक्सपैरीमेंट्स विध ट्रुथ' या नेहरू की 'डिस्कवरी ऑफ़ इण्डिया' ले जाओ... वे रखी हैं... उधर के शैल्फ़ में..."

"सर... बोझिल नहीं प्लीज़। कोर्स में हैं ही... पढ़ते हुए सिरदर्द होने लगता है। मुझे तो ऐसी चाहिए जो पढ़ाई के स्ट्रैस के बाद रिलैक्स करे..."

"जैसे... ?"

"जैसे 'रिबैका' या 'गौन विध द विंड'... आप परेशान न हों, मैं निकाल लूँगी जो मुझे चाहिये।"

श्रुति ने किनारे रखा स्टूल खींच लिया... और उस पर खड़ी होकर ऊपर के शैल्फ़ पर लगी किताबों को देखने लगी। जनार्दन बाबू सामने मेज़ पर रखे अख़बार पर झुक गये... लेकिन दबे-दबे उनकी नज़रें श्रुति की बाँहें, निकर में चिपके 'हिप्स'... फिर नीचे उतरती टाँगों पर चली जातीं। युवावस्था में सब कुछ कैसा आनुपातिक होता है... जो बाद में फैलकर भोंडा या मुटल्ल होता चला जाता है। जितनी देर श्रुति स्टूल पर खड़े शैल्फ़ों में अपने लिए किताब ढूँढ़ती रही, जनार्दन बाबू उस तन्वांगी को रह-रहकर निहारते रहने से खुद को न रोक सके। श्रुति ने दो किताबें शैल्फ़ से निकाल लीं। एक इस हाथ में, एक उस हाथ में लिये वह स्टूल से कूदी तो खुद को सँभाल न सकी... नीचे कुर्सी पर बैठे जनार्दन बाबू पर करीब-करीब गिरी... उस हाथ की किताब छूटकर उनके सामने मेज़ पर गिरी, सहारे के लिए उसकी एक बाँह उनके कन्धे पर टिक गयी थी। बाँह उठाते हुए उसकी बड़ी-बड़ी आँखें जनार्दन बाबू की आँखों में उतर गयीं...

"सौरी सर..."

मात्र एक क्षण... उन आँखों में कैसे-कैसे रंग थे जो जनार्दन बाबू को डुबोते चले गये, श्रुति जिनको लेकर अनजान थी।

"दोनों ले जाऊँ?" श्रुति ने जल्दी ही खुद को सँभाल लिया था।

"ले जाओ..." जनार्दन बाबू ने श्रुति की उन आँखों को पकड़ने की कोशिश की, जो कुछ पल पहले उन पर झुकी थीं... लेकिन वहाँ वे अब नहीं थीं।

जनार्दन बाबू उस पीढ़ी के थे जिसमें लड़की को छू लेना ही बड़ी बात होती थी। अजीब... कि पूरा जीवन पत्नी के साथ गुज़ार लेने... स्त्री के शरीर को ओर-छोर देख लेने के बाद आज उम्र के उतार पर— एक छुअन... कि सिहरन देह भर

में दौड़ गयी, अभी भी झनझना रही थी... जबकि श्रुति की पीढ़ी के लिए पुरुष का शरीर छू जाना कुछ नहीं था...

श्रुति किताबें लेकर हवा हो गई थी, लेकिन कमरे की जिस हवा ने उसके शरीर को छुआ था, वह स्टडी में ठहरी हुई थी, जनार्दन बाबू को काफी देर तक गुदगुदाती रही। अनौपचारिकता या बस 'यूँ ही' दिखाते हुए वे श्रुति को यहाँ-वहाँ छू सकते हैं... लेकिन जिस वक्त वे अन्दर की प्रेमभावना से उसे छुएँगे— और वह जाहिर हो ही जायेगा— उसी वक्त वे उसके लिए और खुद के लिए भी हास्यास्पद हो जायेंगे। विडम्बना यह कि खूबसूरती जब भी सामने आती है, देखने वाले के मन में प्रेम उमड़ाती आती है... जनार्दन बाबू क्या सिर्फ़ इसलिए बच सकेंगे कि उम्रदराज हैं ? प्रकृति का तो यह नियम नहीं। होता तो श्रुति के पास होते ही उनके मन में प्रेम-तरंगें कैसे उठने लगतीं हैं ? फिर उमड़ते चले आते उनके इस प्रेम को क्योंकर अस्वाभाविक कहा जा सकता है, उसे क्यों हास्यास्पद माना जाये... वे ही क्यों ऐसा मानते हैं !

गनीमत कि श्रुति ठहरती नहीं, हवा के झोंके की तरह आती और चली जाती है। कभी कुछ देर को ठहर गयी तो...

अगर जनार्दन बाबू को हास्यास्पद होने की परिणति से बचना है तो उन्हें श्रुति से फासला रखना होगा। उसे आने से मना तो किया नहीं जा सकता, जब उन्होंने ही उसे कभी-भी आने-जाने... कोई किताब रख जाने, ले जाने की छूट दे रखी है, रामू भी यह जानता है। वह सवेरे ही आयेगी जिम से लौटते हुए। यह वही समय है जब जनार्दन बाबू तैयार होकर बाहर आते हैं, स्टडी में अख़बार पढ़ते हैं या दूसरे काम करते हैं। यह किया जा सकता है कि उस वक्त वे स्टडी में न बैठें, अन्दर रहें। उनके यहाँ होते हुए अगर कभी श्रुति आ भी गयी तो किसी बहाने अन्दर चले जायें। उसके साथ किताब पर बातचीत वाले विचार को आया-गया हो जाने दिया जाये... क्योंकि वह जनार्दन बाबू का खुद का बिछाया जाल होगा जिसमें वे ही फँस जायेंगे। वैसे भी किसी विषय या किताब पर इस लड़की— जिसने अभी एम.ए. भी नहीं किया, उससे क्या बात की जा सकती है ! कहाँ उनका स्तर, कहाँ उसका ! अच्छा है कि श्रुति भी किताब पर चर्चा की बात को भूल गयी दिखती है, हाथ में रोबीला-सा मोबाइल, उसको पल-पल देखती है... जैसे उसके पास समय की बहुत कमी हो। मोबाइल पर मैसेज की ध्वनि आयी, वह फट से बटन दबाकर देखती है... जैसे हर पल उसे इन्तज़ार है— किसी से मिलना है, या किसी का फ़ोन या मैसेज आना है !

आने वाले दिनों में उन्होंने अपनी सुबह की दिनचर्या में थोड़ा बदलाव ला दिया। श्रुति नौ और दस बजे के बीच ही आती थी। जनार्दन बाबू उस समय अख़बार स्टडी में न पढ़कर भीतर के कमरे में पढ़ते। स्टडी श्रुति के लिए खुली रहे, वह लायी किताब/किताबें स्टडी में रख जाय, जो ले जाना चाहे ले जाय। रामू को समझा दिया। श्रुति ऐसा ही करती, जाते समय एक निगाह घर के भीतरी हिस्से की तरफ़ ज़रूर फेंकती... जैसे दबी-दबी उसकी इच्छा जनार्दन बाबू से मिलने, दो बात करने की तो थी।

लेकिन उस दर्म्यान ही... श्रुति के स्टडी में होने और चले जाने के बीच, बैडरूम में अख़बार पर झुके हुए जनार्दन बाबू में क्या-क्या तो होता। नज़रें अख़बार से फिसल-फिसल कर स्टडी की तरफ़ दौड़ती रहतीं... एक रोज़ वापस जाते हुए श्रुति की सिर्फ़ बाँह दिखी... जामुनी रंग की आधी बाँहों वाली शर्ट के नीचे... स्लिम, चिकनी, सूरज की हल्की रोशनी में झिलमिल करती हुई... कभी-कभी चमकती हुई भी। एक बार उसे आते हुए भी देखा— नीली जीन्स के ऊपर सफेद कमीज़... शायद जिम से नहीं, घर से आ रही थी, कहीं जाने को निकली होगी। वह ड्रैस उसके ऊपर खिल रही थी... ये रंग और युवावस्था... श्रुति बहुत खूबसूरत लगी, हालाँकि जनार्दन बाबू अपने बैडरूम से उसका चेहरा भी नहीं देख पा रहे थे। आने-जाने में क्या स्मार्ट चाल... बदन का क्या कसाव!

जितनी देर श्रुति स्टडी में होती... एक खुनक में जनार्दन बाबू ऊपर-नीचे होते रहते... प्रकृति की कैसी लीला कि नारी का दिमागी स्तर कुछ हो... उसकी उपस्थिति मात्र ही घर में कैसा उजाला भर देती है... और यह युवावस्था भी क्या चीज़ है... क्या ताजगी... कैसे रंग खिलाती है, लड़की के शरीर में ख़ासकर क्या भर देती है कि उसके हर कदम पर फूल खिलते हैं... हर बोल से संगीत उठता है...

उस दिन ही जब श्रुति स्टूल से फिसल जनार्दन बाबू के कन्धे पर आ गिरी थी, वे उसकी बाँह अपनी हथेली में भरते-भरते रह गये थे... कैसे? उन्हें ताज्जुब होता है। अब तो जब भी वे श्रुति के पास अकेले हुए, उसकी सुनहरी बाँह पकड़ लेने से खुद को रोक नहीं पायेंगे... फूल भरी पतली डगाल को हिला बैठेंगे... फूलों की वर्षा में नहाने बैठ जायेंगे...

और तब... वे खुद को अपनी ही नज़रों में कितना हास्यास्पद बना लेंगे! जनार्दन बाबू को खुद से डर लगता है... इसलिए बैडरूम में दुबके बैठे रहते हैं...

7

मैमौयर्स के विमोचन पर श्रोता-आलोचक द्वारा कही गयी बात जनार्दन बाबू को रह-रहकर कोंचती रही थी। सच, लेखक होना तो दूर, कोई व्यक्ति सही मायने में बौद्धिक भी नहीं है अगर वह अपने लिखे में ईमानदार नहीं हैं और जनार्दन बाबू यह हो नहीं सकते, क्योंकि वे अभी भी राजनेता हैं, एक पार्टी के हैं। बाहर किसी के खुश-नाखुश हो जाने का ख्याल रहेगा ही। सही है कि उन्होंने मैमौयर्स में प्रधानमंत्री पद के लिए अपनी दौड़ वाला प्रसंग उठाया ही नहीं, दबा गये। उसे स्वीकारना तो दूर की बात... हाईकमाण्ड और अपनी पार्टी के ख़िलाफ़ एक शब्द नहीं लिखा। वे उन्हें नाराज़ नहीं करना चाहते... क्या इसलिए नहीं कि जनार्दन बाबू को अब भी कहीं कुछ मिलने की आशा है? वह न भी सही तो इसलिए नहीं लिखा कि जनार्दन बाबू अब भी खुद को अपनी पार्टी के परिवार का सदस्य मानते/दिखाते हैं। अगर लेखन में वे ईमानदार नहीं हो सकते तो लेखक जैसा जीवन कैसे जी सकेंगे.. वह जो आपको भरे रखे, जैसा साहित्यकारों के बारे में सुना जाता है। स्वयं को कोई सन्तोषप्रद उत्तर न दे सकने की वजह से वे अपनी पुस्तक के प्रकाशन-विमोचन के बाद लेखन से उदासीन होते चले गये। मैमोयर्स के बाद उनके पास लिखने को कुछ था भी नहीं।

इस बीच एक दूसरा सवाल उठने लगा था। ये काम जो जनार्दन बाबू ने अपने घर में शुरू किये हैं— सब्जी उगाना, पेड़ लगाना, जल-संचय वगैरह— निजी स्तर पर कोई भी कर लेता है। ये क्या निज तक ही सीमित रहना चाहिए? इनकी हवा बाहर भी पहुँचे, जनार्दन बाबू इन्हें बाहर ले जायें... तब बात बने। निज से परिवार, परिवार से अपने नगर तक तो ले ही जाना चाहिए कम से कम। उनका परिवार तो जैसे अब नहीं के बराबर था— पत्नी स्वर्ग सिधार चुकी, उनकी एकमात्र सन्तान— नम्रता अपने वैवाहिक जीवन में सुखी है। जनार्दन बाबू यहाँ अकेले सिर्फ़ अपने नौकरों के सहारे हैं। उनका नगर... ? वह तो राजनीति में आते ही छूट गया था...

पूरा देश ही अपना नगर लगता था। चुनाव ज़रूर एक ही क्षेत्र से लड़े, लेकिन क्या उसे अपना नगर मान सकते हैं? उसकी देखरेख का काम अब दूसरे सांसद के सुपुर्द है। वहाँ कुछ भी करना अब इस सांसद को अपने क्षेत्र में हस्तक्षेप लगेगा। क्यों न वे एक गाँव को गोद ले लें, उसे अपना परिवार बना लें, उसकी वैसी देखभाल करें जैसे लोग परिवार की करते हैं... उसे अपना नगर मान लें... उसके भी आगे वे, उस गाँव को देश के लिए एक मॉडल के रूप में विकसित करें? यह बात जनार्दन बाबू को मथने लगी तो वे कागज़-पेंसिल लेकर बैठ गये और प्लान बनाने लगे— उस गाँव में क्या-क्या चीज़ें होना चाहिए। अगर उसे देश के लिए मॉडल बनाना है तो पहले यह साफ होना चाहिए कि वे कौन-सी बुनियादी चीज़ें हैं जो अपने देश-समाज को चाहिए और उसे नहीं मिल रहीं, साथ ही यह कि गाँव की सीमाओं को देखते हुए वहाँ क्या किया जा सकता है। वे चीज़ें जो मनुष्य को जीवित रहने के लिए चाहिए— स्वच्छ हवा, पानी, स्वच्छ वातावरण आदि, जो प्रकृति से सहज ही उपलब्ध होती हैं, लेकिन जो फिर भी आदमी तक नहीं पहुँच पातीं। हम अपने प्राकृतिक स्रोतों की कद्र नहीं करते, उल्टे उनको नुकसान पहुँचाते हैं। यहाँ तालाब, नदियों आदि की सुरक्षा... पेड़ों को बचाना, नये लगाना, जल संचय जैसी चीज़ें आ जाती हैं। इनके लिए गाँव के स्तर पर आन्दोलन जैसा चलाना होगा। लोग जागरूक होंगे और इस दिशा में गाँव आगे बढ़ेंगे, तब शायद सरकारें भी सपोर्ट करने लगें, स्मार्ट सिटी, विकास आदि के बहाने प्राकृतिक स्रोतों को हानि पहुँचाने से परहेज करने लगें।

नम्बर दो, शिक्षा— आज के राजनेता परोक्ष रूप से अशिक्षा को बढ़ावा दे रहे हैं। वे जानते हैं कि अगर जनता अशिक्षित रही तो उन्हें वोट आसानी से मिलेंगे और अशिक्षा में पढ़े-लिखे सरकारी नौकरों से उलटे-सीधे काम भी आसानी से कराये जा सकेंगे। हमें यह सोचना चाहिए कि अगर अच्छी शिक्षा न रही तो कल के दिन... अच्छे अध्यापक, वैज्ञानिक... अच्छे मंत्री, अधिकारी... अच्छे डॉक्टर कहाँ से आयेंगे... तो मौजूदा शिक्षा के ढाँचे को पुख्ता करने की ज़रूरत है जिससे स्तरीय शिक्षा सुलभ हो। हर क्षेत्र में वास्तविक एक्सलैंस संस्थाओं की चलाने की ज़रूरत है। यहाँ सरकार का दायित्व मुख्य है। फिलहाल गाँवों में बुनियादी शिक्षा की दिशा में ही कुछ काम किया जा सकता है। जनार्दन बाबू अपने गोद लिये गाँव में यह देखेंगे कि प्राथमिक पाठशाला सुचारू रूप से चले, अच्छी बुनियादी शिक्षा में जो-जो चाहिए वह बच्चों को मिले। एक पाठशाला व्यस्कों-बुज़ुर्गों के लिए अलग से खोली जा सकती है, जिसमें उन बातों को सिखाया जाये जिनकी

नागरिकों को अपने देश और समाज के बारे में सोचने के लिए ज़रूरत पड़ती है, जैसे संविधान, प्रजातांत्रिक प्रणाली आदि के बारे में बुनियादी बातें जिससे वे अधिक जागरूक हो सकें।

तीन— जनार्दन बाबू गाँव के लोगों की अर्थोपार्जन में तो मदद नहीं कर सकेंगे,वह उन सबका अलग-अलग संघर्ष होगा। लेकिन वहाँ पर कौन-से रोजगार उपलब्ध कराये जा सकते हैं— इस दिशा में सोचा जा सकता है। फिलहाल उनके घर और गाँव में जीवन कैसे बेहतर बने... इसका परामर्श और जो सुविधाएँ सम्भव हों वे दी जायें, जैसे प्राथमिक उपचार, स्वास्थ्य की सेवाएँ, स्वच्छता, सब्जी उगाने, कृषि से सम्बन्धित उचित परामर्श।

चार— सनातन मूल्य जो हमारी सामाजिक व्यवस्था का आधार रहे हैं, उनका क्षरण आज तेजी से हो रहा है। राजनेताओं के नीचे उतर कर मूल्यहीनता आज समाज के दूसरे वर्गों में भी दिखाई देने लगी है, जो कई चीज़ों में प्रकट होती है— तीन साल की बच्ची या वृद्धा के साथ दुष्कर्म, सामूहिक बलात्कार, भीड़-हिंसा... कितनी ऐसी सामाजिक विकृतियाँ आज आम हो गयी हैं। मूल्यों की बातें गाँव की अनौपचारिक बैठकों में, पुराने ग्रन्थों के पठन-पाठन, सत्संग, प्रवचन आदि के माध्यम से प्रचारित की जा सकती हैं।

जनार्दन बाबू उत्साह से भरे हुए थे— अच्छा रहेगा एक गाँव को गोद लेकर वहाँ यह सब चलाना, उसे आदर्श गाँव बनाकर देश के सामने प्रस्तुत करना। जब जनार्दन बाबू सांसद थे, तब अपनी सांसद-निधि को अपने निर्वाचन क्षेत्र की विभिन्न योजनाओं पर खर्च करते रहे हैं... पर तब उनका स्वार्थ था, वोटरों को प्रभावित करने का। अब जो गाँव होगा, वह कोई भी गाँव हो सकता है... और वहाँ जो वे करेंगे, उससे आये परिवर्तनों को भी देखते चलेंगे जिसके लिए पहले उनके पास समय ही नहीं होता था। तब सांसद-निधि थी... अब रुपया कहाँ से आयेगा ? जनार्दन बाबू की पेंशन और व्यक्तिगत सम्पत्ति तो है, पर इतनी नहीं कि यह सब किया जा सके। क्यों न एक ट्रस्ट बना लिया जाय, जिसमें जनार्दन बाबू का पैसा तो हो ही, समृद्ध लोगों से दान आदि भी जब-तब आता रहे। गोद लिये गाँव की उन्नति देखकर अन्य लोग भी प्रेरित होंगे। देश के समृद्ध जन अगर एक-एक गाँव गोद लेते जायें तो इस तरह बगैर सरकारी सहायता के भी देश के कितने गाँव सुखहाल किये जा सकते हैं— यह संदेश समाज को जायेगा...

जनार्दन बाबू की कल्पना कड़बड़-कड़बड़ दौड़ी चली जा रही थी...

गाँव में कुछ ऐसे काम भी शुरू किये जा सकते हैं जिनसे ग्रामवासियों की

आमदनी में बढ़ोतरी हो। ट्रस्ट की गतिविधियाँ फैलेंगी, प्रबन्धन के लिए स्टॉफ़ चाहिए होगा। सबसे पहले ट्रस्ट का मैनेजर, मुख्य अधिकारी जैसा। उसके लिए जनार्दन बाबू के सामने फटाक से एक ही नाम लहराया...

सुधा, मंत्रालय में उनकी प्रायवेट सैक्रेटरी जिसे उसकी स्थायी नौकरी से इस्तीफा दिलाकर जनार्दन बाबू अपने व्यक्तिगत स्टाफ में खींच लाये थे।

अब... जब वे वहाँ पहुँच गये जहाँ आगे के लिए परदा पूरी तरह गिरा दिया गया है... वहाँ जनार्दन बाबू का कैरियर तो खत्म है ही, सुधा का भी खत्म हो गया, थोड़ा असमय। वह अगर अपनी सर्विस में रहती तो अपनी सर्विस में अब भी चलती रहती।

ट्रस्ट की स्थापना और उसके कामों की जिम्मेदारी सुधा को सौंप दी जाये, वह शीर्ष अधिकारी— ट्रस्ट की सभी कार्यविधियों की इनचार्ज चीफ़ एक्जीक्यूटिव। ट्रस्ट के आगे के कामों की प्लानिंग, जो जनार्दन बाबू सोचते हैं, उसके साथ-साथ... जो सुधा सोचे... वह भी। ट्रस्ट में जनार्दन बाबू से सम्बन्धित चीज़ों के प्रकाशन के साथ-साथ गोद लिये गाँव की सर्वांगीण प्रगति का काम डाल दिया जाये। सुधा को ड्राइवर के साथ एक गाड़ी, एक टाइपिस्ट, एक चपरासी मोहय्या कराया जा सकता है। छोटा-मोटा दफ़्तर इस जगह को फैलाकर बना दिया जाये, जहाँ जनार्दन बाबू ने स्टडी बनायी है। घर का पिछवाड़ा उनका घर, अगवाड़ा ट्रस्ट का दफ़्तर, जो सुधा का दफ़्तर होगा।

8

जनार्दन बाबू ने सुधा को घर पर बुलाया है।

न कहने या टालने का तो सवाल ही नहीं, यह पूछने का भी नहीं कि किसलिये। पिछले कितने सालों से उसका जनार्दन बाबू से एक ही रिश्ता रहा है। वे फ़ोन करें तो मीठी आवाज़ में बोलना– ''जी सर?'' और वैसे ही मीठे स्वर में उनकी किसी भी बात पर प्रत्युत्तर– ''यस सर!'' जनार्दन बाबू से जब पहली मुलाकात हुई थी, तब सुधा इस चीज़ से करीब-करीब पीड़ित रहती थी कि हर पुरुष उसे लालची नज़रों से देखता है... सुन्दर होना जैसे गुनाह हो गया! लेकिन जनार्दन बाबू की नज़रों में वह बात दूर-दूर तक नहीं थी।

जनार्दन बाबू के प्रस्ताव कि क्या वह उनके मंत्रालय में प्रतिनियुक्ति पर आना चाहेगी... वहाँ से शुरू करके वहाँ तक कि वह अपनी सर्विस से इस्तीफा देकर हमेशा के लिए उनके व्यक्तिगत स्टॉफ़ में शामिल हो जाये... कभी भी उनका कहा मानने में सुधा को ज़रा भी हिचक नहीं हुई। उसके भी आगे जनार्दन बाबू के साथ घण्टों अकेले रहकर फाइलें निपटाना, कभी-कभी उनके साथ दौरे पर जाना... इस सबमें भी सुधा को कभी कोई सकुचाहट नहीं हुई, उसे कभी किसी असमंजस वाली स्थिति में नहीं पड़ना पड़ा। अन्तिम मंत्रालय में जनार्दन बाबू ने अपने और सुधा के कमरों के बीच की दीवार तुड़वा कर एक अन्दरूनी दरवाज़ा खुलवा दिया था। बाहर नेमप्लेट पर सुधा के नाम के नीचे उसके पद का नाम— मंत्री की विशेष सलाहकार। जनार्दन बाबू जब भी खाली होते सुधा के फ़ोन का बटन दबाया, उसे बुलाकर फाइलें निपटाने लगते। बाहर से बार-बार उनके कमरे में जाने की हिचक से सुधा को बचाने के लिए शायद जनार्दन बाबू ने अन्दर के दरवाज़े वाला इन्तज़ाम किया था। फाइलें सुधा के कमरे भिजवाने से भी वे बचते थे, क्योंकि बाहर यह प्रकट नहीं करना चाहते थे कि फाइलों पर फैसलों में कहीं सुधा का दखल है। अधिकतर मामलों में जनार्दन बाबू उसकी मौखिक राय से सहमत होते,

फाइल पर अपने हाथ से संक्षिप्त-सी टीप लिख देते। सुधा पर इतना विश्वास था उन्हें। और सुधा... शुरू से ही उसे जनार्दन बाबू की बुद्धिमत्ता, स्मृति-शक्ति और अन्दर-बाहर जो वे एक साफ-सुथरे ईमानदार व्यक्ति थे— जैसे लोग राजनीति के क्षेत्र में अब कहीं दिखते ही नहीं— इन सबके लिए आकर्षण था। पारस्परिक आकर्षण के बावजूद जनार्दन बाबू ने कभी सुधा को पुरुष-लोलुपता की नज़रों से नहीं देखा— जैसे कि दूसरे देखते थे। उन दिनों जनार्दन बाबू अगर चाहते तो सुधा के साथ आत्मीय सम्बन्ध बना सकते थे, और सुधा भी उसमें बहती चली जाती। ऐसे अवसर भी कई आये, ख़ासतौर से बाहर के दौरों में, लेकिन जनार्दन बाबू ने कभी उसकी स्थिति का फायदा नहीं उठाया, मंत्री और उसके सहायक के बीच जो सीमा रेखा होती है, उसे नहीं तोड़ा। इसकी वजह से बाहर के लोगों के लिए उनमें नैतिक साहस भी रहा। जिस नये पद पर भी वे जाते, सुधा के साथ-साथ दो पुराने स्टॉफ़ को भी ले जाते— शर्मा स्टेनो और एक उनका व्यक्तिगत सहायक मोहन... इससे एक पर्दा पड़ा रहता था— हर मंत्री अपने विश्वसनीय स्टॉफ़ को साथ ले जाता है! सुधा को कभी आँख नीची करके चलने की ज़रूरत नहीं हुई।

जनार्दन बाबू तब इतने व्यस्त रहते थे कि उनके पास किसी से व्यक्तिगत सम्बन्ध बनाने का समय ही नहीं होता था। यह भी हो सकता है कि उनकी जो बाहर प्रतिष्ठा थी, उसके प्रति वे अतिरिक्त सचेत थे। उन्हें अपने आगे के राजनैतिक कैरियर का ख्याल था। उन दिनों वे क्या... सभी यह सोचते थे कि वे एक न एक दिन प्रधानमंत्री बनेंगे।

मौजूदा सरकार बनने के इतने दिनों बाद आज जनार्दन बाबू का फ़ोन आया है। अब तक सुधा... और शायद जनार्दन बाबू भी अपने-अपने घरों में बैठे इन्तज़ार करते रहे हैं कि सरकार की तरफ़ से जनार्दन बाबू के पास किसी महत्त्वपूर्ण जिम्मेदारी का प्रस्ताव पहुँचेगा और वे सुधा को बुलायेंगे। मंत्रीपरिषद का गठन तो कब का हो चुका था... वहाँ कोई उम्मीद यों नहीं थी कि जनार्दन बाबू चुनाव ही नहीं लड़े— हालाँकि ऐसे उदाहरण थे कि मंत्री बना लिया गया और बाद में राज्यसभा में प्रवेश करा दिया। सुधा को विश्वास था कि जनार्दन बाबू की योग्यता, प्रतिष्ठा, पार्टी में सीनियर्टी को देखते हुए उन्हें कोई महत्त्वपूर्ण जिम्मेदारी ज़रूर दी जायेगी। उनके लम्बे अनुभव को यों ही जाया नहीं किया जायेगा। प्रस्ताव कभी भी आ सकता है... चाहे जितना भी समय गुज़र गया हो, सरकार के काम तो हमेशा चलते रहते हैं।

शायद अब...

सुधा को जनार्दन बाबू अपनी स्टडी में उसका इन्तज़ार करते मिले।

नयी सरकार बनने के बाद यह उनकी पहली मुलाकात थी। चुनावों से पहले जनार्दन बाबू ने अपने मंत्रालय के अधिकारियों, व्यक्तिगत स्टॉफ... सभी से औपचारिक विदाई ली थी... सुधा से भी। सब सोचते थे कि चुनावों के बाद वे फिर मंत्री बनेंगे ही... और सुधा, व्यक्तिगत सहायक मोहन, स्टेनो शर्मा... ये तो ज़रूर उनके साथ फिर नयी जगह जायेंगे। किसने सोचा था कि वे चुनाव ही नहीं लड़ेंगे... यह उनकी और पार्टी के बीच की बात थी, जिसमें कौन दखल दे सकता था। संकोचवश सुधा ने नयी सरकार बनने के बाद जनार्दन बाबू से सम्पर्क नहीं किया— उसकी समझ में नहीं आता था कि वह क्या कहे। यह कहने में कि आप जब चाहें... अब भी उसे बुला सकते हैं... इसमें महिला वाला संकोच आड़े आता था।

आरम्भिक कुशल-क्षेमी बातचीत के बाद जनार्दन बाबू ने कहा—

''सुधा! मुझे अफसोस है कि मेरे साथ-साथ तुम्हारा भी कैरियर असमय खत्म हो गया। तुम अपनी सर्विस में होती तो कितने साल और होते तुम्हारे पास और तुम शायद अपने विभाग के शीर्ष पर पहुँचती। सौरी।''

''कैसी बातें करते हैं, सर! आपको मुझमें कहीं कोई अफसोस नज़र आता है?''

''तुम्हें न सही, पर मुझे तो लगता है मैंने तुम्हारी नौकरी छुड़वा कर ठीक नहीं किया। तुम अपनी सर्विस के शीर्ष पद पर रिटायर होतीं तो तुम्हारी पेंशन, जो अब मिल रही है, उससे ज़्यादा होती। तुम आज भी व्यस्त होतीं। अब मैं खुद रिटायर्ड हूँ। कहो तो अपने कुछ मित्र-मंत्रियों से तुम्हारे लिए सिफारिश करूँ।''

''सर! आप जानते हैं कि मुझे आपके अलावा किसी दूसरे के साथ काम करने की रुचि कभी नहीं रही। अब तो और भी नहीं है।''

प्रीति की खुनक जनार्दन बाबू में भीतर तक उतरती चली गई और सुधा... उसके लिए तो जनार्दन बाबू एक तरह से उसके परिवार के सदस्य ही थे, उसके पति से कितनी बार मिल चुके, पति के रिटायर होने पर उन्हें सरकार में एक नहीं दो-दो पद दिलाये। सुधा के बड़े लड़के की शादी के मौके पर ख़ास उसी के लिए उस शहर आये थे जहाँ विवाह कार्यक्रम था। उनका यह स्वभाव भी था कि वे अपने व्यक्तिगत स्टॉफ़ के परिवारों से जुड़े रहते थे... लेकिन दोनों में आज जो

प्रीतिभाव जागा वह विशेष था... जनार्दन बाबू के लिए यों कि आज जब वे कुछ नहीं हैं, बाहर उपेक्षित... तब भी सुधा उनको पहले जैसा ही मान दे रही है... और सुधा के लिए यों कि जनार्दन बाबू उसे भूले नहीं।

''खालीपन लगता होगा?'' जनार्दन बाबू ने अपने से उबर कर पूछा।

''मुझसे ज़्यादा तो आपको लगता होगा, आपकी व्यस्तता तो कितनी ज़्यादा थी। मेरी तो फाइलों तक ही सीमित थी।''

''मैं अपने मैमौयर्स लिखाने में व्यस्त रहा। तुम्हें इसलिए नहीं बुलाया कि सिर्फ़ लिखाना था... शर्मा ऑफ़िस के बाद आ जाता था। उसके टाइप किये को मुझे ही देखना था। किताब छप गयी, विमोचन भी हो गया। तुम्हें खबर नहीं दी, क्योंकि तुम पहले भी मेरे बाहर के कार्यक्रमों में कहाँ जाती थीं। कोई नया काम शुरू किया जाये?''

''मुझे काम देने के ख्याल से शुरू करेंगे।'' सुधा ने हँसते हुए कहा।

''नहीं... तुम्हारे साथ मिलकर कोई ऐसा काम जो समाज के लिए भी उपयोगी हो।''

''मैं तैयार हूँ सर! मेरे लिए यह खुशी की बात होगी।''

और जनार्दन बाबू ने ट्रस्ट के बाबत जो सोचा था... वह सब सुधा को बताया। अपनी प्लान बतायी— स्टडी, जहाँ वे बैठे थे, उसे शामिल करते हुए घर का यह बाहरी हिस्सा ट्रस्ट का दफ़्तर होगा। स्टडी जनार्दन बाबू का दफ़्तरी कमरा, उससे सटा पीछे का कमरा सुधा के लिए। दूसरी तरफ जो विज़िटर्स रूम था, वह ट्रस्ट के कर्मचारियों के लिए। सुधा को घर से लाने, छोड़ने और ट्रस्ट के दूसरे कामों के लिए एक कार, ड्राइवर उसके पास रहेंगे। ट्रस्ट का स्टाफ फिलहाल एक क्लर्क, एक चपरासी होगा, जिसमें आगे चलकर बढ़ोत्तरी की जा सकती थी। जनार्दन बाबू से मिलने वालों, बाहर के निमंत्रण, आयोजनों आदि के लिए जनार्दन बाबू का व्यक्तिगत सहायक अलग होगा... जैसे पहले होता था। सुधा यह काम पहले भी नहीं करती थी। वह पी.ए नहीं ट्रस्ट की चीफ़ एक्जीक्यूटिव होगी। ट्रस्ट की तरफ से उसे तनख्वाह दी जायेगी। उसकी मौजूदा पेंशन जो आज है और वो पेंशन जो उसे मिलती, अगर वह अपनी सर्विस के चीफ़ के पद से रिटायर होती... इसका जो अन्तर होगा, वह।

''तनख्वाह मैं नहीं लूँगी सर... क्योंकि यह सरकारी नहीं, आपका काम है, आपका माने मेरा भी। मैं सिर्फ़ इतना चाहती हूँ कि चूँकि मेरा घर यहाँ से काफी दूर है, इसलिए रोज-रोज और किसी तयशुदा समय पर ही आने-जाने की बन्दिश

न रहे। आप तो जानते ही हैं सर, हमारे बच्चे ज़रूर सैटिल होकर बाहर रहते हैं, लेकिन रोहित मेरे पति भी अब रिटायर्ड हैं, उन्हें कम्पनी देना होती है।''

''मैं समझ सकता हूँ। काम के हिसाब से तुम अपना आना-जाना खुद तय करोगी। रोज़-रोज़.. हर रोज़ नियमित समय पर— सरकारी दफ़्तर जैसी बन्दिशें कतई नहीं।''

''कोई ख़ास बात हो तो आप मुझे जब चाहे बुला सकते हैं।''

''आई नो... आई नो...''

जनार्दन बाबू ने सुधा को अपने मकान का बाहर-बाहर से एक राउण्ड लगवा दिया। दोनों की सहमति से ट्रस्ट के दफ़्तर के लिए बंगले के प्रवेश वाला एरिया साफ-साफ चिह्नित कर लिया गया ताकि दफ़्तर एकदम अलग हो। जनार्दन बाबू के पुराने स्टॉफ— मोहन और स्टेनो शर्मा से फ़ोन पर बात कर ली गयी। वे दिन में तो नहीं, जैसी जब ज़रूरत हुई, शाम को थोड़ी देर के लिए आ जाया करेंगे, क्योंकि अभी भी वे एक मंत्री के साथ थे। मोहन ने जनार्दन बाबू का फ़ोन दिन भर अटैण्ड करने और ट्रस्ट के काम में मदद करने के लिए एक-एक प्राइवेट स्टॉफ़... इन दो के बन्दोबस्त करने का वायदा किया। काम शुरू करने की तारीख तय कर ली गयी... उस दिन शाम को सुधा, मोहन और शर्मा आ जायेंगे। मोहन ट्रस्ट को मान्यता दिलाने की दर्ख्वास्त वाला फ़ॉर्म ले आयेगा। फ़ॉर्म भरकर उसे दे दिया जायेगा, वह 'फौलो-अप' कर लेगा। उनके साथ सुधा का पुराना मैत्रीभाव काम आया। जब तक ट्रस्ट की मान्यता आयेगी, तब तक मोहन सर के लिए व्यक्तिगत सहायक और सुधा के दफ़्तर के लिए एक सहायक का इन्तज़ाम भी कर देगा। ट्रस्ट के लिए ड्राइवर और कार फिलहाल वही रहेंगे जो जनार्दन बाबू के अभी थे। जनार्दन बाबू का उतना जाना-आना कहीं था नहीं, कार ज़्यादातर पोर्टिको में ही खड़ी रहती थी। जिन कुछ आयोजनों में उन्हें जाना होता था, वहाँ से कार आ जाती थी तो उनकी व्यक्तिगत कार और ड्राइवर सुधा के लिए भी उपलब्ध रहेंगे। आगे जब ज़रूरत होगी तो अलग से व्यवस्था कर ली जायेगी...

सुधा ने ट्रस्ट का काम सँभालना शुरू कर दिया। घर के बाहरी हिस्से में करीब-करीब वैसा ही दफ़्तरी माहौल बना लिया गया, जैसा कि सरकारी इमारतों में होता है। ट्रस्ट की मान्यता आ गयी तो ट्रस्ट का बैंक-खाता खोल जनार्दन बाबू की तरफ़ से एक रकम जमा करा दी गई। उनके तीन-चार हितैषियों से सुधा ने फ़ोन पर बात

कर ली, ट्रस्ट के बारे में समझाया और उनके डोनेशन के चैक आ गये। जनार्दन बाबू का सुझाव था कि ट्रस्ट के चैक पर सिर्फ़ सुधा के दस्तखत हों। सुधा थोड़ा हिचकी थी... उस पर इतना विश्वास... उसने कभी ट्रस्ट छोड़ दिया तो? लेकिन उधर जनार्दन बाबू यह मानकर चलते थे कि वह हमेशा रहेगी। आखिर तय किया गया कि दोनों के दस्तखत हों। गोद लेने के लिए सुधा के घर के पास वाला एक गाँव चुना गया जिससे कि वह जब चाहे घर से सीधा गाँव आ-जा सके। एक बार वह जनार्दन बाबू को ले जाकर गाँव का राउण्ड लगवा आई, प्रधान से मुलाकात करा दी। सुधा ने ट्रस्ट के बाबत गाँव के मुख्य लोगों को समझा दिया। अपने एक पड़ोसी एम.बी.बी.एस. डॉक्टर को हफ़्ते में एक दिन नियत समय पर एक घण्टे के लिए गाँव जाने का तय कर दिया... जहाँ वह छोटे-मोटे रोगों के लिए गाँव के लोगों को निःशुल्क सलाह देगा, मुफ्त दवाईयाँ भी। हफ्ते में एक दिन वयस्क पाठशाला भी लगेगी, जिसका संचालन गाँव का ही एक व्यक्ति— श्याम— करेगा... जो पढ़ा-लिखा है पर गाँव में अपनी पुश्तैनी खेती भी देख रहा है। सुधा ने उसे भी जनार्दन बाबू से मिलवा दिया। बच्चों के लिए प्राथमिक पाठशाला जो सरकार की तरफ़ से अभी है... उसी को ज़रूरी सपोर्ट देना तय किया गया।

मोहन ने जनार्दन बाबू के लिए जो नया पी.ए. भेजा था, वह आने लगा तो जनार्दन बाबू खुद ही संकोच में पड़ गये। न उतने मुलाकाती थे न बाहर के उतने फ़ोन कि अलग से एक स्टॉफ रखने की ज़रूरत पड़े। आयोजनों के आमंत्रण भी उतने नहीं थे। नया पी.ए. बेचारा दिन भर खाली बैठा रहता। जनार्दन बाबू अपनी तरफ़ से सुधा पर यह प्रभाव रखना चाहते थे कि ट्रस्ट के लिए जो दफ़्तर बनाया गया है, वहाँ का माहौल काफी कुछ वैसा ही है जैसा उनके मंत्रालय वाले दफ़्तर में होता था, सुधा यहाँ भी अकेली नहीं होगी। सुधा की परेशानी दूर-दूर तक यह नहीं थी। उसका सोचना था कि ट्रस्ट का पैसा अनाप-शनाप न खर्च किया जाये। फ़ोन घर का नौकर अटैण्ड कर सकता है, जनार्दन बाबू से बात करा दिया करेगा। निमंत्रण जो जनार्दन बाबू स्वीकार करें, उन्हें वह 'इनगेजमैंट डायरी' में नोट कर देगी। ऐसा ही कुछ सुधा के साथ रखे जाने वाले लिपिक के बाबत किया जा सकता है जो अब तक नहीं लगाया गया था। कम्प्यूटर और प्रिण्टर पर सुधा खुद ही काम सँभाल लेगी, ज़रूरत हुई तो इतवार या छुट्टी के रोज शर्मा को बुला लिया जायेगा किसी शाम, एकाध घण्टे के लिए। सुधा यहाँ आने-जाने के लिए जनार्दन बाबू की कार बुला लेती थी, गाँव जाना हुआ तो घर से अपनी कार से सीधे चली जाती।

जनार्दन बाबू को ये इन्तज़ाम ठीक लगे। वे स्वयं साधारण आदमी की तरह

जीने का सोचते थे... इससे ट्रस्ट के रुपयों की भी बचत होगी। सुधा धीरे-धीरे ऐसा इन्तज़ाम जमा रही थी जहाँ जनार्दन बाबू के घरेलू स्टॉफ़ के बल पर सारे काम किये जा सकें— जनार्दन बाबू का रसोईया, एक नौकर, ड्राईवर... ये तीन काफी थे ट्रस्ट के दफ़्तरी कामों के लिए भी।

तीन भी क्यों... दो। रसोईया रामू हर समय तो रसोई में उलझा न रहेगा... एक ही आदमी का तो खाना है। बाकी समय वही जनार्दन बाबू का फ़ोन उठा लिया करेगा, जनार्दन बाबू से बात करा देगा, आने वालों की मुलाकात भी उनसे करा देगा। उसे सिखा दिया जायेगा। सुधा ने नये पी.ए. को समझा-बुझाकर रुख़्सत कर दिया। घर के अन्दर सिर्फ़ रामू। पीछे जो तीन सर्वेण्ट्स क्वाटर थे... उनमें एक में रामू का परिवार था... दूसरे में जो था उसकी ड्यूटी बाहर की— बंगले की सफाई, बगीचा... सब्जियों वाले पीछे के बगीचे का काम। तीसरा क्वार्टर खाली रखा जायेगा। सुधा ने जनार्दन बाबू की सहमति ले ली।

जनार्दन बाबू देख रहे थे कि सुधा का ध्यान उनके व्यक्तिगत जीवन से सम्बन्धित चीज़ों पर भी था। रामू से पूरी जानकारी हासिल करने के बाद, उसने उसे ज़रूरी हिदायतें दे डाली थीं— सुबह जनार्दन बाबू को उठते ही ताँबें के लोटे में रखा पानी, निवृत्त होने के बाद घर के अहाते में ही सैर ज़रूर। सैर के बाद तुलसी के छः पत्ते और काली मिर्च को कूटकर शहद के साथ... फिर चाय... उसके साथ बिस्कुट नहीं... स्प्राउट्स चने और मूँग की दाल के, या हलका सेंका मुरमुरा। उसने दवाईयाँ, सादा पौष्टिक भोजन.... सबकी समयानुसार व्यवस्था बिठा रामू को समझा दी थी, जैसे कि रामू उसका स्टॉफ़ हो और वह उसकी अधीक्षक। जनार्दन बाबू को योग कराने के लिए एक अध्यापक भी नियुक्त कर दिया, जो रोज़ सवेरे आठ बजे घर पर आकर योग करायेगा। सुधा ने ऐसी दिनचर्या बिठा दी कि जनार्दन बाबू को कभी खाली लगे ही न। उनके इर्द-गिर्द पहले जो बिखराव था, उसे समेट एक कसाव ला दिया। सुधा के आ जाने से जनार्दन बाबू में श्रुति जैसों के लिए फिसलाव से बचने का आत्मविश्वास भी जाग उठा।

ट्रस्ट के दफ़्तर में एक नया काम तत्काल शुरू हो गया था। सुधा इधर-उधर से उनके लेखों को इकट्ठा कर रही थी, भाषणों को भी। जनार्दन बाबू को और भी लेखों/भाषणों को याद करने को कहती। सबको तारीखों के क्रम में बिठाने की कोशिश करती। इस सम्बन्ध में उनके बीच पहले जैसी अनौपचारिक चर्चाएँ हो लेतीं। मैमौयर्स के बाद अब जनार्दन बाबू के लेखों और भाषणों का एक-एक संकलन प्रकाशित कराया जायेगा।

वे जितना चाहें, दफ़्तर वाला माहौल तो पैदा नहीं किया जा सकता था। फाइलें कहाँ थीं जिन्हें एक के बाद एक उठाकर वे चर्चा करते... जनार्दन बाबू सोचते— सुधा को ट्रस्ट और दफ़्तर वाला इन्तज़ाम कुछ-कुछ कृत्रिम तो लगता ही होगा। पुराने वक्त जो बहुत महत्त्वपूर्ण मुलाकाती जनार्दन बाबू से दफ़्तर में मिलने के लिए आते थे, वे पहले सुधा के कमरे में बैठते थे... उससे निश्चित ही सुधा को महत्त्वपूर्ण होने की तृप्ति मिलती होगी जो अब नहीं थी। एक इसी आधार पर वह ट्रस्ट वाले काम से मुँह मोड़ सकती थी... कोई बहाना बना देती! लेकिन उसने ऐसा नहीं किया, बेशक रोज आने की जगह वह कभी-कभी चार-पाँच दिन बाद आती थी, कभी अपने घर से सीधे गाँव चली जाती और ट्रस्ट के कामों की निगरानी करती, उन्हें आगे बढ़ाने का सोचती और इस बाबत जनार्दन बाबू से फ़ोन पर ही चर्चा कर लेती। जिस दिन जनार्दन बाबू के घर/दफ़्तर आती तो उसका ज़्यादा समय रामू के साथ उसके कामों की समीक्षा में जाता।

एक खालीपन तो था जिसे जनार्दन बाबू और सुधा दोनों एक दूसरे के सामने लाने से हिचकते थे। जनार्दन बाबू का खालीपन अकेले होने की वजह से ज़्यादा था, वह बोझिल हो जाता जब वे महसूस करते कि वे अपने स्वार्थ में सुधा की जीवन-चर्या भी बिगाड़ रहे हैं। एक दिन साफ-साफ उससे कह भी बैठे—

''मुझे अफसोस है सुधा कि मेरे खालीपन को भरने के लिए तुम इतनी भागमभाग कर रही हो!''

''ऐसा कुछ नहीं है सर! मैं हर काम, एक-एक पल एन्ज़ॉय कर रही हूँ, भरा-भरा लगता है— डैक्सवर्क है, आउटडोर गाँव का फ़ील्डवर्क भी है। सब कुछ है बाहर के टूर के सिवा।''

''कहो तो उसका इन्तज़ाम करें, कहीं चलें!''

''नहीं सर! पहले भी मैं बाहर ज़्यादा कहाँ जाती थी। फिर यहाँ के काम, ख़ासतौर से गाँव के काम धीरे-धीरे बढ़ेंगे।''

और इस तरह दोनों सब कुछ पाट-पूट कर पहले की तरह चल पड़ते। कौन से नये काम ट्रस्ट में खींचे जा सकते हैं— इस पर सोचने लगते।

9

जनार्दन बाबू स्टडी में टी.वी. पर संसद से सीधा प्रसारण देख रहे हैं। कश्मीर में 370 और 35-ए खत्म करने, पुराने प्रान्त को लद्दाख और जम्मू-कश्मीर अलग-अलग केन्द्रीय शासित क्षेत्र बनाने के लिए बिल संसद में पेश है। लोकसभा में बहस चल रही है— बहस क्या वाक्‌युद्ध। कभी ऐसी बहसों में महत्त्वपूर्ण वक्ता जनार्दन बाबू भी होते थे। नये सदस्यों में जोश है, लेकिन चापलूसी की प्रवृत्ति भी है— जहाँ कोई तुक नहीं वहाँ भी प्रधानमंत्री का नाम लेंगे, उनकी वाहवाही करेंगे। यह उनके समय नहीं था। तब मंत्री, प्रधानमंत्री के साथ इस तरह पेश आते थे जैसे प्रधानमंत्री भी उनके जैसे मंत्री ही थे, आज इस तरह जैसे अधिकारी मंत्री के सामने खड़े होते हैं। बहस में तर्क-तथ्य कम गलाफाड़ी ज़्यादा है। अधिकांश सदस्यों का इतिहास का ज्ञान नहीं के बराबर है... तथ्यों की जानकारी भी कम है। इस कमी को वे गलाफाड़ी, नाटकीयता, छाती ठोक-ठोक कर भरने की कोशिश करते हैं, जिससे बहस की गम्भीरता में कमी आती है। जैसे पार्टियाँ चुनावी मोड में अभी भी आमने-सामने हैं, आरोप-प्रत्यारोप... व्यक्तिगत आरोप भी, धड़ल्ले से चल रहे हैं। संसद नहीं चुनावी अखाड़ा हो गया। स्वतंत्रता आन्दोलन के वक्त के बड़े नेताओं— नेहरू-पटेल को भी ला-लाकर पटका जा रहा है। एक गाँधी को ज़रूर भाईलोग बचाये हुए हैं। पहले गम्भीरता, शालीनता, गहराई... ये अधिक थे। एक बात की अलबत्ता तारीफ़ करनी होगी— इन कम पढ़े-लिखे लोगों में बहादुरी ज़्यादा है। जब हम ज़्यादा सोचकर चलने की कोशिश करते हैं तो हर कदम पर हिचकते हैं। स्वयं और अपनी पीढ़ी के लिए उठती इस आलोचना पर कहीं से जनार्दन बाबू खुश भी थे, इत्तिफ़ाक कि उसी वक्त प्रमोद आ गया। प्रमोद के चेहरे पर चमक थी।

"बाहर लोग सरकार के इस कदम पर ख़ुश हैं। सालों बाद किसी सरकार ने यह हिम्मत दिखाई।" बैठते ही उसने कहा।

"हाँ, इस मायने में अच्छे हैं ये पट्ठे कि आँख मूँदकर चल देते हैं जिस दिशा में भी... और देखा जाये तो बहुत सोच-समझकर उठाये गये कदमों के बाद भी क्या यह हो पाता है कि आपका फैसला सौ प्रतिशत सही ही निकला, उसके कुछ भी दुष्परिणाम नहीं आये? अब परिणाम तो आयेंगे ही, अच्छे-बुरे दोनों। कश्मीर को लेकर जैसे नेहरू-पटेल आदि के फैसलों के आये, वैसे इनके— भले ये छोटे कद के नेता हों— इनके लिये गये फैसलों के भी आएँगे। काबिले तारीफ़ यह है कि ये लोग ऐसे फैसले ले रहे हैं, जो हम नहीं ले सकते थे— हमारे पास बहुमत नहीं था!"

"आज लोकसभा में ही है, राज्यसभा में कहाँ... तो देखिये वहाँ भी मैनेज कर लिया।"

"कैसे?..." जनार्दन बाबू मुस्कुराकर रह गये।

"राजनीति में चलता है... अगर आपका लक्ष्य ठीक है तो जो भी साधन जैसे भी जुटा लिये जायें... चलता है।"

"यह स्ट्रैटेजी ठीक रही कि बिल पहले राज्यसभा में पेश किया गया। वहाँ पास करा लिया तो अब यहाँ लोकसभा में सरकार का बहुमत है ही।"

"सरकार की तरफ़ से तैयारी अच्छी थी। दो-तीन वक्ताओं के तर्क ख़ासे मजबूत थे।"

"सारा मैटर आर्काइव्स और लायब्रेरी में पहले से पड़ा था। वहीं से उठा लिया गया। इस मुद्दे पर पहले ही कितनी बहसें हुई हैं। मेरे ही कितने भाषण होंगे। 35-ए और 370 कब तक रहने दिये जा सकते थे। ऐसा कब तक चलता कि हम कश्मीर को भारत का अविभाज्य अंग भी कहें और वहाँ दो-दो झण्डे लगे रहें— एक तिरंगा, दूसरा कश्मीर का। कश्मीर में सारी ज़िन्दगी काम करने वाला मुख्य सचिव भी वहाँ की ज़मीन का एक टुकड़ा खरीदकर रिटायरमैंट के बाद अपने रहने के लिए मकान न बनवा सके... सिर्फ़ इसलिए कि वह दूसरे प्रान्त का है। हम वहाँ कब से इतना रुपया झोंकते आये हैं... लेकिन हासिल क्या रहा— वहाँ के गिने-चुने परिवार ही समृद्ध हुए, आम जनता वैसी ही गरीब रही। कश्मीर के पंडितों... जिनके बल पर कश्मीरियत थी... उन्हें भगा दिया गया... और अब इस्लामिक स्टेट के लिए ज़मीन तैयार हो रही थी। सरकार ने ठीक कदम उठाया। पार्टी के चुनाव मैनीफेस्टो में भी यह था... माने यह जनादेश था।"

प्रमोद देख रहा था कि जनार्दन बाबू में वही जोश-ओ-खरोश है, जो संसद में बोलने वाले उनकी पार्टी के वक्ताओं में था, तर्क भी बहुत कुछ वही। उनसे जनार्दन

बाबू कहाँ फ़र्क़ थे कि दूसरी पार्टी बनाते। अच्छा हुआ कि प्रमोद ने भी उस मसले को फिर कभी नहीं उठाया... एक बार उन लोगों को जनार्दन बाबू से मिला दिया... हो गया। तब भी अपनी तरफ़ से कुछ नहीं कहा था।

टी.वी. में मेज़ों पर बज रही थपथपाहट थी। दोनों ने आँखें टी.वी. पर गड़ा दीं।

लोकसभा में भी बिल पास हो गया। वहाँ की गहमागहमी देखकर जनार्दन बाबू सांसदों से रश्क कर रहे थे। क्या नज़ारा था— कोई किसी को बधाई दे रहा था, कोई किसी से गले मिल रहा था, कोई अपना क्षोभ लिए बाहर निकल रहा था। एक तरह से पूरा संसार... जीवन उपस्थित था वहाँ। कितने साल जनार्दन बाबू इसके बीच रहे हैं, कभी-कभी तो करीब-करीब केन्द्र विन्दु ही। आज वे सिर्फ़ दर्शक हैं। बिल पेश करने के पहले कोई उनके पास सलाह तक लेने नहीं आया। सब जानते हैं कि जनार्दन बाबू अभी भी पार्टी के हैं... 370 या 35-ए से सम्बन्धित उनके विचारों से भी कई वाकिफ़ होंगे... लेकिन वह वक्त किसे याद जब इसी संसद भवन में कितने मौकों पर जनार्दन बाबू ने अपने प्रभावशाली भाषणों से पार्टी के इसी दृष्टिकोण की वकालत की थी। वह समय दूसरा था। तब संसद में उनकी पार्टी के सदस्यों की संख्या इतनी नहीं थी कि लोग यह सोच भी सकते जो आज हो रहा है। जनार्दन बाबू और उनके दूसरे सहयोगी बोलकर ही रह जाते थे— लेकिन खुलेआम और जोर-शोर से बोलते थे। देखा जाये तो वह ज़्यादा हिम्मत की बात थी क्योंकि एकदम विपरीत वातावरण था। इतनी जल्दी भुला दिये गये जनार्दन बाबू... जबकि वे यहीं हैं... राजधानी में ही।

बिल पास होने की खुशी में हिस्सेदारी के लिए आज उनके पास सिर्फ़ एक बन्दा है... प्रमोद। इसे भी जनार्दन बाबू के कश्मीर पर संसद में दिये गये ओजस्वी भाषणों की क्या याद होगी... यह सोचकर चला आया होगा कि संसद में चल रही हलचल की छाया में जनार्दन बाबू अकेला महसूस कर रहे होंगे। उन पर दया कर रहा है... या राजनीति के उसके परिचित-मित्र... सब व्यस्त होंगे इस वक्त, तो चला आया। उसे भी अपने खालीपन को भरने के लिए कोई चाहिए, जैसे जनार्दन बाबू को... और खालीपन अगर राजनैतिक गहमागहमी के नीचे का है तो राजनीति का या कम से कम उसमें दिलचस्पी रखने वाला ही कोई चाहिये।

35-ए, 370 के मामले में दोनों एकमत थे, खुशी के इज़हार में भी, तो ज़्यादा बातचीत का कोई मौका नहीं बना। टी.वी. का प्रसारण खत्म हुआ तो जनार्दन बाबू ने टी.वी. बन्द कर अपनी शंका हल्के से व्यक्त की—

''एक कानूनी पेंच रह गया। कश्मीर की विधानसभा द्वारा पारित संकल्प चाहिए था।''

''विधानसभा तो है ही नहीं... वह भंग है तो संसद ही कश्मीर की विधानसभा है।''

''कोर्ट में यह तर्क कहाँ तक खींचा जा सकेगा... देखना होगा, वहाँ तो मामला जायेगा ही।''

''हमारे ये नये मंत्री सँभाल लेंगे। यह कला उन्हें आती है।''

प्रमोद तारीफ़ तो कर गया... लेकिन फौरन सकुचा आया— भले जनार्दन बाबू उसी पार्टी के हों, मौजूदा नेतृत्व के वे विरोधी भी हैं... इसलिए उसने बात को फट से आगे खींच दिया—

''और हर चीज़ का एक वह इलाज तो है ही... समय। वह किसी भी चीज़ को सड़ा डालता है। कोर्ट में जब तक, जब तक यह मामला आयेगा, 35-ए, 370 धूल का हिस्सा बन चुके होंगे। जम्मू-कश्मीर, लद्दाख केन्द्रीय शासित क्षेत्र के साँचे में इतने गंस गये होंगे कि वहाँ कहीं-कहीं पर जंग भी दिखने लगेगा।''

जनार्दन बाबू ने कुछ नहीं कहा। मौजूदा नेतृत्व यही होने देगा... वे जानते थे।

प्रमोद चला गया तो जनार्दन बाबू का अकेलापन और गहरा आया। जब कश्मीर को लेकर उनकी पार्टी की, स्वयं उनकी जो सालों की उथलपुथल थी... उसका निराकरण हुआ तो वे कहीं नहीं, किसी भी तरह उस जश्न का हिस्सा नहीं... जबकि हमेशा जब-जब कश्मीर का मुद्दा संसद में उठता था, बोलने के लिए जनार्दन बाबू को आगे कर दिया जाता था, स्पीच के बाद उनकी पीठ ठोंकी जाती थी। आज एक किनारे, इस कमरे में वे और प्रमोद... कुछ चर्चा कर लिये, टी.वी. में हो रही वाहवाही में शिरकत कर ली... और बस! इससे तो अच्छा होता वे संसद चले जाते, दर्शक दीर्घा में गुपचुप जा बैठते... लेकिन शर्म थी— इतने बड़े नेता, आज सांसद भी नहीं... दर्शक दीर्घा में?

दूसरे दिन करीब ग्यारह बजे दूरदर्शन की एक टीम उनके घर 'बाइट' लेने आयी। उनकी राय? जनार्दन बाबू खुश हुए कि वे एक किनारे फिंके नहीं पड़े हैं, समाज और देश को उनकी राय आज भी चाहिए, उसकी वकत अब भी है। जनार्दन बाबू ने कहा कि यह काम तो बहुत पहले हो जाना चाहिए था। उन्होंने उत्साह के साथ अपनी राय और उसके पक्ष में तर्क रखे, दो जुमलों की बजाय पाँच मिनट का वक्तव्य दे डाला। उन्हें अपना अस्तित्व पहले की तरह वजनदार लग रहा था...

वे वैसे ही बोलते गये, जैसे पहले बोलते थे, वही बातें... रटी-रटाई, भाषा तक वही, पार्टी वाली। टी.वी. टीम के जाने के बाद उन्हें हल्का क्षोभ हुआ कि वे उन लोगों से फ़र्क़ कहाँ हुए, जो सदन में अशिक्षित होने की छाप चेहरे पर लिए अपनी छाती पीट-पीट कर भांय-भांय चिल्ला रहे थे! जनार्दन बाबू भले ही पक्ष में बोलते, लेकिन शिक्षित, बौद्धिक होने के नाते उन्हें अपनी व्यक्तिगत, स्वतंत्र राय भी सामने लाना चाहिए थी अपने वक्तव्य को थोड़ा गहरा बनाना चाहिए था। यही कह देते कि चुनाव के घोषणापत्र में 370 और 35-ए को हटाने की बात बेशक थी और उस पर जनता ने मोहर भी लगायी, तो यह कदम वाजिब था लेकिन इसी दृढ़ निश्चय से तुम महँगाई कम करने, नवयुवकों को रोजगार दिलाने, शिक्षा का स्तर उठाने, गाँव में स्वास्थ्य सम्बन्धी सेवाएँ फैलाने जैसी बुनियादी समस्याओं की तरफ़ क्यों नहीं चलते? 35-ए वगैरह कुछ समय बाद भी उठा सकते थे, तब तक तुम्हारे पास राज्यसभा का बहुमत भी आ जाता। ऐसी कितनी बातें भी जनता के सामने लाना चाहिए थीं।

जनार्दन बाबू जैसे बौद्धिक से भी अपने मतलब का जोरदार वक्तव्य लेकर दूरदर्शन वाले चले गये। पार्टी ने फिर जनार्दन बाबू का इस्तेमाल अपने लिए कर लिया। काफी देर तक वे इस ग्लानि से भरे रहे।

कुछ ही दिनों बाद जब खबर आयी कि सरकार ने वरिष्ठ और सम्माननीय राजनेता होने के आधार पर जनार्दन बाबू और पार्टी के एक और वरिष्ठ नेता (वे भी अब संसद में नहीं थे) के मौजूदा सरकारी आवासों को उनके जीवनकाल के लिए आवंटित कर दिया है तो जनार्दन बाबू को लगा कि सरकार के पक्ष में वक्तव्य देने के लिए यह पुरस्कार है, जो उन्हें दिया गया है! उनकी ग्लानि और भी गहरी हो गयी।

10

''हैप्पी रिटर्न्स ऑफ़ द डे!'' फ़ोन पर खनखनाती सुधा की आवाज़! जनार्दन बाबू भी थोड़ा चहक उठे— आज उनका जन्मदिन था और सबसे पहली बधाई सुधा की!

''बहुत खुश नज़र आ रही हो?''

''क्यों नहीं सर, आज आपका जन्मदिन जो है; जानती हूँ कि आप जन्मदिन को शोरगुल के साथ मनाने के पक्ष में कभी नहीं रहे, तब आपके पास वक्त नहीं होता था, पर अब तो है... बताइये क्या करेंगे आज।''

''तुम बताओ?''

''सर! आज आपको दिन भर वह करना चाहिए जो आपका मन सचमुच कहता है।''

''सचमुच पर बड़ा ज़ोर है तुम्हारा... तो सचमुच पहले तो यह कि तुम यहाँ आओ, फिर साथ-साथ तय करेंगे।''

सुधा के मुँह से 'यस सर' वैसे ही निकला, जैसे उनकी हर बात पर निकलता था।

गुलदस्ता लेकर उनके घर पहुँची। सोच रही थी कि जब वे मंत्री थे तो जनार्दन बाबू के उदासीन रहने के बावजूद आज के दिन दफ़्तर में उन्हें गुलदस्ते देने वालों की लाइन लगी रहती थी। सर कब फ्री होंगे— यह पता करने में बगल के कमरे में ही बैठी उसे खासी मशक्कत करनी पड़ती थी। तब भी समय सिर्फ़ इतना मिल पाता था कि वह गुलदस्ता देकर उन्हीं कदमों से लौट ले। इस घर में तो और ज़्यादा लोग पहुँचते होंगे। आज उतने न सही, कुछ तो आये ही होंगे, लेकिन जनार्दन बाबू के घर कोई नहीं दिखा। ट्रस्ट में स्टॉफ़ तो सुधा ने ही नहीं रखा था। मोहन और शर्मा शायद शाम को आयें, अभी वे अपने दफ़्तरों में व्यस्त होंगे। भीतर रसोई में कहीं खटर-पटर की आवाज़ से लगता था कि रामू तो है। बाकी सन्नाटा था।

गुलदस्ता लेकर फीकी-सी हँसी के साथ जनार्दन बाबू ने सुधा का स्वागत किया- ''आओ।''

दोनों स्टडी में बैठ गये।

''सर! आज तो घर में रौनक होना चाहिये।'' सुधा ने कहा।

''तुम आ गई तो रौनक आ ही गयी, समझो।''

''सर! क्यों न आज आप कुछ ख़ास करीबियों को डिनर पर बुलायें, केक काटें।''

''तुम तो जानती हो, मुझे इस सबमें बहुत दिलचस्पी कभी नहीं थी, आज तो और भी नहीं है। दुनियां में मेरे आने से कहाँ क्या फ़र्क़ पड़ा? इतने साल पूरी निष्ठा और ईमानदारी से पार्टी और उसके पार देश और समाज को अपनी सेवाएँ देने के बावजूद तीनों जहाँ के तहाँ हैं, उलटे खराब ही हुए हैं।''

''किसी के भी होने या पृथ्वी पर आने से बहुत फ़र्क़ नहीं पड़ता।'' सुधा ने कहा- ''गाँधी जैसा व्यक्ति भी अपने बाद क्या देश या समाज को बेहतर छोड़ गया? हम अपने समय में अपने हिस्से का रोल प्ले करते हैं, अपने करीबियों के जीवन को प्रभावित तो करते ही हैं... आपने मुझ जैसे कितनों को दिया...''

''तुम्हारी ज़िन्दगी में मैंने खलल ही डाला, तुम्हारी सर्विस चार साल पहले खत्म हो गयी।''

''वहाँ घिसटती रहती और क्या! विभाग के ऊँचे पद, सर्वोच्च पद से भी रिटायर होती तो कुछ पेंशन ज़्यादा हो जाती... और क्या होता। सर्विस करते हुए और रिटायर होने के बाद तो और भी कोई मुझे नहीं जानता। आपके साथ काम करते पूरे देश में मेरा नाम फैला— यह क्या कम है! आपके नाम के आगे-पीछे मेरा नाम भी जोड़ा जाता था। कुछ तो यह भी कहते थे कि मैं आपकी आँख-कान हूँ।''

''लेकिन अब? अब तो मेरा ही कोई नामलेवा नहीं... तो तुम्हारा क्या!'' जनार्दन बाबू खोखली हँसी हँसे।

''अब न सही पर उतने सालों तो मैं लोगों की जुबान पर रही, जिस लायक मैं कभी नहीं थी, न हो सकती थी। मुश्किल यह है सर, कि हम... पढ़े-लिखे, सोचने वाले लोग ज़्यादातर... चीज़ों के अच्छे पक्ष को अनदेखा किया करते हैं। आपको... पुरानी और आज की अच्छी-अच्छी बातें देखना चाहिए, आज की तो ज़रूर ही।''

''आज की अच्छी बातें क्या हैं?''

''अब यही कि आप आज अस्सी के हुए। रुपये-पैसे की दृष्टि से सम्पन्न हैं।

रहने को सरकार की तरफ़ से यह बड़ा घर मिला है, जो आपके पूरे जीवनकाल के लिए है। पूरी तरह स्वस्थ हैं, आपकी चिन्तन-शक्ति पहले जैसी ही है। समाज में आपकी प्रतिष्ठा है, लोग आपको आदर और श्रद्धा से देखते हैं। कितनी चीज़ें हैं..."

"और यह भी कि तुम अब भी मेरे साथ हो!" जनार्दन चुलबुलाहट पर उतर आये थे।

"हाँ... यह भी..." सुधा मुस्कुरायी।

"चलिये... अब यह बताइये कि आप आज लंच में क्या खायेंगे?"

"रामू ने जो कुछ बनाया होगा।"

"वह तो ठीक, लेकिन एक 'स्पेशल डिश' भी होना चाहिए। कितनी अच्छी बात कि आपको 'शुगर' जैसी कोई परेशानी नहीं, आप कुछ भी खा सकते हैं।"

"ओ.के. तो 'स्पैशल डिश'... वह जो तुम बनाओ। समय है तुम्हारे पास?"

"क्यों नहीं..."

"तो तुम लंच भी मेरे साथ लोगी।"

"ओ.के. सर!" सुधा खुश-खुश रसोईघर में चली गयी और रामू के साथ व्यस्त हो गई।

स्टडी में बैठे जनार्दन बाबू सोच रहे थे कि वे जो विषाद में डूबे रहते हैं, वह शायद वृद्धावस्था का अभिशाप है! लेकिन यह सुधा... यह भी तो कोई युवा नहीं है, सत्तावन के आसपास तो होगी... अब भी उचक-फुदक लेती है, वह भी दूसरे के जन्मदिन के मौके पर। उन जैसे बूढ़े के साथ अब भी क्यों चिपकी हुई है। पहले उनसे कुछ मिलने की उम्मीद थी, आज वे क्या दे सकते हैं उसे? तभी उन्हें लगा कि दुनिया उतनी खराब नहीं जितना वे सोच बैठते हैं, यहाँ हर कोई स्वार्थी और कृतघ्न नहीं है। बड़ी चीज़ें अच्छी न होतीं हों, पर छोटी-छोटी कितनी चीज़ें अच्छी हैं, सिर्फ़ कोई देने वाला चाहिए और लेने वाला कोई पात्र भी। अगर किसी में ये अच्छी चीज़ें, लेने या देने के लिए न भी उठती हों, तो कोई उसके जीवन में आकर उभार सकता है। राजनैतिक व्यस्तता के चलते या बाहर अपनी छवि के लिए अतिरिक्त सचेत जनार्दन बाबू ने कभी सुधा की तरफ़ उस नज़रिये से नहीं देखा। शायद यह भी था कि तब उनकी पत्नी जीवित थी, वे परिवार से जुड़े हुए थे और राजनैतिक दौड़ का नशा तो था ही— मंत्री-पदों से होते हुए वे प्रधानमंत्री पद तक जा सकते थे, राष्ट्रपति हो सकते थे। अब उधर... बड़ी चीज़ों के लिए वे बाहर फेंक दिये गये और इधर सुधा उन्हें जीवन की छोटी-छोटी चीज़ें— जैसे कि जन्मदिन मनाना ही... इनकी तरफ़ खींचकर ला रही है। क्या पता ये छोटी चीज़ें

ही ज़्यादा अहम् हों! राष्ट्रपति या प्रधानमंत्री हो जाना कितने दिनों का खेल हो सकता था... छोटी-छोटी चीज़ें आपकी मज्जा में घुल जाती हैं, इसलिए जीवन पर्यन्त रहती हैं।

सुधा रसोई-घर और डाइनिंग रूम में ऐसे डूबी हुई थी, जैसे यह उसका ही घर हो। जब वे खाने की मेज पर साथ खाने बैठे तो जनार्दन बाबू ने देखा कि एक बड़े कटोरे में हलवा जिसके ऊपर मेवे चिपके हुए थे... अलग चमक रहा था।

"तो यह तुम्हारा बनाया हुआ है। सूजी का है?"

"नहीं, वह तो देखने में ही अच्छा लगता है। यह आटे का है ज़्यादा स्वास्थ्यवर्धक। शुद्ध घी का है।"

दोनों हँसे।

सुधा ने जनार्दन बाबू की थाली में थोड़ी-थोड़ी चीज़ें परोसीं, बाद में अपनी थाली में भी।

"शायद हम पहली बार साथ बैठकर खा रहे हैं।" जनार्दन बाबू खाने के बीच बोले- "जबकि कितने सालों से तुम मेरे साथ हो।"

"मेरे डेपुटेशन से गिनने चलें और बीच के वे वर्ष जब आप मंत्री नहीं थे, उन्हें शामिल करते हुए... बाईस वर्ष तो हो ही गये।"

"हाँ देखो तो इतने साल... और हमने मेज़ पर साथ बैठकर कभी खाना नहीं खाया? ताज्जुब..." जनार्दन बाबू के स्वर में उदासी थी।

"आपकी पोजीशन और मेरी पोजीशन में बहुत फ़र्क़ था।"

"अच्छा हुआ जो वह फ़र्क़ खत्म हो गया, लेकिन रिटायरमैंट सालता तो होगा।"

"मुझे तो रिटायर होना ही था... आपको रिटायर हो जाना ज़्यादा खराब लगता होगा, लगता रहेगा, क्योंकि राजनीति में रिटायरमैंट नहीं होता! लेकिन मैं सोचती हूँ हमें इन बातों को जीवन के अलग-अलग पड़ावों पर अलग-अलग तरीकों से लेना चाहिये। एक दौर वह था, एक दौर यह भी है। कौन अच्छा, कौन बुरा इस लफड़े में हम क्यों पड़ें! मेरे लिए तो यह दौर भी अच्छा है... आपके साथ अब भी हूँ... देखिये, आपके साथ खाना खा रही हूँ... जो पहले नहीं कर सकती थी।"

"ये तो मेरी खुशनसीबी है सुधा कि तुम हो... दूसरे कहाँ हैं।"

"ऐसी बात नहीं है। आपका सारा व्यक्तिगत स्टॉफ़... और बाहर के लोग भी आपको आदर से आज भी देखते और याद करते हैं। मोहन और शर्मा अभी सर्विस में हैं, दिन के काम से थक जाते होंगे तो मैंने ही उन्हें कह दिया कि अभी जब काम

होगा बुला लिया करूँगी। वे जानते हैं कि मैं आपकी तरफ़ से बोलती हूँ। आप तो आप... ये लोग मुझे भी आदर देते हैं। मैंने उनसे कहा है— जब ट्रस्ट में काम बढ़ जायेगा, उन्हें तकलीफ दूँगी।''

हल्की-फुल्की बातें, थोड़ी-बहुत ट्रस्ट सम्बन्धी भी लंच के दौरान चलती रहीं। लंच के बाद वे थोड़ी देर स्टडी में बैठे। फिर सुधा ने कहा...

''सर! आपके आराम का वक्त हो गया... मैं चलती हूँ।''

''जाओगी?''

जनार्दन बाबू अनमने थे। थोड़ा रुककर बोले... ''सुधा, तुम जब तक रहती हो... यह घर कितना भरा-भरा लगता है। मन किया करता है कि तुम और रहो... और थोड़ी देर... ज़्यादा समय के लिए...''

सुधा खड़ी होकर अपना पर्स सँभाल रही थी। उसके मुँह से सिर्फ़ एक शब्द निकला... 'सर...' दर्द में भीगा। सख्ती से नज़रों को इधर किया... वर्ना क्या पता उन्हें देखती ही रह जाती— नाटा कद, कृशकाय, पारदर्शी गोरी त्वचा, चश्मे के पार झिलमिलाती नम आँखें, ऊपर चमकती गोरी चाँद... वे खूबसूरत हमेशा लगते थे, आज बहुत ज़्यादा लग रहे थे।

कितना अजीब... सुधा लौटते हुए सोच रही थी... इतने साल उनके साथ रही, घण्टों पास... कभी उनके कमरे से सटे अपने कमरे में, कभी उनके कमरे में ठीक उनके सामने बैठे हुए... बीच में सिर्फ़ एक फाइल, सुधा के बगल में फाइलों का एक गट्ठर जिन्हें वह देख चुकी होती। आई फाइलें उनकी कुर्सी के बायीं तरफ़ लगी एक मेज़ पर रखी रहती थीं, जिन्हें सुधा वहीं बैठकर पढ़ती थी... तब जब वे कमरे में नहीं होते थे। यह व्यवस्था जनार्दन बाबू की ही बनायी हुई थी, सुधा के कमरे में फाइलों के होने से बाहर गलत मैसेज जाता।

शायद फाइलें ही थीं जिनके बीच में होने की वजह से तब न सुधा उन्हें ठीक से देख सकी, न वे सुधा को। अब... फाइलें नहीं है, उम्र के उतार पर वे हैं और वह... अब जाकर उठना था इस लहर को...

वे कितने अकेले हैं... बाँधने वाली कोई चीज़ नहीं... पत्नी जा चुकीं, इकलौती लड़की, शादीशुदा अपने परिवार में मस्त और व्यस्त दूसरे शहर में। सुधा को आभास था कि वह मंत्रालय-दर-मंत्रालय सुधा के लगातार पापा के साथ रहने को अच्छी नज़रों से तो नहीं देखती होगी... लेकिन तब दफ़्तर की बात थी। अब माँ के देहान्त और पापा के रिटायर होने पर सुधा का उनके घर में आना, घंटो रहना... यह तो और भी उसके गले के नीचे नहीं उतरता होगा... लेकिन सर... जब वे बाहर

पब्लिक और राजनीति के क्षेत्र में कभी इस बात की परवाह नहीं करते, वे अपने परिवार की क्या परवाह करेंगे... और परिवार जैसा है भी कहाँ अब उनके यहाँ... जो है उसने उन्हें उनके हाल पर छोड़ दिया है!

पहले भी सुधा को लेकर इधर-उधर से... कानाफूसी से, पीठपीछे सवाल उठते रहे हैं। उसके सुनने में यह भी आया था कि कुछ लोग उसे जनार्दन बाबू की रखैल मानते हैं तो कुछ जहाँगीर की नूरजहाँ... जहाँ जहाँगीर के सारे फैसले नूरजहाँ करती थी। ये कनफूसियाँ सर के पास भी पहुँचती होंगी... लेकिन उन्होंने कभी इसकी परवाह नहीं की, उससे कभी इस विषय पर बात नहीं की... बल्कि और धड़ल्ले से उसे साथ रखा...

शुरू में सुधा के लिए उनका आकर्षण यह था कि वे आम नेताओं से एकदम फ़र्क़ थे और जैसे-जैसे वह उनको देखती-जानती चली गई, उसने उनमें एक पारदर्शी व्यक्तित्व पाया। वे जो सोचते थे वही बोलते, लिखते और करते थे— जो उनके फाइलें पर लिये गये फैसलों, भाषणों और समय-समय पर अख़बारों में लिखे लेखों से जाहिर था। उनमें आम-फहम व्यक्ति के लिए करुणा थी। हर हाल में किसी की भी मदद करने का रास्ता निकालने का रवैया— यह उनकी कार्यशैली थी। कुछ ऐसा हुआ कि जनार्दन बाबू के साथ ज्यों-ज्यों समय बीतता गया सुधा अपने पूर्व परिचितों-मित्रों से अपने सम्बन्ध काटती चली गयी... यह ख्याल कि उनमें से कोई मंत्री जी से कोई काम करवाने के लिए कभी भी आ सकता था और वह यह कतई नहीं चाहती थी कि जनार्दन बाबू के मन में कभी यह विचार भी झाँके कि वह उनके पद का फायदा उठा रही है। यह तो बाहरी बात थी जो वह अपने सामने रखती थी, भीतर कहीं एक अन्दरूनी बात भी थी, जिसे वह और भीतर धकेल देती, लेकिन जिसका भी उसे ख्याल रखना था— वह यह कि परिवार के बाहर सुधा की किसी के साथ नज़दीकियाँ हैं... जानकर जनार्दन बाबू को अच्छा तो नहीं लगेगा।

जनार्दन बाबू बौद्धिक थे पर आम बौद्धिकों से फ़र्क़... यों कि उनके विचार जो उनके लेखों में आते थे, वे एक विन्दु पर पहुँचकर आगे दूसरे विचारों की जलेबियाँ बनाते चले जाने की बजाय थम कर समकालीन स्थितियों में रास्ता निकालने की तरफ़ मुड़ जाते थे। राजनेता होने की वजह से उनमें व्यावहारिकता थी, जो उनकी बौद्धिकता पर लगाम लगाये रखती थी, इसलिए उनके निष्कर्ष साफ-सुथरे, एकदम विषयानुसार होते थे। पाठक या श्रोता वहाँ विचारों के जंगल में खो न जाते, उल्टे एक विन्दु से शुरू करके चौकस दूसरे विन्दु तक पहुँचते थे।

कुछ ही समय में यह हुआ कि सुधा अपने सभी सामाजिक सम्बन्धों से कटकर एकमार्गीय हो गयी— सिर्फ़ जनार्दन बाबू। फिर भी उनमें एक दूसरे के लिए आदर था, उसके आगे कुछ नहीं। आखिर वह जनार्दन बाबू की स्टॉफ़ ही तो थी... और जनार्दन बाबू इतने बड़े नेता! सुधा का कैरियर तो आगे कुछ सालों में खत्म ही हो जाने वाला था, जनार्दन बाबू का चलने वाला था... आजीवन... वे देश के सर्वोच्च पद पर पहुँच सकते थे।

आज इतने वर्षों बाद जनार्दन बाबू की आँखों और बोलने में जो दिखा वह पहली बार था... शायद परिस्थितिवश उत्पन्न असहायता और अकेलापन। अब न वे व्यस्त थे, न उनके सामने महत्त्वाकांक्षा थी और न ही बाहर उन्हें जोड़ने वाले कोई सम्बन्ध।

सुधा मुश्किल से खींच सकी थी खुद को।

11

सुधा के चेहरे का रंग आज कुछ दूसरा था, घर भी देर से पहुँची थी, रोहित ने टोक दिया।

"पूरा दिन लग गया आज?"

"सर का जन्मदिन था, बताया तो था तुम्हें। बोले लंच यहीं लेना, रुकना पड़ा।"

"बाहर के लोग भी आयें होंगे?"

"अरे नहीं... सर कहाँ मनाते हैं जन्मदिन। इस दिन को कोई ख़ास दिन ही नहीं मानते। वह तो मैंने उन्हें झकझोरा... आज क्यों मुँह लटकाये रहा जाये, चहक जबर्दस्ती ही सही, कभी-कभी ओढ़ना चाहिए... तो मुश्किल से कुछ स्पैशल खाने को तैयार हुए।"

"बाहर तो गये न होंगे... सैलिब्रिटी हैं, भले पुराने।"

"हाँ, घर में ही।"

"देखो सुधा! मैं कब से तुमसे यह कहना चाहता था— हमें घर-दफ़्तर में फ़र्क़ करना चाहिए। यह नहीं भूलना चाहिए कि वह उनका घर है। पहले की बात और थी— तब तुम दफ़्तर जाती थीं।"

"दफ़्तर अब भी जाती हूँ... ट्रस्ट के दफ़्तर, जो बंगले के बाहरी हिस्से में है। आज की बात दूसरी थी... स्पैशल डे था... तो लंच सर के साथ ले लिया... "

"लंच-ब्रेक दफ़्तरों में रोज होता है!"

"रोहित, कहीं तुम मुझ पर शक तो नहीं करते?" सुधा ने तरेरती नज़रों से रोहित को देखा।

"मैं सोच रहा था कि अगर तुमने अपनी रैगुलर सर्विस न छोड़ी होती तो आज भी तुम्हारी सर्विस के चार साल बचे होते, तुम सरकारी दफ़्तर जाती होती।"

"वह मेरा फैसला था, अपनी सर्विस और अपने कैरियर के बारे में मैं ही बेहतर सोच सकती थी।"

''एक बार जनार्दन बाबू के मंत्रालय डैपुटेशन पर जाना नैचुरल था... लेकिन वे जिस-जिस मंत्रालय में जाते हैं... तुम्हें ले जाते हैं, डैपुटेशन रूल्स में यह नहीं हो सकता तो तुम्हारी सर्विस छुड़वाकर तुम्हें एडवाइज़र बनाकर ले आते हैं।''

''तो उसमें क्या हुआ! हर मंत्री अपने साथ अपना पसन्दीदा स्टॉफ रखता है, जहाँ जाता है ले जाता है।''

''सुन्दर लड़की साधारण स्टॉफ की कैटेगरी में नहीं आती। हमें इसका ख्याल रखना चाहिए था।''

''हमें क्यों रखना चाहिए था... जब वे— इतने बड़े आदमी जिन पर पूरे देश की नज़रें थीं... उनकी प्रतिष्ठा का सवाल था... जब वे ही कोई परवाह नहीं करते थे तो हम अपनी छोटी-सी इज्जत लेकर बैठ जाते... हुंह...'' सुधा ने बात झटक दी।

''खैर तब की बात तब की हो गई। सब जानते हैं कि अब न जनार्दन बाबू का कोई दफ़्तर है, न उन्हें कोई काम। यह ट्रस्ट... घर में दफ़्तर जैसा... यह सब जनार्दन बाबू ने तुम्हारे लिए बिठाया है।''

''स्टौप इट... रोहित! ये सब बातें तुम्हारे मन में अब उठ रही हैं, क्योंकि आज वे मंत्री नहीं हैं। तुम भूल गये कि तुम्हारे रिटायरमैंट के बाद तुम्हें एक नहीं जो दो-दो पद मिले वे किसने दिलवाये? हमें इस तरह एहसान-फरामोश नहीं होना चाहिए। अगर तुम होते भी हो, मैं तो कभी नहीं होऊँगी।''

गुस्से में सुधा छिटक कर दूर जा बैठी...

क्या हो गया है आज के आदमी को? जब तक उसका काम निकल रहा है, स्वार्थ सधता है तब तक कोई बेइज्जती... शर्म... हिचक कुछ नहीं है। जैसे ही ऐसी स्थिति बनी कि तुम्हें उससे अब कुछ मिलने वाला नहीं तो तुम सहसा बड़े इज्जतदार हो गये!

रोहित उसके पास कुछ-कुछ ग्लानि से भरा हुआ आया—

''मेरा मतलब यह नहीं था डियर! तुम गलत समझ रही हो। जनार्दन बाबू के बारे में ऐसा-वैसा कुछ नहीं सोचा जा सकता, लेकिन उनकी पत्नी नहीं है, वे घर में अकेले रहते हैं... उनकी लड़की, उनका कोई विरोधी या चटखारे लेने वाला कोई पत्रकार ही कल के दिन तुमको लेकर कोई सवाल उठा दे तो हम क्या दूसरी तरह से जनार्दन बाबू की प्रतिष्ठा को खतरे में नहीं डाल रहे होंगे। मत भूलो कि एक वक्त कहीं-कहीं तुम्हें उनकी 'कीप' भी कहा जाता था, चाहे कितने ही गुपचुप ढंग से।''

"तब भी उन्होंने कुछ परवाह नहीं की और न ही मैंने। असल में समाज में हर समय कुछ फालतू किस्म के ऐसे लोग होते हैं जिन्हें नकारात्मक सोचने के अलावा दूसरा कोई काम ही नहीं होता। उनकी खातिर रास्ता नहीं बदला जाता। मैं इतना जानती हूँ कि जब हमें उनकी ज़रूरत थी तब हम उनसे सटे रहे, अगर आज उन्हें हमारी ज़रूरत है तो हम मुँह फेर लें... यह मुझसे न होगा।"

"ज़रूरत हमारी या सिर्फ़ तुम्हारी?"

"ओ.के. मेरी ही... तो वहाँ भी क्या परेशानी है।"

"अच्छा... क्या इस बात से इन्कार किया जा सकता है कि यह ट्रस्ट उन्होंने अपने खालीपन को भरने के लिए बनाया है।"

"तो?..."

"और 'ट्रस्ट' में तुम हो... तभी वह खालीपन भरता है..."

"यह सही नहीं है। मान भी लिया जाय तो इसमें भी क्या बुराई है। जीवन की समाप्ति के थोड़ा इधर अगर हम एक दूसरे का खालीपन भरने के लिए कुछ कर सकते हैं तो क्यों नहीं करना चाहिए? जिस उम्र में हम हैं, उसमें भी अगर कोई इसमें कुछ और सूँघता है तो यह उसकी समस्या है, मेरी नहीं।"

"तो क्या मैं यह मानूँ कि तुम्हारा भी कोई खालीपन है, जबकि तुम्हारे यहाँ मैं, घर में आते-जाते बच्चे हैं, बच्चों के बच्चे हैं... एक लम्बा-चौड़ा संसार है।"

"हमारे यहाँ है और जनार्दन बाबू के यहाँ नहीं है। अगर हम अपने भराव का कुछ हिस्सा उनके यहाँ भी पहुँचा सकते हैं तो क्यों नहीं? पुराने दिनों की खातिर ही सही, हमें यह करना चाहिए और मैं यह करूँगी। तुम्हारे और घर के प्रति वफादारी सारी उम्र निभाने के बाद मुझे अब और कोई सबूत देने की ज़रूरत नहीं है और कोई पूछने वाला होता कौन है!"

इस 'कोई' में कहीं न कहीं रोहित भी शामिल था— यह जाहिर हो गया। क्रोध में तनतनाती हुई सुधा बाथरूम में घुस गई।

उस जिरह का यह असर तो हुआ कि पूरा एक हफ्ता सुधा जनार्दन बाबू के यहाँ नहीं गई। कभी न जाने जैसा कोई फैसला नहीं था। क्यों छोड़े वह वहाँ जाना... सिर्फ़ इसलिए कि पति को पसन्द नहीं? यह तो कोई वजह न हुई। आज की शिक्षित महिलाओं का यह सोच नहीं है। रोहित ऐसा दिखाता है कि वह समाज की बहुत परवाह करता है और समाज यह सोचता है। उसके लिए समाज के माने— हमारे बच्चे, बच्चों के बच्चे। इनके बाहर रोहित का उठना-बैठना ही नहीं है। बच्चों ने भी शायद ही कभी इस पर बात की हो। यह सोचना सिर्फ़ रोहित

का है, समाज में किसे वक्त है? वैसे भी अब जनार्दन बाबू के बारे में कोई क्यों सोचेगा... रोहित बात को चाहे जो जामा पहनाये, समस्या उसकी अपनी है। उसे लगता होगा— जितने समय सुधा बाहर रहती है, अगर वह घर पर रहे तो उसके इर्द-गिर्द रहने से रोहित का दिन भी अच्छा बीतेगा। लेकिन उस खातिर क्या सुधा हर समय पति के आसपास मँडराती रहे!

क्या जनार्दन बाबू की समस्या भी आज रोहित जैसी ही है?

नहीं, जनार्दन बाबू के पास ढेरों चीज़ें हैं अपने खालीपन को भरने के लिए। ट्रस्ट की बात सुधा ने नहीं सुझाई थी... वह जनार्दन बाबू के विचार-प्रवाह में से निकली, जिसमें काम करने का प्रस्ताव उन्होंने आदतन सुधा के सामने रखा— जैसे पहले जब एक मंत्रालय से दूसरे में जाते थे तो करते थे। रोहित को सुधा ढंग से समझाये, रोहित समझ जायेगा... तो कुछ दिनों बाद उसने ही बात जनार्दन बाबू के उन दोनों पर किये गये अनुग्रह से शुरू की।

''उन्होंने हमारे लिए इतना किया, तुम्हारे लिए भी।''

''तो तुमने भी किया। वह उनकी और तुम्हारी प्रोफ़ेशनल ज़िन्दगी का हिस्सा था। लेकिन अब स्थिति दूसरी है।''

''जब सब उनकी तरफ़ से मुँह मोड़ रहे हैं... हम भी वह करने लगें... यह तो अवसरवादिता हुई।''

''नहीं, उन्हें सलीके से कह दो कि तुम्हारे घर की व्यस्तताएँ हैं जो तुम्हें ट्रस्ट में काम करने का समय नहीं देतीं।''

''वे क्या... कोई भी इस पर विश्वास नहीं करेगा। कल ही तो वे पद पर थे... तब कहाँ थीं ये व्यस्तताएँ। इस बार भी अगर वे मंत्री बनाये जाते... मैं उनके साथ जाती कि नहीं? बात ट्रस्ट में काम करने की नहीं है, उनका साथ देने की है— जो भी वे करने चलें... और ट्रस्ट में काम करने के लिए पहले उन्होंने मेरी रजामंदी ली थी। रोहित! मेरा उनका साथ मेरे तुम्हारे साथ से थोड़ा ही कम है... इसका तकाज़ा है कि उन्हें अकेला नहीं छोड़ा जा सकता।''

''और मुझे छोड़ा जा सकता है?''

''ये क्या कहते हो तुम? इस उम्र में जब हमारे बच्चों के भी बच्चे हैं, कौन यह सोच सकता है... न तुम, न मैं। इस घर में हम एक साथ रहते हैं, सोते हैं। सिर्फ़ कुछ घण्टों के लिए कहीं चले जाना... क्या छोड़ना हो जाता है। पहले भी तो काम पर जाती ही थी।''

''वह नौकरी थी... यह नहीं है। यहाँ तुम दूसरी वजह से जाती हो।''

रोहित के भीतर बैठा मलाल पूरी गन्दगी के साथ बाहर आ गया जिससे सुधा भी तनतना उठी।

''किस वजह से... ? जरा मैं भी तो सुनूँ ?''

''देखो सुधा! ये हमारी ख़ता नहीं है कि उनकी बीवी मर गयी, वे उस कमी को पूरा करना चाहते हैं।''

''आदमी और औरत के सम्बन्धों को तुम आदमी लोग पति-पत्नी, प्रेमी-प्रेमिका... इन्हीं साँचों में रखकर क्यों देखते हो? क्या इनके अलावा कोई और सम्बन्ध नहीं हो सकता!''

''उसे नाम हम कुछ भी दे लें पर जाता वह उसी दिशा में है।''

''जनार्दन बाबू अस्सी के हो गये... यह भी तो सोचो।''

''आदमी की ये इच्छाएँ कभी नहीं मरतीं। मैं आदमी हूँ— जानता हूँ।''

''मैं भी जनार्दन बाबू को जानती हूँ, उनके साथ इतने साल रही हूँ। यह उनकी समस्या नहीं, समस्या तुम्हारी है... तुममें असुरक्षा की भावना घर कर रही है।''

''नैचुरली... मैं तुम्हारा पति हूँ।''

''रोहित! कोई सम्बन्ध— पति-पत्नी, प्रेमी-प्रेमिका, कोई भी— चाहे वह कितना प्रगाढ़ हो, उसे यह नहीं होना चाहिए , कि दूसरे के लिए जगह ही न छोड़े। जनार्दन बाबू के साथ मेरे काम करने को इस नज़रिये से क्यों देखा जाये कि वह हमारा-तुम्हारा कोई स्पेस छीन रहा है... मेरा ऐसा सोचना है।''

''तुम्हारा सोचना ही चलेगा, मेरा, बच्चों का, समाज का कुछ नहीं ?''

''तुम्हारा या कि किसी का सोचना अपनी जगह है... जीवन तो मेरा है तो मुझे तय करना है कि मैं बाहर के सोचने को ज़्यादा तरजीह देती हूँ या अपने सोचने को। और मैं यह भी सोचती हूँ कि तुम्हें, बच्चों को, या किसी को भी मेरे सोचने की इज्जत करनी चाहिए।''

''तुम्हारा सोचना क्या है... वह किसी की समझ आयेगा ?''

''मेरी जवाबदेही तुम्हारे अलावा किसी और के लिए नहीं बची है। अपना नज़रिया बच्चों के आगे भी साफ करने को मैं मजबूर नहीं हूँ। वे अपना जीवन जी रहे हैं, मैंने क्या कभी उसमें दखल दिया, जो वे मेरे जीवन में दें। जनार्दन बाबू ने अपने जीवन के इस दौर में ट्रस्ट की बात सोची... समाज के लिए कुछ करते रहने की उनकी प्यास और कुछ अपने लिए व्यस्तता बनाने की खातिर भी। इसमें उन्होंने मेरा सहयोग माँगा... जिसे देने में मुझे कोई संकोच नहीं हुआ... क्योंकि मैं भी इस वक्त खाली थी।''

‘‘सच यह नहीं है। सच यह है कि उन्होंने तुम्हारे साथ की खातिर ट्रस्ट का तामझाम खड़ा किया और तुम भी उनके साथ की खातिर वहाँ जाती हो... ट्रस्ट तो सिर्फ़ एक बहाना है।’’

‘‘जनार्दन बाबू और मेरा साथ लम्बा रहा है। अपने-अपने परिवारों के क्षेत्रों में रहते हुए हमने अपनी सीमाएँ कभी नहीं लाँघी। किसी भी लम्बे साथ की एक लय बन जाती है, जिसे साधारणत: नहीं तोड़ा जाना चाहिए। अगर ट्रस्ट का काम उन्हें अपने शेष जीवन के लिए एक मक्सद देता है तो मुझे उसमें मदद करना चाहिए। आज वे अकेले हैं, मेरा यह दायित्व है कि उन्हें और अकेला न होने दिया जाये।’’

‘‘देखो निकल न आया... कि तुम काम की खातिर नहीं, जनार्दन बाबू के अकेलेपन को भरने के लिए वहाँ जाती हो।’’

‘‘हो सकता है... लेकिन इसमें मुझे कोई खराबी नज़र नहीं आती।’’

‘‘तुम्हारे साथ, अकेले होने का फायदा भी तो उठाया जा सकता है।’’

‘‘तब नहीं उठाया तो अब कोई क्यों उठायेगा।’’

सुधा उठ गयी, रोहित को नहीं समझाया जा सकता।

12

श्रुति ने कब उनके यहाँ आना बन्द कर दिया... जनार्दन बाबू ठीक-ठीक नोट नहीं कर पाये थे। रामू से पूछने की यह बात नहीं बनती थी... क्योंकि उसे तो वे यही दिखाते रहे थे कि श्रुति उनके लिए एक विद्यार्थी ही थी, जिसे उन्होंने अपने पुस्तकालय के उपयोग की छूट दे रखी है। यह भी उनकी जानकारी में कहाँ कि श्रुति के पास क्या उनके यहाँ की कोई किताब अब भी थी जिसे वापस करने वह आयेगी। उन्होंने ही ऐसा बना रखा था कि वह जब चाहे जो किताब ले जाये, उसे चाहे जितने दिन रखे, जब चाहे वापस रख जाये। वह आती भी थी तो दस बजे सवेरे के पहले ही— जब जनार्दन बाबू अपने रहवास में स्नानादि में व्यस्त होते। सुधा ने आना शुरू किया... तो श्रुति उनके जेहन से करीब-करीब उतर गयी थी।

श्रुति के पिता जब उनसे मिलने आये तब जनार्दन बाबू श्रुति के लिए एक तरह से फिर से जागे। कितना अजीब कि वह लड़की जो उनके दिल-ओ-दिमाग पर सहसा उमड़ आयी घटा की तरह छा गयी थी... वह वैसे ही हवा के साथ बह भी गयी। अब उसका खाका ही याद करने के लिए जनार्दन बाबू को कोशिश करना पड़ी। श्रुति के लिए जो आकर्षण उठा था वह ज़रूर याद आया... जिसमें वे कितने दिनों तक झूलते भी रहे थे। उसे जल्दी भूल जाने से उनकी यह धारणा पुष्ट ही हुई कि बाह्य— युवावस्था या कि शारीरिक सौन्दर्य— इनका प्रभाव कितना अस्थायी होता है। वह टिकता ही नहीं, जब तक कि मन की डोरें उसे बाँध न लें।

श्रुति के पिता क्यों आये हैं, पहले तो कभी नहीं आये?

रामू ने उन्हें प्रतीक्षा-कक्ष में बिठा दिया था। जनार्दन बाबू स्टडी/नये कमरे में आकर बैठ गये, तब उनसे पूछकर रामू ने मिलने को भेजा। जनार्दन बाबू भले ही रिटायर हो गये हों, लोगों से मिलने की उनकी शैली अब भी मंत्रियों वाली थी।

''क्षमा कीजियेगा... आपसे मिलने पहले कभी नहीं आया। अब आया जब हम पर विपदा आन पड़ी।''

''नहीं... कहिये-कहिये... निस्संकोच कहिये। हम लोग तो सदा जनसेवक हैं... सांसद या मंत्री न भी रहें तो क्या कोई अपना धर्म भूल जाता है?''

''श्रुति आपके यहाँ आती-जाती थी?''

''हाँ... आँ...''

जनार्दन बाबू चौंके— कोई लाँछन लगाने आये हैं क्या? श्रुति ने जो एक-दो बार में ही उनकी मनोदशा कर डाली थी... याद आयी। ईश्वर उन्हें बचा ले गया... ईश्वर या सुधा...

''कब से नहीं आयी?''

''यह तो मैंने गौर नहीं किया। किताबें लेने आती थी। वह जब-कब चली आती थी, यहाँ पिछली किताब रख, कोई दूसरी लेकर बाहर-बाहर से चली जाती थी। मैं तो अन्दर ही होता था... तो मुझे मालूम नहीं। रामू को याद हो तो हो... उससे पूछिये... लेकिन बात क्या है...''

''वह घर छोड़कर चली गयी है।''

''अरे! कितने दिन हुए?''

''पन्द्रह दिनों से ज़्यादा ही। हमने चिन्ता नहीं की, क्योंकि कहकर गयी थी कि मौसी के यहाँ रहेगी कुछ दिन... पहले भी जब-तब चली जाती थी। मौसी इसी शहर में रहती हैं।''

''वहाँ नहीं है?''

''है।''

''फिर यह घर छोड़ना कहाँ हुआ।''

''उसने कहा है जब तक उसकी बात मानी नहीं जायेगी... वह घर नहीं लौटेगी। मौसी नहीं रखेंगी... तो कहीं और चली जायेगी।''

''कहाँ चली जायेगी?''

''यह वह नहीं बताती... और इसी का हमें डर है।''

''तो उसकी बात मान लीजिये।''

''कैसे मान लें। वह उससे विवाह करने को कह रही है जिसकी आर्थिक स्थिति जीरो है, स्कूल में डांस टीचर है। हमने उसके सामने एक-से-एक प्रस्ताव रखे थे। वह कोई-न-कोई दोष निकाल कर सबको खारिज कर देती। वह तो जब तंग आकर हमने उससे कहा कि ठीक है, फिर वह अपनी पसन्द का ढूँढ़ ले तो खुलासा हुआ कि जो वह हमारे सभी प्रस्तावों में कोई-न-कोई खामी निकाल देती थी... इसके पीछे यह लड़का था... नचैया!'' पिता के मन में श्रुति के लिए रोष था।

''यह तो प्रेम का मामला दिखता है... आप मान लीजिये उसकी बात।''

''कैसे मान लें। यह प्रेम-एम दो दिनों में उड़ जायेगा... जैसे ही पैसे की मार शुरू हुई।''

''आप क्या करते हैं।''

''हम ठेकेदार हैं।''

''श्रुति कार चलाती यहाँ आती थी।''

''हमने उसे ले दी थी... जब वह पन्द्रह साल की थी। कार चलाना उसने तभी सीख लिया था।''

''कॉलेज भी कार लेकर जाती थी?''

''हाँ...''

''और कहाँ-कहाँ जाती थी?''

''जिम जाती थी, अपनी सहेलियों से मिलने-जुलने जाती थी... हमने कभी कहीं के लिए कोई रोक-टोक नहीं की। हमारा सिर्फ़ यह था कि वह हमें बता कर जाये। हमें उस पर भरोसा था। आपके यहाँ भी आना-जाना उसने बताया था। इस बार मौसी के यहाँ भी वह कहकर ही गयी।''

''आपने उसे कम उम्र में कार लेकर दे दी... इतनी स्वतंत्रता दी तो अब विवाह के मामले में भी क्यों नहीं?''

''पर यहाँ वह अपना अच्छा-बुरा, अपना भविष्य... यह तो सोचे? आप उसे समझाइये, जनार्दन बाबू। आपको बहुत मानती है।''

''मुझसे तो वह एक-दो बार ही मिली है। कब से नहीं आयी।''

''हम उसे भेज देंगे। हमारी बातचीत तो बन्द है, उसे कहलवा देंगे कि आपने उसे बुलाया है। वह आयेगी... आपको बहुत मानती है।''

''मुझसे आप क्या चाहते हैं?''

''वो इस नचइये का ख्याल छोड़ दे... बस। उस लड़के की नज़र हमारी दौलत पर है। आप उसे समझा दें।''

''कैसे मान लिया जाय यह। श्रुति को ज़रूर यह विश्वास होगा कि आप उसके लिए सब कुछ करेंगे, क्योंकि अब तक करते आये हैं... समर्थ हैं। उसे घर ले देगें, लड़के को किसी धन्धे से भी लगा देंगे, कुछ कर ही देंगे उसकी आर्थिक स्थिति सुधारने के लिए... तो यह चिन्ता उसकी नहीं होगी।''

''हम कर भी देंगे तो वह कितने दिनों तक काम आयेगा... आखिर आदमी को अपनी कमाई पर टिकना पड़ता है।''

''कुछ दिनों ऐसे ही क्यों नहीं चलने देते, हो सकता है श्रुति के सोचने में बदलाव आये। मौसी के घर ही तो है।''

''वह अपनी कार ले गयी है। हमारे यहाँ से अपना सब सामान ले गयी... कहती है अगर हम उसकी बात नहीं माने तो वह लौटकर कभी नहीं आयेगी... मौसी के यहाँ भी ज़्यादा दिन नहीं रहेगी... कही चली जायेगी। वह उस लड़के के साथ 'लिव इन' में जा सकती है, आजकल यह फ़ैशन हमारे समाज में जोर पकड़ रहा है।''

श्रुति का यह सत्याग्रह है या ब्लैकमेल... जनार्दन बाबू सोच में पड़ गये। श्रुति ने गाँधी जी की किताब में तो कोई दिलचस्पी नहीं दिखाई थी, चल पड़ी सत्याग्रह के रास्ते। फिलवक्त उन्हें उसके पित. ही ज़्यादा दोषी नज़र आ रहे थे। शुरू-शुरू में लोग स्वतंत्रता देकर बच्चों को बिगाड़ते हैं, बाद में रोते हैं... ख़ासतौर से ये पैसे वाले। जब तुम लड़की की किशोरावस्था में ही उसे अलग कार पकड़ा दोगे, मोबाइल होता ही है... तो क्या होगा। कार से आती-जाती लड़की... तो कॉलेज में कितने लड़के ये भी सोचने लगते होंगे कि लड़की के साथ-साथ यह कार, लड़की के बाप की थोड़ी-बहुत दौलत भी मिल जायेगी!

''आपकी सीधे-सीधे इस लड़के के बारे में श्रुति से बात हुई है?''

''हाँ... मैंने उससे पूछा था कि इस लड़के में क्या ख़ास चीज़ दिखती है उसे, मुझे तो कुछ नहीं दिखता। उसका कहना था वह बहुत 'केयरिंग' है। नचैये ने हाव-भाव दिखाकर फँसा लिया।''

जनार्दन बाबू को भी थोड़ा ताज्जुब हो रहा था... श्रुति कोर्स के बाहर की किताबों को भी पढ़ने वाली और उसकी यह पसन्द? प्रेम हो सकता है... और वह तो अंधा होता है, मामूली व्यक्ति से भी हो सकता है। या यह सिर्फ़ युवावस्था की छलाँग है! उनकी समझ में यह नहीं आ रहा था कि इस मामले में वे क्या कर सकते हैं... एक तो श्रुति, जो अब अगर किताबें नहीं चाहिए तो वह आयेगी भी क्यों... आयी भी तो उनकी बात क्यों मानेगी... और वे कहेंगे भी क्या...

''आप मुझे अपना वकील बनाना चाहते हैं—'' उन्होंने हँसकर श्रुति के पिता से कहा— ''अपनी बात मेरे मुँह से कहलवाना चाहते हैं, उसी के लिए श्रुति पर जोर डलवाना चाहते हैं... लेकिन अगर मैं ही आपकी बात से सहमत न होऊँ तो...?''

''आप क्या उस नाकारा के साथ श्रुति के विवाह की वकालत करेंगे?''

''देखिये... क्या नाम आपका?''

''केशवचन्द्र...''

''हाँ... केशवचन्द्र जी... आपको/हमको यह स्वीकार करना चाहिए कि यह हमारा ज़माना नहीं है— जब जहाँ माँ-बाप ने तय किया, लड़कियाँ आँख मूँदकर वहाँ चली जाती थीं।''

''मैं यह कहाँ कहता हूँ। वह बेशक अपनी पसन्द की करे, लेकिन लड़का ढंग का तो हो... क्या भविष्य के लिए बच्ची को आगाह करना पिता का धर्म नहीं है ?''

''वह बच्ची नहीं है।''

''बच्ची नहीं, मूर्ख तो है... यह नहीं समझती कि उस लड़के की नज़र मेरे पैसे पर है।''

''शान्त हो जाइये... केशव जी... वह नज़र तो किसी की भी रहेगी, आप खुद जिसका प्रस्ताव करेंगे उसकी भी... क्योंकि आपका पैसा सबको दिखता है। इसे यों देखिये कि यह पैसा आपने समाज से कमाया है, उसे ऊपर तो ले नहीं जाना है... तो यहीं बाँट देना चाहिए। अच्छा है कि आपका बाँटना आपके परिवार से ही शुरू हो... लड़की को मिले, वह जिस लड़के को पसन्द करती है उसे मिले, उसके बाद आप परिवार के बाहर भी जाइये... वहाँ बाँटिये...''

श्रुति के पिता निराशा में डूब गये... अच्छा नेता है यह तो— नागरिकों को अर्थोपार्जन में मदद करने के बजाय उल्टा जो उन्होंने अपने खून-पसीने से कमाया है, उसे लुटाने को कहता है!

''हमारी खुशी''... जनार्दन बाबू आगे कह रहे थे... ''बच्चों की खुशी में ही होना चाहिए। आप तो अपनी तरफ़ से श्रुति को जो समझाना है समझा दीजिये, साफ बता भी दीजिये कि भविष्य में इस विवाह के जो परिणाम... अच्छे या बुरे होंगे... उसके लिए आप जिम्मेदार नहीं होंगे... बस।''

''पर जब विपत्ति आयेगी तो करना तो मुझे ही होगा...''

''ज़रूर। पिता का धर्म समझ कर तब करियेगा। क्लेश तो नहीं होगा।''

''कैसे नहीं होगा! रुपये-पैसे की तंगई का दुःख उसे सताता ही रहेगा, हम चाहे जितना करें। और सन्तान दुःखी रहती है... चाहे जिस वजह से तो क्लेश माँ-बाप को होता ही है।''

''उसे नियति समझकर भोग लीजियेगा।''

''आप एक बार श्रुति से कहकर तो देखिये... आपको बहुत मानती है वह... मैं उसे आपसे मिलने को कहूँगा।''

''मत कहिये... उसे आना होगा तो अपने आप आयेगी। पहले क्या आप

कहते थे या वह आपसे पूछकर ही यहाँ आती थी? उसके लिए मेरे घर के दरवाज़े खुले हैं— यह वह जानती है। जब चाहे आ सकती है। एक यह बात भी समझ लीजिये कि यह पीढ़ी अपने जीवन से सम्बन्ध रखने वाले मामलों में किसी की दखलन्दाजी पसन्द नहीं करती... आपकी, मेरी या किसी की भी... नये समय ने उन्हें यही सीख दी है।''

जनार्दन बाबू उठ खड़े हुए... पुरानी आदत— जब किसी को जल्दी रुखसत करना हो तो खुद ही खड़े हो जाइये। श्रुति के पिता पूरी तरह निराश... नमस्कार करके चले गये। जनार्दन बाबू को उनसे कोई सहानुभूति नहीं थी... किशोरावस्था में जब श्रुति को कार पकड़वायी थी तब क्या किसी से पूछा था?

•

श्रुति आये... यह इच्छा एक बार भी नहीं उठी जनार्दन बाबू के मन में। कैसे उसके लिए आकर्षण की जबर्दस्त गिरफ़्त में एक वक्त वे थे। उन दिनों अगर कभी श्रुति ने रामू से कहला भेजा होता कि वह उनसे मिलना चाहती है... जनार्दन बाबू हुलफुलाकर आ जाते और तब पता नहीं...

अच्छा हुआ कि वे फासले से युवावस्था के खेल देखते रहे...

दूर से... वह बहुत दिनों तक नहीं चल पाया। श्रुति आयी, सचमुच रामू से अन्दर कहलवाया कि वह मिलना चाहती है। जनार्दन बाबू जब स्टडी के दरवाज़े पहुँचे तो श्रुति पहले से ही वहाँ थी, खड़े-खड़े किताबों को इधर-उधर से देखती हुई। वह निकर-कुर्ती में नहीं... नीली जीन्स और आधी बाँहों वाली सफेद कमीज़ में थी। जब वह अल्मारी की किताबों को सरकाती, उसकी सुन्दर बाँहों का सुनहरापन स्टडी में आभा बिखेरता था।

''हलो श्रुति... कैसी हो!'' आवाज़ करते हुए वह स्टडी में उतरे और अपनी कुर्सी पर जा बैठे।

''गुड मौर्निंग सर! आपने बुलाया था?''

''मैंने...?''

''पापा का मोबाइल पर मैसेज आया... सर वान्ट्स टु सी यू...''

किताबों से ध्यान हटाकर श्रुति मोबाइल के बटन दबाने लगी... कि जनार्दन बाबू को मैसेज पढ़कर सुना दे।

''ठीक है, ठीक है...'' जनार्दन बाबू बात को दबा गये... ''इट्स ऑल्वेज़ ए प्लैज़र टु सी यू।''

जनार्दन बाबू ने श्रुति को सामने की सीट पर बैठने का इशारा कर उसे इत्मीनान में ला दिया।

"क्या पढ़ रही हो इन दिनों?"

"कुछ नहीं सर... जो किताब यहाँ से ले गई थी, उसे ही पूरी नहीं कर पायी... इसलिए दूसरी लेने नहीं आयी।"

"नहीं। वैसी कोई बन्दिश तुम्हारे लिए नहीं है। चुन ली हेा तो ले जा सकती हो।"

"सर! पापा ने आपसे मिलने के लिए कहा... कोई ख़ास बात?"

"वे आये थे।"

"मुझे पता है, यह भी अन्दाज़ा है क्यों आये होंगे। 'ओल्ड गाइज़!' सोचते हैं उनके समय वाले... सब उन्हीं की तरह होंगे।"

"हाँ... आज मोबाइल का ज़माना है, जबकि हम लोग उस वक्त के हैं जब लोग धीरज के साथ लम्बे पत्र लिखा करते थे।"

"आप नहीं... आप तो 'प्रोग्रेसिव' हैं... मेरे पापा जैसे लोग आर्ट क्या समझेंगे, जो यही नहीं मानते कि कोई पुरुष नाच भी सकता है, बिरजू महाराज का जिन्होंने नाम ही नहीं सुना।"

जनार्दन बाबू को पूछना या कुरेदना नहीं पड़ा, श्रुति ही सब कुछ बता गयी। साफ-साफ स्वीकारा कि हाँ, उसका बौय फ्रैन्ड है।

"आप पापा की बात से इत्तिफ़ाक रखते हैं?"

"नहीं... लेकिन अगर वे तुम्हारी बात नहीं मानते तो तुम कब तक घर से बाहर रहोगी?"

"उसके साथ रहने लगूँगी... जिसके साथ जीवनभर रहने का फैसला किया है। या तो ये लोग राजीखुशी मेरी शादी कर दें... नहीं तो हमी कर लेंगे..."

"ठीक बात। मेरी तो एक छोटी-सी सलाह है... और वह तुम्हारे पापा के पक्ष में नहीं, तुम्हारे पक्ष में है। उन्हें तो मैं जानता ही नहीं, तुम्हें थोड़ा जानता हूँ, तुम्हारे लिए स्नेह महसूस करता हूँ।"

"थैंक यू सर..."

"मैं किस पार्टी का हूँ तुम्हें मालूम है?"

"जी।"

"तो वहीं से तो शुरू करूँगा। भारतीय संस्कृति में विवाह एक पवित्र, आजीवन चलने वाला सम्बन्ध है। विवाह प्रक्रिया में सप्तपदी का विधान है, जिसका हाथ

थामते हैं, उसे छोड़ते नहीं... प्रेम न भी हो तो उससे प्रेम करने लगते हैं।''

''यहीं तो गड़बड़ है। मैंने अपने माँ-बाप को देखा है, कई दूसरों को भी। वे पत्नियों से प्रेम का दिखावा करते हैं। आप लोग विवाह पहले, प्रेम बाद में उसी से... इस पर विश्वास करते थे, जबकि हम फ़र्स्ट लव, दैन मैरी... इस पर।''

''बिल्कुल ठीक... आज के वक्त में यह बदलाव आना चाहिए, तुम्हारे पापा का ज़माना नहीं कि एक दूसरे को देखा भी नहीं और विवाह कर दिया जाये। मैंने अपनी बेटी की विवाह के पहले अपने होने वाले जमाई से एक मुलाकात कराई थी।''

''सिर्फ़ एक बार ? एक बार में हम एक दूसरे को क्या जान सकते हैं। जिसके साथ जीवनभर रहना है, उसके हर पहलू को जान लेना चाहिए। डेटिंग इसी के लिए होती है।''

'''लिव-इन' भी ?''

''हाँ वह भी... डेटिंग तो शुरूआत है। 'लिव-इन' में साथ रहते हुए हम अपने पार्टनर को हर तरह से देख लेते हैं कि कहीं हम 'इनकौम्पिटिबल' तो नहीं हैं...''

जनार्दन बाबू भीतर-भीतर थोड़ा झुंझला आये... ये आजकल के युवा, कुछ शब्दों को पकड़ लेते हैं— डेटिंग, लिव-इन, इनकौम्पिटिबल! नकल करने को ही अपनी समझदारी, अपने को 'माडर्न' मानते हैं। एक क्षण को मन हुआ कि साफ हाथ झाड़ लें... तुम जानो, तुम्हारा बाप जाने... आखिर श्रुति कोई उनकी सगी-सम्बन्धी तो नहीं... लेकिन लगा कि लोकसेवा में करीबी-ग़ैरकरीबी नहीं देखे जाते। युवाओं को सही रास्ते लाना भी जनसेवा है... श्रुति को सही सलाह दे दें, फिर वह जाने...

''देखो भाई, तुम अपने जीवन के बारे में फैसला करने के लिए स्वतंत्र हो। मैं प्रेम को भी मानता हूँ। मेरी छोटी-सी सलाह यह है कि... 'लिव इन' वगैरह के चक्कर में मत पड़ना, उससे तुम्हारा ही नुकसान होगा, क्योंकि नज़दीकियों से एक दूसरे के प्रति उबास भी पैदा होने लगती है। हो सकता है उससे तुम्हारा प्रेम ही सूख जाये। तुम दोनों बालिग हो... पूरी जिम्मेदारी, आजीवन उठाने के लिए तैयार भी रहो। मैं नहीं चाहता कि आज तो तुम स्वतंत्रता का बिगुल बजा रही हो, कल के दिन पापा के पास ही रोते-धोते पहुँचो...''

''आपकी बात समझ रही हूँ सर। पहले तो मुझे यह देखना है कि हम जिसे 'लव' कहते हैं, वह मेरी या उसकी तरफ़ से कहीं सिर्फ़ 'इनफैचुएशन' भर तो नहीं है। किसी व्यक्ति को दो-चार दिनों में नहीं जाना जा सकता...''

जनार्दन बाबू ने देखा कि युवा पीढ़ी जिसे वे या श्रुति के पिता जैसे लोग अपरिपक्व कहकर खारिज कर देते हैं, वे उतने अपरिपक्व हैं नहीं। अपने जीवन के बारे में जो भी फैसले वे करते हैं, आँख मूँदकर नहीं... खूब सोच-समझकर... तार्किक ढंग से सोचकर, भावुक होकर नहीं... जो जनार्दन बाबू जैसे आज भी हो जाते हैं...

''जिस दिन मुझे लगेगा...'' श्रुति आगे कह रही थी— ''कि अब हम एक दूसरे को अच्छी तरह जान गये हैं, तब वही करूँगी जो करना है।''

''तो घर के बाहर क्यों रह रही हो?''

''इसलिए कि वहाँ रहकर मैं उस तरह नहीं सोच सकती जैसे सोचना चाहती हूँ, पापा से बहस ही होती रहेगी, वे मुझे अपने रंग में रंगना चाहते हैं। उससे मिलने ही नहीं देंगे... तो मैं उसे जानूँगी कैसे! पापा के साथ की बहसों... उनसे पैदा हुए तनावों में ही उलझी रह जाऊँगी।''

श्रुति की बात में दम था। जनार्दन बाबू ने इसलिए बात को वहीं छोड़ दिया। वैसे जो उन्हें कहना था, कह भी चुके थे। उठकर श्रुति की तरफ़ आ गये। श्रुति भी उठ गयी। अब वे एक दूसरे के पास खड़े थे। जनार्दन बाबू श्रुति को हल्के से चिपकाने के ख्याल से बढ़े कि उनका हाथ श्रुति के सिर पर था...

''ईश्वर तुम्हारी सहायता करे। तुम जब चाहो मेरे पास आ सकती हो, मुझसे हर चीज़ शेयर कर सकती हो।''

''आई नो सर!'' श्रुति का स्वर भीगा था।

13

हफ्ता हो गया, सुधा नहीं आयी है। जनार्दन बाबू ने अपनी तरफ़ से फ़ोन नहीं किया। उससे यही तय हुआ था— वह जब चाहेगी आयेगी-जायेगी, दफ़्तर जैसी कोई पाबन्दी नहीं... फ़ोन करें तो जाहिर यही होगा कि उन्हें शिकायत है। जनार्दन बाबू को उसका न आना इतना क्यों खटक रहा है... वे सुधा पर कुछ ज़्यादा ही आश्रित होते जा रहे हैं। जन्मदिन पर भी उसने फ़ोन ही तो किया था, उन्होंने ही आने को कहा... वरना हो सकता था वह फ़ोन पर ही शुभकामनाएँ देकर रह जाती। उसके बिना भी तो उन्हें ट्रस्ट का काम देखना चाहिए... तो अगले दिन वे अकेले ही ड्राइवर को लेकर गाँव की तरफ़ निकल लिये। आज सुबह की सैर वहीं कर लेंगे। गाँव की चौहद्दी पर पहुँचकर उन्होंने कार वहीं छोड़ दी, ड्राइवर को वहीं इन्तज़ार करने को कहा और गाँव के अन्दर पैदल ही चल पड़े। बस्ती शुरू होने पर पहला मुलाकाती ही जो मिला, उसी से बातचीत करने लगे। साफ दिख रहा था कि वह उन्हें पहचानता नहीं था।

"क्यों भैया, इसी गाँव के हो... ?"

"हाँ..."

"यहाँ शहर से एक डॉक्टर आता है, किस-किस दिन आता है ?"

"ऐसा कुछ मेरे सुनने में तो नहीं आया।"

"हमने तो सुना था कि वह हर हफ्ते एक दिन आता है, मरीजों को देखता है, दवाईयाँ बाँटता है— मुफ्त।"

"नहीं महाराज! हमें नहीं मालूम..."

जनार्दन बाबू ने आगे एक-दो जो और लोग मिले, उनसे भी यही सवाल किया। उन्हें भी कुछ पता नहीं था। आगे गाँव का छोटा बाज़ार था, अभी बन्द। किनारे चाय की एक गुमटी थी, जो खुली थी। गुमटी के सामने इस्तेमाल किये पॉलीथिन की छोटी थैलियाँ, गिलास वगैरह पड़े थे। कूड़े का छोटा-मोटा ढेर था

जिस पर मक्खियाँ भिनभिना रही थीं। कूड़े के ढेर से अन्दाज़ा होता था कि कूड़ा सिर्फ़ आज वाला नहीं है। चाय वाले से उन्होंने कहा।

"भैया! एक खाली कनस्टर बाहर रख लेते... कूड़ा-कचरा उसमें डालो तो कैसा रहता।"

दुकानदार फिच्च से हँस दिया।

"हमने तो सुना था, यहाँ लोग हफ्ते में एक दिन श्रमदान कर गाँव की सफाई करते हैं, बगल के गाँव में हो रहा है। जहाँ बैठते हो, चाय पीते हो... वह जगह साफ नहीं रहना चाहिए?"

गुमटी के सामने पड़ी बेंच पर बैठे जो दो लोग चाय पी रहे थे, वे जनार्दन बाबू को ऐसे देखने लगे, जैसे वे अजूबा थे, ऐसी बात कर रहे थे जो आज तक किसी ने नहीं सुनी।

जनार्दन बाबू आगे बढ़ गये। पचास-साठ गज चलने के बाद यहीं कहीं श्याम का घर था... उन्हें याद आया। जब वे और सुधा आये थे तब उससे मुलाकात हुई थी। श्याम गाँव के सबसे ज़्यादा पढ़े-लिखे किसान थे। काफी तहकीकात के बाद सुधा ने उन्हें इस काम के लिए चुना था, कि वे हर शनिवार की शाम वयस्कों की एक शाला चलाएँगे, जिसमें कथाओं, प्रवचन या बातचीत के दौरान गाँव वालों को देश की शासन प्रणाली, संविधान की बुनियादी बातों की जानकारी देने के साथ-साथ उन्हें जीवन-मूल्यों के प्रति सजग किया जायेगा। श्याम घर पर ही थे। उन्होंने जनार्दन बाबू को पहचान लिया।

"अरे आप! आइए, आइए।" श्याम ने चबूतरे पर कुर्सी लगा दी और खुद बाहर पड़ी चारपाई पर बैठ गये।

"इधर से गुज़र रहा तो सोचा आप लोगों से मिलता चलूँ।"

"अहो भाग्य... बहन जी नहीं दिख रहीं?"

"वे तो आती ही रहती होंगी।"

"पन्द्रह-बीस दिनों में एक बार आती हैं... ज़्यादा आयें तो अच्छा रहे। आपकी कार?"

"बाहर सड़क पर ही छोड़ दी, सोचा कि सैर हो जायेगी।"

"बहुत अच्छा... चाय बनवाऊँ?"

"नहीं-नहीं... वह रहने दीजिये। यह बताइए आपकी शाम की शाला कैसी चल रही है?"

"ठीक ही है..." श्याम ने ढीले-ढीले कहा।

''कितने लोग आ जाते हैं?''

''ज़्यादा नहीं, सात-आठ हो गये तो समझिये बहुत। उन्हें भी बुलाना पड़ता है।''

''लोगों में बहुत उत्साह नहीं होता होगा इन बातों को सुनने के लिए।''

''खेतिहर लोग हैं, दिन भर काम करते-करते थक जाते हैं। कुछ घर के कामों की व्यस्तता में पड़ जाते हैं।''

''हफ्ते में एक दिन की ही तो बात है।'' जनार्दन बाबू ने आश्चर्य किया।

''असल बात है कि आज के ज़माने में लोगों को उन्हीं बातों में दिलचस्पी होती है जो उनके तत्काल मतलब की हैं। गाँव वाले अब उतने सीधे नहीं रहे जनार्दन बाबू!''

''बाहर से किसी को बुलाया जाये।''

''कोई संत-महात्मा-साधु आयेंगे, भागवत कथा होगी तो लोग ज़रूर इकट्ठे हो जायेंगे... ज़्यादा तादाद में आ जायेंगे। ऊँघते बैठे, सुनते रहेंगे— हवा की तरह उनके कान में जितना टपक जाये, टपक जाये। वैसे भी ये लोग सोचते हैं वे शारीरिक काम के लिए संसार में आये हैं, दिमाग, बुद्धि सम्बन्धी चर्चे दूसरों के लिए हैं। हाँ... जहाँ उनके स्वार्थ की बात हो वहाँ उनकी बुद्धि टन्नाकर खड़ी हो जाती है।''

''शाला क्या महीने में एक दिन कर दी जाये?''

''तब तो लोग भूल ही जायेंगे। परेशानी की बात यह है कि वे ऐसे आते हैं, जैसे मुझ पर बड़ा अहसान कर रहे हैं।''

जनार्दन बाबू से कुछ बोलते नहीं बना। इसलिए उन्होंने दूसरी तरफ़ रुख किया।

''और जो सरकारी प्राथमिक पाठशाला है, उसके क्या हाल हैं? बच्चों की संख्या बढ़ी क्या?''

''संख्या बढ़े जब अध्यापक रोज़ आये। बाहर-गाँव से आता है और अगले कुछ दिनों के लिए एक बड़े लड़के को मॉनिटर बनाकर चला जाता है, वही पढ़ाता रहता है। मैंने एक दिन शिकायत की तो साफ मेट गया। कोई ख़ास दिन जब वह नहीं आया... उसकी याद दिलाई जाये तो कोई वजह— बीमारी या वैसा कुछ बताकर छुट्टी पा लेगा।''

''लड़कियों की संख्या... ?''

''वह तो शून्य है। अभी भी यहाँ यही सोचा जाता है कि लड़कियों को बाहर की शिक्षा की क्या ज़रूरत? वे घर के कामों में चटक हो जायें... काफी है। यह भी

है कि अख़बारों में आये दिन आजकल बलात्कार वगैरह की जो ख़बरें आती हैं, उससे लोगों को लड़कियों को बाहर भेजने में खतरा महसूस होता है। कब कौन... कोई आपसी रंजिश के चलते ही लड़की को उठा ले।''

''मिड डे मील की व्यवस्था है?''

''हल्ला होता है तब चलती है कुछ दिनों के लिए। वह खानाऐसा होता है कि उसमें बहुत गरीब बच्चों को ही दिलचस्पी हो सकती है। ज़्यादातर दिनों तो कह दिया जाता है आज व्यवस्था नहीं हो पायी या खाना-पूरी के लिए डबलरोटियाँ पकड़ा दीं। अच्छा खाना बच्चों को मिले— अगर उसकी रकम बीच में ही कहीं बुजुर्गों द्वारा न खा ली जाये। आप आये हैं तो प्रधान से भी मिलते जाइये।''

''हाँ-हाँ... उनसे मिलकर ही निकलूँगा।''

प्रधान के घर जाते हुए जनार्दन बाबू सोच रहे थे— उनका ट्रस्ट क्या कर सकता है स्कूल में मिड डे मील की व्यवस्था बेहतर बनाने के लिए? ट्रस्ट का कोई पेड स्टॉफ़ निगरानी के लिए रखा गया... तो वह भी धाँधलीबाजी में क्यों नहीं शामिल हो जायेगा। सरकार की तरफ़ से भी सवाल उठाया जायेगा कि उनका ट्रस्ट सरकार के कामों की निगरानी/समीक्षा करने वाला होता कौन है? किसने दिया ट्रस्ट को यह हक़!

प्रधान घर पर ही थे। वे जब से प्रधान हुए तब से ज़्यादातर घर पर ही रहते थे। घर से ही आदेश देना, वहीं बैठे-बैठे काम करवा लेना... इसे ही वे प्रधा़न की हैसियत मानते थे। उन्होंने जनार्दन बाबू की आवभगत की। बैठते ही, जनार्दन बाबू से पूछे बगैर उनके सामने भीतर से एक भृत्य जैसा लड़का मिठाई-नमकीन और एक गिलास पानी रख गया। शिष्टाचार के नाते जनार्दन बाबू चखने लगे, साथ ही सीधे बातों पर उतर आये।

''प्रधान जी! शहर से डॉक्टर आ रहा है न...?''

''आता है।''

''रोगियों को यहीं देखता होगा।''

''अरे नहीं... यह तो घर है, रोगियों को घर में घुसाया जायेगा? सामने उस पेड़ के नीचे वह जो चबूतरा आप देख रहे हो न... वहाँ डिस्पेन्सरी लगती है। अभी दो बार ही तो आया है— हमको तो डॉक्टर नहीं कम्पाउण्डर बुझाता है।''

''दवाईयाँ बाँटता है?''

''डॉक्टरी बक्सा तो लाता है, उसी में रखता होगा दवाईयाँ। बक्सा लिये ही बाहर-बाहर से निकल जाता है। बाँटता ही होगा।''

"लोगों को कुछ सुविधा महसूस होती है?"

"सुविधा तो होती ही है, जितनी थोड़ी-बहुत हो जाये, क्योंकि प्राथमिक चिकित्सालय तो इधर हमारे जैसे तीन-चार गाँवों के लिए आगे के सुमेसर गाँव में है, जो यहाँ से डेढ़-दो कोस पड़ता है। सुविधा तो है पर महीने में एक बार आने से क्या बनेगा। कोई बीमार हुआ तो क्या महीने की उस तारीख को तकता पड़ा रहेगा?"

जनार्दन बाबू को कुछ कहते नहीं बना। डॉक्टर को हर हफ्ते आना था। वह भी नहीं हो रहा। उसे ट्रस्ट की तरफ़ से पेमेंट है... पर वह सोचता होगा उतना तो वह शहर में एक घण्टे में कमा लेगा... जिसके लिए यहाँ उसे करीब-करीब पूरा दिन बर्बाद करना होगा। दवाईयों के हिसाब-किताब में भी गड़बड़ी होती होगी, उसे कैसे चैक किया जाये। डॉक्टर जो हिसाब देगा, उस पर विश्वास करना ही होगा, नहीं तो वही सवाल उठायेगा कि अगर ट्रस्ट उस पर विश्वास नहीं करता तो उसे इस काम के लिए चुना ही क्यों?

"अच्छा! आप कहते थे कि हफ्ते में एक दिन अपने गाँव वालों से श्रमदान करा गाँव की सफाई करा लिया करेंगे।"

"सब साले निकम्मे हैं। झाड़ू उठाने का काम नीच जात वाला लगता है उन्हें। कहते हैं प्रधान पैसा देकर जमादारों से सफ़ाई करा लें।"

जनार्दन बाबू निराशा में डूब गये। उनका लटका हुआ चेहरा देखकर प्रधान ने कहा- "आप तो जनार्दन बाबू! ये सब चीज़ें छोड़िये। गाँव की असल ज़रूरत खाद-बीज की है... जिससे पैदावार बढ़े। आप एकबारगी वह शहर से खरीदवाकर गाँव वालों को बँटवा दीजिये। आपके पास समय न हो तो मेरे पास रखवा दीजिये, मैं बँटवा दूँगा। खरीदने में अड़चन हो तो ट्रस्ट की तरफ़ से एकमुश्त रकम मुझे बहिनजी के मार्फत भिजवा दीजिये। मैं हिसाब रसीदों सहित रखूँगा। बहिनजी मेरे साथ बैठकर पूरा हिसाब-किताब देख सकती हैं... जो भी व्यवस्था आप तय करें। बहन जी को गाँव में कोई तकलीफ़ हो तो मुझे निस्संकोच बतायें। बाकी चीज़ें... ये सफाई, दवाईयाँ वगैरह... ये सब रंग-रोगन हैं. आप लोग काहे को इन पचड़ों में पड़ते हैं...!"

लौटते हुए जनार्दन बाबू ने एक राहगीर से सरकार द्वारा चलायी जा रही शौचालय की योजना के बारे में भी पूछा। पता चला कि कई लोगों ने सरकार से जो पैसा मिला, उससे अपने घरों में शौचालय बनाये तो हैं, लेकिन उनका इस्तेमाल घर का फुटकर सामान रखने, मवेशियों का चारा-भूसा रखने जैसी चीज़ों के लिए

होता है, शौच के लिये लोग–लुगाई अब भी खेतों की तरफ़ जाते हैं।

जनार्दन बाबू के सामने गाँव को गोद लेने, उसका सर्वांगीण विकास करने, उसे आदर्श गाँव... मॉडल बनाने का सपना टुकड़े–टुकड़े होकर उड़ रहा था, जैसे किसी ने चलते–चलते एक कागज़ फाड़ा, उसे चित्ती–चित्ती करके हवा में फेंक दिया।

सुधा की निष्ठा जनार्दन बाबू के प्रति है, बहुत से बहुत ट्रस्ट के लक्ष्यों के प्रति है... लेकिन दफ़्तर का काम करना एक बात, गाँव के कामों की निगरानी करना एकदम दूसरी बात है। प्रधान जैसे लार टपकाऊ लोगों के बीच वह कैसे काम करेगी? गाँव के कामों के लिए कोई पुरुष रखा जा सकता है, लेकिन वह निष्ठावान, ईमानदार होगा— इसकी क्या गारण्टी है? सुधा जो जनार्दन बाबू को उनकी दिनचर्या की तरफ़ ढकेलती रहती है, सेहत का ख्याल रखने पर जो ज़्यादा जोर है उसका... उसके पीछे क्या उसका विचार भी वही है जो बाहर के लोगों का जनार्दन बाबू को लेकर है.. यही कि भागदौड़ या तनाव वाले काम अब जनार्दन बाबू के बस के नहीं, उन्हें खुद को उन कामों तक ही सीमित कर लेना चाहिए जितने के लिए उनके शरीर में ताकत है।

ऐ जनार्दन बाबू! कोई तृप्ति नहीं है जो तुम्हें गाँव–समाज के लिए किये जाने वाले कामों में मिलती हो, तुम बाहर के लोगों को दिखाना चाहते हो कि ऐसी जनसेवा, लोकसेवा से आज भी तुम जनता की सेवा करना चाहते हो... वही जो हर नेता का हर दूसरा वाक्य होता है, जिसे दोहरा–दोहराकर वे अपने राजनीति में होने को सही ठहराते रहते हैं...

जनार्दन बाबू! राजनीति भले तुम्हें छोड़ दे, तुम राजनीति नहीं छोड़ सकते।

गाँव को गोद लेने... समाजसेवा के इस फण्डे से मुक्ति पा ली जाये, ट्रस्ट का पैसा यहाँ बहाने से क्या फायदा! है तो वह स्कीम— हर सांसद को अपने क्षेत्र में काम करने के लिए सरकार की तरफ से रकम मिलती है। वे करें... अगर वे नहीं करते तो जनार्दन बाबू जो अब सांसद नहीं है, जिन्हें वह रकम नहीं मिलती... जिन्हें पार्टी ने भी एक तरफ़ ढकेल दिया है, वे ही यह काम क्यों करें?

14

कश्मीर में 370 और 35-ए खत्म करने से उठा बवाल अभी पूरी तरह शान्त भी नहीं हुआ था कि सरकार ने नागरिकता संशोधन बिल भी संसद से पास करा लिया। संसद में विरोधी पार्टियाँ कुछ न कर पायी थीं तो अब देश में जगह-जगह नागरिकता संशोधन एक्ट के ख़िलाफ़ आन्दोलन हो रहे थे। इन आन्दोलनों के बर-अक्स जनार्दन बाबू की पार्टी ने संशोधन के पक्ष में अपने आन्दोलनों की शृंखला शुरू करा दी थी।

"ये जो हमारी पार्टी नागरिकता संशोधन एक्ट के पक्ष में जगह-जगह अपने आन्दोलन करा रही है..." प्रमोद के आते ही जनार्दन बाबू ने पार्टी की आलोचना शुरू कर दी। वे बहस के मूड में थे... "आन्दोलन क्या पक्ष में भी होते हैं ? विरोधी पार्टियाँ आन्दोलन करें या करायें... वह तो समझ में आता है, लेकिन हम ? मज़ाक यह है कि नागरिकता संशोधन एक्ट में दरअसल है क्या... इसकी समझ न इन्हें है, न उन्हें।"

"सच कहूँ जनार्दन बाबू तो मुझे भी नहीं मालूम कि यह है क्या बला..." प्रमोद ने हँसते हुए कहा- "मुद्दा जो विरोध करने वालों ने पकड़ रखा है, वह यह कि एक्ट मुसलमानों के ख़िलाफ़ है, धार्मिक आधार पर भेदभाव करता है, जिसकी इज़ाजत संविधान नहीं देता। इसलिए एक्ट जो लाया गया है, वह संविधान के ख़िलाफ़ है। संविधान की बात है तो कोर्ट जाओ न भाई... पर वे तो अपना पुराना राग आलाप रहे हैं— सत्तारूढ़ पार्टी मुसलमानों के ख़िलाफ़ है!..."

"हम भी तो उनके लिए ऐसा ही कहते रहते हैं जैसे 'मुसलमानों का तुष्टिकरण।' उन्हें... अरे! अपने वे मुलायम सिंह यादव... उन्हें हम क्या कहते हैं— अब भी उन्हें इसी तरह याद करते हैं मौलाना मुलायम सिंह!..." जनार्दन बाबू भी हँस पड़े, लेकिन तुरन्त गम्भीर हो गये—

"देखा जाय तो मामला यह पुराना ही है। 1950 में नेहरू लियाकत अली

ख़ाँ पैक्ट हुआ था जिसके अनुसार भारत और पाकिस्तान अपने-अपने देशों में अल्पसंख्यकों (भारत में मुसलमान, पाकिस्तान में हिन्दू) की सुरक्षा के लिए जिम्मेदार होंगे, यह था। इस पैक्ट की आड़ में पाकिस्तान ने भारत से और मुसलमानों को लेना बन्द कर दिया। पिछले सत्तर सालों में योजनाबद्ध कत्ल, धर्म परिवर्तन आदि के रास्ते वे अपने यहाँ अल्पसंख्यकों की संख्या बराबर कम करते चले गये। पाकिस्तान में अब उनकी जनसंख्या के 2 प्रतिशत ही हिन्दू बचे हैं, जो भी खत्म हो जायेंगे। बाँग्लादेश में 8-9 प्रतिशत होंगे। नागरिक संशोधन एक्ट इस असन्तुलन को सुधारने की दिशा में उठाया गया एक कदम है। पड़ोसी देशों से भागे या भगाये गये लोगों का पूर्वोत्तर राज्यों में प्रवेश बढ़ गया है, उससे सरकार ज़्यादा चिन्तित हो उठी। घुसने वालों में मुसलमान ज़्यादा हैं। उनमें भी अधिकांश के आतंकी होने की सम्भावनाएँ हैं... इसलिए बिल में बाहरी देशों के सताये/भगाये गये लोगों में सबको भारतीय नागरिकता देने की बात तो रखी गयी, मुसलमानों को नहीं देंगे... यह भी था। असम की चिन्ता थी कि उनकी सांस्कृतिक पहचान ही खत्म हो रही है। हो सकता है कि इसमें पार्टी का यह सोच भी हो कि पूर्वोत्तर प्रदेशों में अगर मुसलमानों की संख्या बढ़ गयी तो वहाँ चुनाव में पार्टी को नुकसान होगा...''

''उन लोगों की भी तो चिन्ता चुनाव की ही है। यही कि सरकार वहाँ की डैमोग्राफ़ी बदल रही है। लेकिन उसके भी आगे भाई लोग भेड़िया आया, भेड़िया आया, स्टाइल में चिल्ला रहे हैं— सरकार भारत को हिन्दू राष्ट्र बनाने जा रही है!''

''संविधान को गाइड मानकर चलें तो बेशक नागरिकता के बारे में क्या, किसी भी मामले में धर्म के आधार पर भेदभाव नहीं किया जा सकता... लेकिन जब संविधान बना था तब के मुसलमानों और आज के मुसलमानों में फ़र्क़ है। मिडिल ईस्ट में अबू बकर बगदादी के इस्लामिक स्टेट के बाद मुसलमान अब पहले जैसे नहीं रह गये हैं। सबके सब तो नहीं, लेकिन हर जगह उनमें कितने ऐसे होंगे जो इस्लामिक स्टेट की विचारधारा वाले, उसे कार्यान्वित करने वाले हो सकते क्या होते ही हैं। इन मुसलमानों के लिए सारी दुनियां के सिर्फ़ दो ही भाग हैं— एक दार-उल-इस्लाम... इस्लाम का घर, दूसरा दार-उल-हर्ब, जंग का घर... जहाँ जंग करना ही है जब तक वह दार-उर-इस्लाम नहीं बन जाता। दार-उल-हर्ब के मुसलमान एक जगह से उखाड़ दिये जाने पर दूसरी जगह इस्लामिक स्टेट बनाने/फैलाने के लिए जिहाद छेड़ने चल देते हैं, मर-मिटने को तैयार। जहाँ जाते हैं वहाँ आतंकवाद फैलाना इनका ऐलानिया काम होता है। इसीलिए आज हर देश अपने

यहाँ घुसने वाले मुसलमानों को सन्देह की दृष्टि से देखता है, कड़ी जाँच के बाद ही उन्हें अपने यहाँ दाखिला देता है।''

''यही तो'' प्रमोद उत्साह से भर गया— ''सुरक्षा को ध्यान में रखते हुए हमारी सरकार अगर नागरिकता सम्बन्धी कुछ संशोधन लाती है तो इसमें किसी को क्या तकलीफ होना चाहिए। विरोधी पार्टियाँ सिर्फ़ अपने चुनावी फायदे को देख रही हैं कि पूर्वोत्तर प्रदेश अगर मुसलमान-बहुल हो गये तो हमारी पार्टी को वहाँ हराया जा सकेगा। देश में भी मुसलमानों की संख्या बढ़ जाने का उन्हें फायदा मिलेगा। वे देश की सुरक्षा के बारे में नहीं सोचतीं। कानूनी नज़रिये को मारिये गोली... राष्ट्रीय हित किसमें है?''

''कोर्ट तो कानूनी नज़रिये से ही देखेगी... और यह मामला कोर्ट जायेगा ही।'' जनार्दन बाबू के स्वर में चिन्ता थी।

''तो क्या कोर्ट इस एक्ट को असंवैधानिक कहकर रद्द कर देगी?''

''इसकी सम्भावना है। कोर्ट एक दूसरी तरह से भी देख सकती है। संविधान में समानता, धार्मिक आधार पर भेदभाव न करने की जो बात कही गयी है, वह भारतीय नागरिकों को लेकर है, बाहर से आने वालों को लेकर नहीं। मुसलमान जो भारतीय नागरिक हैं, उनके साथ धर्म के आधार पर भेदभाव ज़रूर नहीं किया जा सकता, लेकिन मुसलमान जो बाहर से आ रहे हैं, भारतीय नागरिकता पाने की कोशिश में हैं... उनके साथ यह प्रावधान लागू नहीं होता...''

प्रमोद उचक पड़ा। जनार्दन बाबू का जवाब नहीं— पहुँचे हुए वकील की तरह कोई बारीक चीज़ निकाल देंगे! प्रमोद इसलिए भी उनके पास आता है, इन चीज़ों पर बातचीत करता है... कि उसे कोई-न-कोई ऐसी चीज़ हाथ लग जायेगी, जिसे दूसरी जगहों पर बिना जनार्दन बाबू का नाम लिये बोलकर वह अपना रंग जमा सकता है। वह अभी जाकर पार्टी के तबके में यह प्रचारित कर देगा... कोर्ट में यह तर्क लिया जाये... अपने जो लोग आन्दोलन पर बैठे हैं... वे इसे जनता में बोलें... बार-बार बोलें।

फुरफुराहट में प्रमोद जल्दी ही निकल लिया, जनार्दन बाबू अकेले पीछे छूट गये। प्रमोद के तौर-तरीकों को वे समझते हैं। वह झूला-झूली खेलता है। पहले महत्त्वपूर्ण लोगों की आत्मीयता हासिल करो, फिर जिन्हें दिखाना है कि वह जनार्दन बाबू जैसों का नज़दीकी है... उनके यहाँ से नामी लोगों को फ़ोन करो, अनौपचारिक और लम्बी बातें करो— दुनियाभर के विषयों पर। इस तरह जहाँ हो वहाँ अपना प्रभाव जमा लो। वे लोग अपने काम प्रमोद को पकड़ाते हैं, लेकिन

प्रमोद ऊपर कभी किसी को काम के लिए नहीं कहेगा... सिर्फ़ इन्तज़ार करेगा। जिनके काम होने को हैं... उन्हें भी इन्तज़ार करायेगा। हो सकता है नीचे किसी अफसर से बोल देता हो... तो वहाँ भी उस अफसर पर इस बात का रोब डालता होगा कि ऊपर उसके सम्बन्ध इन-इन लोगों से ऐसे करीबी हैं। उसके बाद काम जो हो गये... और कई काम अपने आप हो भी जाते हैं— तो प्रमोद की पौ बारह। इस बीच प्रमोद भाई अपने आसामियों के खर्चे पर हवाई यात्राएँ कर रहे हैं, शहर-शहर घूम रहे हैं... बढ़िया होटलों में रुक रहे हैं... वहाँ से उन लोगों के सामने जनार्दन बाबू जैसों को फ़ोन कर रहे हैं... दस लोगों के बीच अपना महत्त्व और भी फैला रहे हैं... बहुत ही सभ्य-सभ्य दलाली!

जनार्दन बाबू जब मंत्री थे तब भी प्रमोद ने कभी किसी काम के लिए उनसे नहीं कहा। उसकी झूलाझूली को समझते हुए भी वे उसे मिलने का समय देते रहे, कभी उसका फ़ोन टाल देते, कभी थोड़ी बात कर लेते। अन्ततः ये लोग भी हमारे सिस्टम का हिस्सा हैं... हमेशा थे, रहेंगे। इनके माध्यम से अगर लोगों के कुछ काम हो जाते हैं... तो भी क्या... जब तक कि कोई अनुचित काम नहीं हो रहा। सरकार के यहाँ तो वे काम भी जो तत्काल हो जाना चाहिए, लटकाये रखे जाते हैं। उन्हें प्रमोद जैसे लोग निकालते हैं... तो क्या बुरा है। जनार्दन बाबू ने प्रमोद से सम्बन्ध बनाये रखा। कुल मिलाकर प्रमोद को वे पसन्द भी करते थे। उससे बहस की जा सकती थी, जिसमें प्रमोद हमेशा शालीनता बनाये रखता। अब भी जनार्दन बाबू का सम्मान करता है। उन जैसे कितने अन्यों से भी उसने सम्बन्ध बनाकर रखे हैं... माने उस तरह से मतलबी नहीं है, जैसे आजकल लोग अमूमन होते हैं। जब बुलाओ आ जाता है...

फिर भी स्थिति थोड़ा उलट तो हुई है। पहले जनार्दन बाबू को समय नहीं होता था, अब प्रमोद को नहीं रहता।

नये एक्ट पर जनार्दन बाबू ने अब तक अपना मत सार्वजनिक नहीं किया, कोई पूछने भी नहीं आया। वे अगर पक्ष में बोलते हैं तो लोग कहेंगे कि वे यही तो बोलेंगे, अपनी पार्टी से अभी भी उन्हें कुछ मिलने की उम्मीद जो है। विरोध में बोले तो अपनी भद्द करायेंगे... पार्टी वाले अभी ही नहीं पूछते, तब एकदम मुँह फेर लेंगे। एक्ट पर उनका सोचना पार्टी के पक्ष में जाता है, उनके न चाहते हुए भी। पार्टी से आक्रोशित होने के कारण क्या वे अपनी राय को पलट दें... यह तो ग़ैरईमानदारी होगी, वे सिर्फ़ छिपाये बैठे रहें। कहीं बोलना ही पड़े तो न्यायपालिका के निर्णय का इन्तज़ार करने का कहकर बात को टाल जायें।

पुराना वक्त होता, पार्टी के अन्दर उनकी दखल होती तो वे यह ज़रूर सलाह देते कि सरकार को इतनी जल्दबाजी नहीं करना चाहिए— कश्मीर में बदलाव और जल्दी ही यह नागरिकता संशोधन एक्ट! वे थोड़ा इन्तज़ार कर सकते थे, सरकार के पास पूरे साढ़े तीन साल थे!

अब देखिये... हर जगह विरोध पर विरोध हुए जा रहे हैं। औरतें आन्दोलन पर बैठ रही हैं। दलित, मुसलमान, यहाँ तक कि विद्यार्थी भी आन्दोलन कर रहे हैं... कहीं-कहीं सीधे-सीधे एक्ट के ख़िलाफ़ भी नहीं। जवाहरलाल यूनिवर्सिटी में हॉस्टल की फीस बढ़ाये जाने के बहाने विरोध हो रहा है। वहाँ आधी रात अपना मुँह लपेटे गुण्डे हॉस्टल में घुस गये और चुन-चुनकर विरोध करने वालों को बुरी तरह पीटा, कितने जख्मी हुए, हस्पताल में भर्ती हुए। सबको मालूम है कि गुण्डे किस पार्टी के थे... पुलिस बाहर बैठी तमाशा देखती रही। दूसरे दिन ही जनार्दन बाबू ने घर से अपना वक्तव्य जारी किया कि वहाँ के उपकुलपति को फौरन हटा देना चाहिये, जिसने यह खूनखराबा होने दिया। उसे नहीं हटाया गया, क्योंकि वह पार्टी का चहेता था, जनार्दन बाबू के वक्तव्य को कूड़ेखाने में डाल दिया गया।

जनार्दन बाबू को दिख गया कि उनकी बात का कोई असर नहीं होता, वे लोग अपने एजेण्डे पर ही चलेंगे। तो इस एक्ट के मुताल्लिक अपनी राय— जो सरकार के पक्ष में ही जाती है— उसका फायदा वे सरकार को क्यों दें?

वे चुप ही बैठेंगे।

15

जनार्दन बाबू के यहाँ पहुँचने में सुधा को इस बार पन्द्रह दिनों का गैप हो गया। रोहित की बकझक की कोई रोक वह अपने ऊपर महसूस नहीं करती थी, दूर-दूर तक यह ख्याल नहीं था कि वह उसके मन का करेगी... और पति का आदेश जैसी चीज़ तो उसकी किताब में ही नहीं थी। बस मन नहीं किया... शायद रोहित की बहस ने यह तो कर ही डाला था कि उसका मन उखड़ गया, उखड़ा-उखड़ा रहा कई दिनों तक। मन आज भी नहीं था... लगा कि कहीं रोहित को गलतफहमी न हो बैठे कि वह उसके कहे पर चल रही है... इसलिए निकल पड़ी। पहुँचकर सीधा ट्रस्ट के दफ़्तर वाले अपने कमरे में बैठ गयी।

दफ़्तर का कमरा... सुधा की आदत रहा है। घर के तनावों, अपनी उधेड़बुनों को एक तरफ़ छिटककर सुरक्षित हो जाने की गुफ़ा। ट्रस्ट का दफ़्तर, दफ़्तर न सही, दफ़्तर जैसा तो है। उसके कमरे के बगल में जनार्दन बाबू की स्टडी, जो अब उनका कमरा है... जैसा मंत्रालय में होता था, अलबत्ता छोटा। जनार्दन बाबू कमरे में नहीं थे... तो सुधा अपने 'दफ़्तर' के सुकून को पीती रही। इस सुकून की खातिर ही वह इस ट्रस्ट से जुड़ी रह सकती है... बशर्ते वह इस कमरे, इसके इर्द-गिर्द के माहौल को कार्यालय की तरह ही ले, मकान के सिर्फ़ इसी हिस्से को देखे जो दफ़्तर है। पिछले दिनों फिसलन कई तरह से हुई है। जनार्दन बाबू की ज़िन्दगी उनकी अपनी है... अलग, जैसी कि सुधा से अलग वह अब तक रही भी है। अपने एकाकीपन, राजनीति में उनकी स्थिति... वह जो भी हो... इन्हें वे अपने तरीके से भोगें, उनके हल जैसे चाहें निकालें, सुधा से अधिक बुद्धिमान, परिपक्व, अनुभवी वे हैं भी। सुधा सिर्फ़ ट्रस्ट के काम तक खुद को सीमित रखे। ट्रस्ट की मान्यता आ चुकी, बाहर का काम चल पड़ा। दफ़्तर का काम और फैलाया जा सकता है। प्रकाशन के लिए भाषण तो काफी हैं, लेख कम हैं, जनार्दन बाबू के और भी लेख होंगे, इधर-उधर से जुटाने होंगे, तभी लेखों की अलग से किताब बन पायेगी। और काम

क्या जोड़े जायें... यह सोचना होगा। गाँव वाले काम में गुंजाइश ज़्यादा है— चाहे जितना फैलाते जाओ। सुधा इस पर ध्यान ज़्यादा देगी...

जनार्दन बाबू को घर के अन्दर से सुधा के आने की आहट मिल गयी थी। वे जल्दी ही स्टडी पहुँच गये... सुधा इतने दिनों बाद आयी है, थोड़े समय के लिए ही तो आती है... मंत्रालय में तो पूरे आठ घंटे बगल के कमरे में होती थी, जनार्दन बाबू को ही इधर-उधर जाने की वजह से उसके साथ बैठने का समय कम मिलता था। जैसे ही मिलता वे उसके फ़ोन का बटन दबा देते... उधर से सुधा की मीठी आवाज़... 'जी सर?' सुधा उनके कमरे आ जाती और फाइलों को उठा लेती... जिन्हें वह उनकी नामौजूदगी में पहले ही पढ़ चुकी होती थी। फाइलों का निपटान शुरू हो जाता।

फाइलें अब नहीं हैं, बटन सिस्टम अब भी है क्योंकि फ़ोन का एक्सटेंशन सुधा के कमरे में है, वे बटन दबाकर उसे बुला सकते हैं... पर उस औपचारिकता में अब संकोच होता है... वे मंत्री तो अब हैं नहीं, न ही यह दफ़्तर है। तो वे स्टडी में पहुँचकर हल्के से आवाज़ भर देते हैं— सुधा... और सुधा 'जी सर?' किये बगैर उनके कमरे में पहुँच सामने बैठ जाती है।

इतने दिनों नहीं आयी... शिकायत उठी थी मन में, लेकिन जनार्दन बाबू दबा गये (उन्हें याद था सुधा की शर्तों में यह था, वह जब चाहे आयेगी-जायेगी)... लेकिन दूसरी तरह से कह भी गये- ''इतने दिनों तुम्हारे न आने का फायदा उठाकर मैं एक दिन गाँव हो आया।''

''अरे... अकेले? मुझे फ़ोन कर दिया होता... मैं उधर से ही पहुँच जाती।''

''मैंने सोचा तुम घर में व्यस्त होगी।''

सुधा कुछ नहीं बोली। जनार्दन बाबू को अपना खालीपन कचोट गया... सुधा उनसे ज़्यादा व्यस्त तो रहती ही होगी, घर के कामों को शामिल करते हुए। औरतों को खालीपन कभी नहीं सालता!

''यार... ये गाँव को गोद लेने का काम... इस पर हमें फिर सोचना चाहिए। वहाँ कुछ नहीं हो सकता। हम ये गाँव वाला काम बन्द कर दें।''

एकाएक पटाखा-बम फूटा जैसे। सुधा को झटका लगा। वह तो गाँव के कामों को जोड़कर ही ट्रस्ट के कामों को बढ़ाने का सोच रही थी। उसे हटा देंगे तो क्या बचेगा ट्रस्ट में... लेकिन जनार्दन बाबू का विरोध करने की हिम्मत उसमें अब भी नहीं थी।

''सुधा! मैं एक तुम्हीं से वे बातें कह सकता हूँ, जो किसी से नहीं कह

सकता... अपने अन्तर्तम की बातें। कभी-कभी मुझे लगता है कि हमारे लोग पल्ले दर्जे के निकम्मे, ढोंगी, पाखण्डी हैं, बातें बड़ी-बड़ी करेंगे— सभ्यता, संस्कृति, जन्म-जन्मांतर की, मूल्यों की, बात-बात में शास्त्र-पुराण, रामायण-महाभारत गायेंगे... और करेंगे ठीक उल्टा। हमारे निकम्मेपन, और एक-दूसरे को काटने वाले चरित्र की वजह से देश सदियों गुलाम रहा। अब दूसरे देशों पर शासन करने का ज़माना नहीं रहा, वर्ना आज भी हम गुलाम होते। मैं गाँव देख आया, कुछ नहीं करते वे; हर चीज़ मुफ्त चाहिये, पैसे देते रहो... बस...''

''मैं अब ज़्यादा निगरानी किया करूँगी।''

''कुछ नहीं होगा... मैं नहीं चाहता तुम उन लफंगों के बीच जाओ।''

सुधा का चेहरा हल्का सुर्ख हो आया, बराबरी से भीतर रोशनी-सी उतरती चली गयी... जनार्दन बाबू को इतना ख्याल उसका।

''आप नहीं चाहते कि मैं गाँव जाया करूँ?'' सुधा उस बात को पकड़े रहना चाहती थी, वह इतनी मीठी थी।

''हाँ... जितना भी समय तुम निकाल सकती हो... यहाँ रहो, यहीं से ट्रस्ट के कामों को देखो''— जनार्दन बाबू के मन की दूसरी बात भी निकल गयी— वे सुधा को अपने यहाँ, अपने घर में ज़्यादा देखना चाहते थे।

''जैसा आप कहें... गाँव के कामों पर निगरानी रखने के लिए कोई दूसरी व्यवस्था की जा सकती है, कोई आदमी रखा जा सकता है।''

''वह दूसरी तरह से उस्तादी करेगा, जैसे यह डॉक्टर। तुम्हें-हमें दिखाने के लिए कभी-कभार चला जायेगा... बस।''

जनार्दन बाबू ने तब सुधा को विस्तार से गाँव के अपने दौरे के अनुभव बताये... अपना निष्कर्ष भी सुना दिया—

''सब मुफ्तखोर हैं। सरकार ने कर्जमाफी, सब्सिडी, मनरेगा वगैरह से उन्हें और भी मुफ्तखोर बना दिया है। वे सब कुछ बैठे-ठाले चाहते हैं— सरकार करे, ट्रस्ट है तो वह करे, एन.जी.ओ. करें, वे बस बैठे-बैठे खायें, मौका बने तो किसी चीज़ के लिए आ रही रकम खा जायें। कर्जा मिले तो झपट कर ले लेंगे और धेला नहीं चुकायेंगे... जानते हैं देर-सवेर कर्जमाफी आ ही जायेगी। हम उन्हें और-और निकम्मा बनाते जा रहे हैं। सरकारें— चाहे किसी पार्टी की— वोट के लिए ऐसी ही स्कीमें लाती हैं— फ्रीबीज! एक प्रान्त में अब बेरोजगार युवाओं को 5000 रुपये महावार देने की घोषणा हो गयी है, घर बैठे मिलेंगे तो वे क्यों काम करेंगे! हम उन्हें काम क्यों नहीं देते?''

''अपने गाँव में हम काम और वहीं के लोग— ज़्यादा करके नवयुवक जो बेरोजगार हैं— उन्हें ढूँढ़ लेंगे। गाँव में ही काम और उसके एवज में पेमेंन्ट दिया जायेगा।''

''दी तो जाती है हर एम.पी. को खासी बड़ी राशि इस काम के लिए। वे करें जो उन्हें करना है। उनके पास अपने कार्यकर्ता भी होते हैं। हम गाँव में अपना पैसा और समय क्यों बर्बाद करें, ट्रस्ट को हम दूसरे कामों पर ही अधिक क्यों न केन्द्रित करें...''

''कुछ काम मैंने सोचे हैं... आपके भाषणों की एक किताब पाइप-लाइन में है ही, लेखों को तैयार कर रही हूँ। उस ज़माने में जब पत्र लिखने का चलन खूब था, मोबाइल नहीं थे... तब आपने पत्र भी खूब लिखे होंगे। ट्रस्ट इश्तहार के मार्फत सभी से जो भी आपके पत्र उनके पास हों, उनकी कॉपी भेजने को कहेगा। आपके पत्रों की एक किताब प्रकाशित करेंगे। ट्रस्ट की एक पत्रिका भी निकाली जा सकती है जिसमें आपके लेखों के अलावा अच्छे विचार वाले दूसरों के लेख भी जायें। पत्रिका का खर्च विज्ञापनों से आ जायेगा... लेकिन सर! गाँव का काम भी रहने दें फिलहाल। हमारे लोग जैसे हैं, वैसे हैं... गाँव भी ऐसे-वैसे ही हैं। हमने गाँव को गोद लिया ही इसलिए है कि उसे उठाना है। इस काम में असफलताएँ लगातार आयेंगी... उन्हें ही तो हमें पार करना है, वही तो चैलेन्ज है। हम क्या कर सकते हैं, क्या बन्द करना, क्या नया शुरू करना है— यह सिलसिला लगातार चलेगा। आपके साथ अगली बैठक में मैं कुछ नये प्रस्ताव आपके सामने रखूँगी। किताबों का काम तो उनके प्रकाशन के साथ खत्म हो जायेगा... गाँव वाला काम चलेगा... कुछ दिनों में आप देखेंगे कि वह ट्रस्ट का मुख्य काम हो गया है...''

''ओ.के... ओ.के... जैसा तुम ठीक समझो!'' सुधा ने जिस मुलायमियत से बात रखी थी, जनार्दन बाबू ढह गये। सुधा पहले भी उनकी सलाहकार थी, अब तो पार्टनर थी— ''पत्रिका फिलवक्त रहने दो। मेरा सिर्फ़ यह कहना है कि अभी ज़्यादा न फैलाओ, तुम पर बहुत बोझ आ जायेगा। इस घर को भी तो तुम्हें ही सँभालना है, तुम्हारे अलावा और कौन है...''

जनार्दन बाबू का हाथ सुधा के हाथ पर आ गिरा... आँखें सुधा की आँखों में। फौरन सुधा को अपना हाथ खींचते न बना। जनार्दन बाबू की हथेली की हल्की-हल्की नमी सुखद थी। उनकी आँखों से छलकती असहायता... जो मंत्री वाले समय में कभी नहीं थी, वे हर समय आत्मविश्वास से भरे रहते थे। पत्नी के देहान्त के बाद... पार्टी से उपेक्षित... वे सचमुच कितने अकेले हो गये हैं। यही घर... जब

वे मंत्री थे, तब कितना गुलजार रहता होगा। सुधा तब कभी यहाँ नहीं आयी थी, मंत्री के व्यक्तिगत स्टॉफ़ से चर्चे सुनती थी— भीड़ सुबह से रात तक... पार्टी वाले, ऑफिस वाले, मुलाकाती। जनार्दन बाबू कितने ग्रुप ऑफ़ मिनिस्टर्स के अध्यक्ष थे... तो मंत्रियों की मीटिंगें भी जब-तब यहाँ होती थीं। पार्टी के नेताओं के साथ बैठकों में जनार्दन बाबू का व्यक्तिगत सहायक (राजनैतिक) होता था, सरकारी अफसर कोई नहीं; मंत्रियों वाली बैठकों में जनार्दन बाबू के प्रायवेट सेक्रेटरी, विभाग के सेक्रेटरी आदि आई.ए.एस. अफसर जाते थे। ड्राइंग-रूम के बगल में जो बड़ा कमरा है... मीटिंग-रूम रहा होगा, बैठकें वही होती होंगी। उस कमरे का फर्नीचर अब भी वही है। वह अब प्रतीक्षा-कक्ष है, मुलाकातियों के लिए... जो अब कभी-कभार ही आते हैं। पहले ऑफिस के बाद रात दस बजे तक जनार्दन बाबू, एक के बाद एक मुलाकातियों से मिलते थे, इसी कमरे में।

"रामू ने रसोईघर के सामानों की खरीद के लिए एक लम्बी लिस्ट बनायी है। बेकार की... ज़रूरत से ज़्यादा चीज़ें आने से जगह तो घिरती ही है, सफाई भी नहीं रहती। मेरी तो समझ में नहीं आता।"

"मैं देख लेती हूँ..." सुधा ने धीमे से अपना हाथ अलग करते हुए कहा।

"तुम फाइनल कर दो, रामू वही चीज़ें लाये और उतनी ही मात्रा में।"

"सर! रसोईघर को रिपेयरिंग भी चाहिए। आप कहें तो सी.पी.डब्ल्यू.डी. को फ़ोन कर दूँ।"

"तुम नहीं... मोहन को लिखा देना। वह अपने दफ़्तर से फ़ोन कर देगा।"

"सी.पी.डब्ल्यू.डी. से कहना ही है तो पूरे घर में जो-जो किया जाना है... वह अभी ही क्यों न करा लिया जाये। मैं पूरे घर को देख लेती हूँ, मोहन को एक-एक आइटम लिखा दूँगी। घर को 'लिफ्ट-अप' की ज़रूरत है..." सुधा ने उठते हुए कहा, जैसे जनार्दन बाबू की तरफ़ से फैसला कर दिया।

कार्यालय और घर को अलग-अलग रखने की बात जो आज ही अपने कमरे में अकेले बैठे हुए सुधा के मन में उठी थी... वह हवा के किस झोंके में कहाँ बह गयी... उसे पता ही न चला। अपने कमरे से नोटबुक और पैन उठाकर वह सीधे रसोईघर पहुँची, रामू को बुला लिया। उसके साथ पहले सामान की लिस्ट फाइनल की, फिर रसोईघर में मरम्मत-फर्निशिंग के प्वाइण्ट नोटबुक में दर्ज किये। उसके बाद रामू को साथ लिये हुए उसने पूरे घर को देखा, पहली बार। कहाँ क्या-क्या किया जाना है... कमरेवार नोट किया। एक मँझौली साइज का किनारेवाला कमरा था, जिसकी बाहरी आधी दीवार में आयताकार बड़ी खिड़की थी। वह बगीचे

की तरफ़ खुलती थी। कमरे में किताबों के दो रैक्स और सिंगल बैड था। बैड के एक सिरहाने साइड-टेबल जिस पर एक टेबल-लैम्प था। इनके अलावा कमरे में और कुछ नहीं— कोई सजावट नहीं, फर्श पर कार्पेट नहीं, खिड़की पर पर्दे भी नहीं। बगीचे की हरियाली कमरे में घुसी हुई थी, जो दोपहर के उस वक्त चौंध छोड़ती थी।

''गैस्ट-रूम है ?'' सुधा ने रामू से पूछा।

''गैस्ट-रूम तो वह है... ड्राइंग-रूम के उधर। वहाँ दो अलग-अलग बैड हैं, कोई फैमिली आकर ठहरी तो मिलाकर डबल-बैड बना लिया। मेहमानों की बैठकी के लिए बगल में ही ड्राइंग-रूम, सब बाहर ही बाहर। यह सर का बैडरूम है।''

''ये... ? बैडरूम वह नहीं है... ?'' सुधा ने भीतरी बड़े कमरे की तरफ़ इशारा किया जिसे थोड़ी देर पहले वह देख आई थी, जिसमें डबल-बैड था, रंगीन पर्दे थे, पूरा कार्पेट था... सजा-सँवरा कमरा, घर का सबसे अच्छा।

''वही था। मेमसाहब के गुज़रने के बाद सर यहीं सोते हैं।''

सुधा को याद आया— जनार्दन बाबू की पत्नी का देहान्त यहाँ नहीं, उनके पैतृक घर में दो साल पहले हुआ था। संस्कार कर्म वहीं हुए थे। सिर घुटा हुआ... सिर्फ़ एक धोती में संस्कार कर्म करते हुए जनार्दन बाबू का एक फ़ोटो अख़बार में भी निकला था। जब वे लौटे थे तब उनके कमरे जाकर सुधा सिर्फ़ दो शब्द ही कह सकी थी... 'सर माई कन्डोलैन्सेज़'... और क्या कहती। जनार्दन बाबू ने स्वीकारोक्ति में सिर सिर्फ़ एक बार ऊपर से नीचे किया था... और फौरन काम में लग गये थे।

तब से इस वीरान-से कमरे में ही... सुधा को अपने रोओं की जड़ों में हल्की चुभन-सी महसूस होने लगी। जनार्दन बाबू के लिए गहरी हमदर्दी उमड़ आयी। जैसे बड़ी खिड़की वाला वह कमरा नहीं, जनार्दन बाबू का मन ही था जो उसके सामने खुला पड़ा था... अकेले व्यक्ति का वैरागी मन!

सुधा ने किसी कमरे में बदलाव का नहीं सोचा था— जो जैसे हैं, ज़्यादातर वैसे ही रहें। आखिर यह सर का व्यक्तिगत मामला था... उन्होंने जैसे रखा हो। वह सिर्फ़ मरम्मत, पेंटिंग सुझा देगी... रंग भी वही रखे जा सकते हैं जो पहले थे...

लेकिन यह कमरा... सुधा ने नोट करना शुरू किया— किताबों के रैक्स वही, बैड वही... सिर्फ़ बैड के दोनों तरफ़ छोटे-छोटे कार्पेट, दूसरी तरफ़ ऐसा ही साइड-टेबल, उस पर टेबल-लैम्प, जैसा इस तरफ़ था... जिससे कि जनार्दन बाबू

बदल-बदल कर दोनों तरफ़ लेटे हुए पढ़ सकें। खिड़की के बगल में बायें कोने की तरफ़ एक छोटी राइटिंग टेबल और कुर्सी... जनार्दन बाबू को कभी अगर लिखना हो तो बैठकर बाहर बगीचे की तरफ़ देखते हुए लिख सकें। उसी मेज़ पर ट्रे में पानी गरम करने की छोटी केतली, एक कप-प्लेट और टी-कॉफ़ी बैग्स, शुगर और दूध के छोटे पैकेट के खानों वाला एक वुडन-केस... रामू न हो या उसे बुलाना न हो तो वक्त-ज़रूरत जनार्दन बाबू अपनी चाय-कॉफ़ी खुद बना सकें। खिड़की की दायीं तरफ़, कमरे के भीतरी हिस्से में एक बड़ी आरामकुर्सी, कॉफ़ी-टेबल और स्टैण्ड-लैम्प... दिन में किसी समय अधलेटे अगर पढ़ना चाहें तो। खिड़की पर हल्के नीले रंग का फोल्डिंग शटर... जिसे जब चाहे गिरा लिया, जब चाहे ऊपर कर दिया, जिस ऊँचाई पर चाहे फिक्स कर लिया... जिससे कि ऐसे दोपहर के समय कमरे में सुकून दायक अँधेरा भी किया जा सके... जो हर समय किताबों के साथ रहने वाले के लिए दोपहर में थोड़ा आरामदायक भी हो...

जैसे वह ट्रान्स में थी... यह सिर्फ़ सोने का कमरा नहीं, लिविंग रूम हो, जहाँ जनार्दन बाबू पूरा दिन बिता सकें। जो यहाँ करना था... जो-जो उसके मन में आया... लिखती चली गयी। मोहन को सब नोट करायेगी। जो चीज़ें सी.पी. डब्ल्यु.डी. से न मिलें, मोहन उनका इन्तज़ाम प्रायवेटली करा दे, बिल ट्रस्ट के नाम भेज दे, ट्रस्ट भुगतान कर देगा। इस कमरे में ही परिवर्तन... घर के बाकी हिस्से वैसे ही रहें जैसे थे।

बचे कमरों का भी राउण्ड लेकर, ज़रूरी प्वाइण्ट्स नोट कर वह जनार्दन बाबू के पास पहुँची—

''सर! अलग-अलग कमरों के लिए मैंने जो-जो चीज़ें लिखी हैं... आप देख लें, तो मोहन को फ़ोन पर लिखा दूँ।''

''तुममें-मुझमें फ़र्क़ है क्या! ज़रूरी चीज़ें ही कहो... जिससे कि वे लोग फालतू खर्च के नाम पर काट-छाँट न कर सकें... मैं मंत्री नहीं हूँ भाई अब...''

''अब न सही, आप रहे तो हैं। उसी समय का यह घर आपको हमेशा के लिए एलौट भी हो चुका है तो इसके रखरखाव, पुताई के साथ थोड़ी-बहुत तब्दीलियाँ, कुछ नया फर्नीचर तो चाहिए। ज़रूरी हुआ तो मैं वहाँ बात कर लूँगी। कमरों में अलग-अलग और नये रंग कराते हैं, बदलाव के लिए। किस कमरे में कौन-सा रंग लिखाऊँ?'' सुधा ने पहले कमरों के रंग वही रखने का सोचा था, अब एकाएक नया सोच गयी।

''जो तुम ठीक समझो।'

‘‘आपको भी तो पसन्द आना चाहिए।’’

‘‘तुम्हारी पसन्द ही मेरी पसन्द है।’’

‘‘काम रामू की देखरेख में होता चलेगा। मैं भी आकर देखती रहूँगी।’’

‘‘हमेशा न सही, जिस-जिस कमरे का काम पूरा होता जाये, वह ज़रूर देख लेना। अपनी लिस्ट से मिलान कर लेना... तुम्हारी पसन्द का हुआ या नहीं.. देख लेना...’’

जनार्दन बाबू अपने में खो गये। थोड़ी देर बाद फिर बोले- ‘‘सुधा!... आई फील कम्प्लीटली हैल्पलैस विदाउट यू...’’

नज़रों में फिर वही असहायता! रोहित की आपत्तियाँ अपनी जगह, अपने घर में सुधा ‘लग्जरी-आइटम’ थी, यहाँ... वह ‘लाइफ सपोर्ट’ है।

‘‘सर! आप चिन्ता न करें। बस खुश रहा करिये, सोचिये कि राजनीति में यू हैड योर इनिंग्स... व्यक्तिगत जीवन भी तो एक चीज़ है, जिसके लिए आपको पहले कभी वक्त नहीं मिला... अब उसे जीते हुए खुश रहिये...’’

‘‘ओ.के.... ओ.के. माई डियर... खुश रहूँगा... प्रौमिस। तुम साथ हो तो ज़रूर ही...’’

‘‘मैं हूँ न... आपके साथ बराबर हूँ।’’

कहने को तो कह गयी सुधा, लेकिन वही जानती थी इस रास्ते में जो रोड़े हैं। जनार्दन बाबू के सामने अगर रोहित की आपत्तियाँ, उसके तर्क रखे जायें तो वे ही सुधा को अपने यहाँ आने से मना कर देंगे... इतने अच्छे हैं वे। रोहित जो कहता है उसमें कुछ भी नया, अजूबा नहीं है। सब यही कहेंगे— जनार्दन बाबू ने उनके लिए किया तो वह भी उनके पीछे-पीछे चली, अब अपना-अपना जीवन देखने का समय है, वे सब पागल हैं क्या जिन्होंने इस नये समय में खुद को जनार्दन बाबू से दूर कर लिया है...

लेकिन सुधा सबकी जमात में नहीं आती, वह हमेशा ख़ास रही है... अब भी है।

वह देख रही है कि इस नयी परिस्थिति में वह भी कुछ नयी बनती जा रही है। जनार्दन बाबू उसके कुछ ज़्यादा ही करीब आते जा रहे हैं... और वह ऐसा होने दे रही है। ऐसा नहीं है कि उसके बिना उनका कोई काम रुक जाने वाला है। जो काम सुधा करती है, वे किसी से भी कराये जा सकते हैं। घर के रिनोवेशन से सम्बन्धित काम ही एक मोहन के मार्फत हो सकते थे। वही आकर लिस्ट बना देता, जैसे सी.पी.डब्ल्यु.डी. को लिखायेगा। आगे सुधा न भी देखे तो भी सी.पी.डब्ल्यू.डी. के

लोग जिम्मेदारी से करेंगे। काम होते हैं जनार्दन बाबू के नाम से ही, आगे भी होते चलेंगे... फिर जनार्दन बाबू उस पर क्यों इतना टिकते हैं और वह टिकने देती है?

पुराना साथ, पिछले कितने वर्षों में फैली आत्मीयता की लम्बी डोर... लेकिन नया भी कुछ है यहाँ जो उग रहा है... तब जब दोनों जीवन के उतार पर हैं। उसकी उतनी न सही, जनार्दन बाबू की तो ज़रूरत है यह।

16

घर की मरम्मत-पुताई-फर्निशिंग का काम चल पड़ा था। अब जब जनार्दन बाबू को आजीवन इसी घर में रहना है तो उसे ढंग का क्यों न बनवा लिया जाय... इसलिए सुधा और मोहन ने एक-एक चीज़ शामिल करते हुए लिस्ट सी.पी.डब्ल्यू. डी. को भेज दी थी। ट्रस्ट की तरफ़ से रखी जाने वाली जो कुछ थोड़ी-सी चीज़ें थीं, उसकी लिस्ट मोहन ने अपने पास रख ली थी, वह सीधे खरीदकर सुधा को भिजवा देगा। जनार्दन बाबू से पूछा जाता तो वे दोनों लिस्टों में से आधा काट देते। सी.पी.डब्ल्यू.डी. से कोई मीनमेख नहीं उठी... जनार्दन बाबू की ख्याति से सभी परिचित थे, वे यह भी जानते थे कि यह बंगला उन्हें जीवनभर के लिए आवंटित हुआ है।

सुधा इस बीच कई बार जनार्दन बाबू के घर गई, लेकिन काम की निगरानी कर रामू और काम करने वालों को ज़रूरी हिदायतें देकर चली आयी। जनार्दन बाबू अगर बाहर मिल गये तो खड़े-खड़े उन्हें ज़रूरी सूचनाएँ देकर बाहर-बाहर से ही निकल गयी। रोहित उसके कभी जल्दी लौटने, कभी जल्दी-जल्दी कई-कई दिन जाने का सबब जानने के लिए छटपटा रहा था। वह तरह-तरह से जानने की कोशिश करता, हर बार सुधा कुछ जानबूझकर चुप्पा मार इधर-उधर हो जाती। जनार्दन बाबू के घर का काम जब खात्मे पर आया, तब जाकर सुधा ने खुलासा किया... उतनी ही लापरवाही और साधारण अन्दाज़ में जैसे इतने दिनों बताने से बचती रही थी।

''कुछ नहीं, सर के घर के रिनोवेशन का काम चल रहा है। देखना होता है। उन्हें वह घर हमेशा के लिए एलौट हो गया है न।''

''जैसे प्रधानमंत्री, राष्ट्रपति को उनके पद छोड़ने पर होता है...''

''हाँ... आँ... वे इन पदों पर न हुए तो क्या, कद तो उनका वही है।''

''नयी पार्टी का शासन आया तो घर छीना भी जा सकता है।''

''यह इतना बड़ा 'इश्यू' नहीं है कि कोई उस स्तर पर उतरेगा।''

''उनके घर का रिनोवेशन हो रहा है, तो तुम्हें क्यों देखना।'' रोहित की शिकायत ऊपर आ गई।

''तो और कौन देखेगा?...'' निकल गया सुधा के मुँह से, फौरन ही उसने लपेटा- ''सरकारी मकान है, सरकार पैसा खर्च कर रही है... जनार्दन बाबू पब्लिक फिगर हैं!''

''थे कभी... अब हैं क्या?''

''हमेशा रहेंगे... पद पर रहने से ही कोई पब्लिक फिगर नहीं होता।''

रोहित ने सचमुच पूरा भुला दिया जो-जो जनार्दन बाबू ने उसके लिए किया। सोचता है जनार्दन बाबू ने वह सुधा के लिए किया। हो सकता है, लेकिन फायदा तो उसे मिला न। कैसे ये पुरुष लोग... सब भूलभाल कर सिर्फ़ जलन के आगोश में आ जाते हैं... वह भी सिर्फ़ इतनी-सी बात को लेकर कि सुधा वहाँ जाती क्यों है, इतना समय वहाँ रहती क्यों है...

और इधर सुधा में यह बात उगती चली आ रही है कि जनार्दन बाबू की हर तरह से देखभाल अब उसे ही करना है। व्यक्तिगत और दफ़्तरी... ये सीमा रेखाएँ अब नहीं है... ऐसा कुछ नहीं जिसमें सुधा का दखल न हो। उसे यह पूरा ख्याल रखना है कि वे 'डिप्रेशन' में न चले जायें... जो हाल सोहरत को जीने वाले ज़्यादातर नेताओं का... या कि बहुत चकाचौंध में रहने वाले एक्टरों का उपेक्षित होने पर अक्सर हो जाता है। एक वक्त जनार्दन बाबू ने उसे अपना ओ.एस.डी. बनाया, फिर एडवाइज़र, आखिर में स्पेशल एडवाइज़र... अब वह खुद को उनकी 'गवर्नेंस' बना ले...

भीतर से यह आवाज़ इतनी साफ, इतनी बेधड़क उठती है कि सुधा के अपने ही संशय के लिए कोई जगह ही नहीं छोड़ती... फिर रोहित का विरोध वहाँ कैसे उतरे। वह फिर भी लगा है...

''क्या उनके मकान का रिनोवेशन भी ट्रस्ट के कामों में आता है?'' रोहित के स्वर में हल्का व्यंग था।

''ट्रस्ट का दफ़्तर उसी मकान में है। सब काम ट्रस्ट के अन्तर्गत आते हैं, उसका नाम ही है— 'जनार्दन बाबू फाउण्डेशन'...''

''पब्लिक चैरीटेबल ट्रस्ट तो न हुआ...''

''रोहित! तुम्हें यह सब सोचने की ज़रूरत नहीं है। फाउण्डेशन में मैं काम करती हूँ... तुम नहीं।''

''मैं यह कहना चाहता था कि सालों बाद हमें अपने लिए समय मिला है। पहले बच्चों को सैटिल करना था, हम दोनों ही नौकरीपेशा थे, व्यस्तताएँ थीं। मंत्रालय में होने के कारण तुम तो ज़्यादा ही व्यस्त रहती थीं... कभी ये मीटिंग, कभी वह... कभी पार्लियामेंट। मैं अपनी सर्विस में व्यस्त रहता था। मुझे दूसरे शहरों में भी रहना पड़ा... तो हम लम्बा समय अलग-अलग रहे। अब जाकर हमें अपने लिए समय मिला है तो क्यों न हम सब कुछ छोड़कर इस समय को सिर्फ़ अपने लिए रखें।''

''सब कुछ छोड़कर... माने कुछ करें ही नहीं... खाली बैठ जायें?''

''मेरा मतलब— हमें फालतू कामों में नहीं फँसना चाहिए।''

''काम कोई फालतू नहीं होते। वे हमें व्यस्त रखते हैं। सब कहते हैं रिटायरमैंट के बाद खाली बैठने की समस्या सबसे बड़ी समस्या होती है। हमें व्यस्त रहना चाहिए।''

''व्यस्तता हमारी अपनी हो, अपने घर की, हमारे परिवार की, हम दोनों की... बाहर की नहीं।''

''तुम जनार्दन बाबू को बाहर का मानते होगे, मैं नहीं मानती। वे हमारे परिवार के ही हैं... करीबी रिश्तेदार की तरह उन्होंने हमारा हमेशा ख्याल रखा, हमारे दोनों बेटों की शादियों में शरीक हुए। वह छोड़ो, तुम सीधे-सीधे यह बताओ कि मेरे जनार्दन बाबू के कामों में व्यस्त होने की वजह से तुम्हारी या इस घर की कौन-सी चीज़ है, जो निग्लैक्ट हो जाती है। तुम अगर कहीं बाहर साथ घूमने जाना चाहते हो— देश में या विदेश... तो बताओ, हम वह सोच सकते हैं।''

''इस तरह के प्लान तुम क्यों नहीं बनाती?''

''इसलिए कि मुझे यात्रा करना पसन्द नहीं, कभी नहीं था। अपने इर्द-गिर्द बनायी अपनी दिनचर्या में व्यस्त रहना ही मुझे खुशी देता है।''

''इस दिनचर्या में मैं कहाँ आता हूँ?''

''क्यों... क्या अभी... इस वक्त ही तुम नहीं हो? हम अपने घर में बैठे बात नहीं कर रहे? अब अगर तुम चाहो कि मैं बाहर निकलूँ ही न, तो वह तो नहीं हो सकता। तुम्हारा मन लग जाता होगा घर बैठने में, मेरा तो नहीं लगता। तुम्हारी समस्या यह है कि तुम खुद को व्यस्त नहीं रखते।''

''तो तुम मुझे व्यस्त रखो।''

''यह मेरा काम नहीं है... सौरी... क्या मैंने तुमसे कभी कहा कि तुम मुझे व्यस्त रखो? दरअसल हर कोई अपने लिए ऐसे काम ढूँढ़ लेता है जो उसे व्यस्त

रखें... और यह उसे खुद ही करना होता है। कोई दूसरा नहीं कर सकता उसके लिए... पति या पत्नी भी नहीं।''

''जैसे तुमने अपने लिए जनार्दन बाबू फाउण्डेशन का काम ढूँढ़ लिया।''

''हाँ... मुझे वह काम अच्छा लगता है, इसलिए भी कि वह जनार्दन बाबू से सम्बन्धित काम है... इसमें उनके साथ काम करना है, जो मैंने इतने सालों... करीब-करीब आधा जीवन किया है। तुम भी अपने लिए ऐसा कोई काम ढूँढ़ सकते हो।''

''क्या तुम्हारी जगह उनके फाउण्डेशन का काम मुझे मिल सकता है? मैं भी वह काम कर सकता हूँ। मुझे भी सरकारी नौकरी का उतना ही अनुभव है।''

''जनार्दन बाबू का ऑफर मेरे लिए था, तुम्हारे लिए नहीं।''

''तुम्हारे लिए ही क्यों... ?''

''तुम घूम-फिरकर वहीं आ जाते हो, वहीं अटक कर रह गयी है तुम्हारी सुई... तो देखो रोहित... मैं पहले भी कह चुकी हूँ, फिर बता देना चाहती हूँ— अगर तुम सोचते हो कि मैं फाउण्डेशन का काम छोड़ दूँगी— यह मुझसे न हो सकेगा।''

''साफ-साफ क्यों नहीं कहती कि जनार्दन बाबू को नहीं छोड़ोगी।''

''तुम यह सुनना चाहते हो तो यही सही... मैं उनका साथ नहीं छोड़ूँगी... कितने दिनों के लिए करूँ यह... कितनी ज़िन्दगी बची है उनकी। हमारा कितना पुराना साथ है।''

''मुझे छोड़ सकती हो?''

''मैंने तो कभी यह नहीं सोचा। हाँ... तुम चाहो तो मुझे छोड़ सकते हो।''

''माने तुम जनार्दन बाबू के साथ रहना चाहती हो?''

''मैंने यह तो नहीं कहा। मैंने कभी यह नहीं सोचा। मेरे सोचने में कभी यह आयेगा— ऐसा भी मुझे नहीं लगता... लेकिन हाँ... उनके जीवन के आखिर में... अन्तिम दिनों तक उन्हें अगर मेरी ज़रूरत होती है, मैं खुद को रोकूँगी नहीं।''

''उनके यहाँ रहने भी लगोगी?''

''न वे यह कहेंगे... न मैं यह करूँगी— मुझे मालूम है।''

रोहित और उसके बीच बात को तो वहीं खत्म कर दिया सुधा ने... लेकिन उथल-पुथल उसके भीतर दूर तक चलती गयी, चलती रही। कहाँ तक जायेगी वह इस रास्ते? उसकी अपनी पारिवारिक सीमाओं और जनार्दन बाबू की अपनी प्रतिष्ठागत सीमाओं की वजह से अगर वह जनार्दन बाबू के साथ

स्थायी रूप से रहने से बची रही तो भी बीच कहीं कितनी ऐसी, मिलती-जुलती परिस्थितियाँ हो सकती हैं— अभी वह दिन-दिन में ही वहाँ होती है, कभी अँधेरे तक रुकना पड़ा तो, रात को जाना पड़ा तो... ? वे कभी बीमार हुए तो क्या रात को भी उनके यहाँ रुक जायेगी वह ? जनार्दन बाबू का कोई भी कहना नहीं टाल पाती... अगर उन्होंने ही कहा...

मना कर सकती है क्या वह उन्हें ?

17

रिनोवेशन का काम खत्म हुआ। मजदूर लोग पिछली शाम अपना सामान समेट कर चले गये थे। दूसरे दिन सुधा ने जनार्दन बाबू के यहाँ पहुँचते ही सीधे अपने कमरे जाकर नोटबुक उठायी और रसोईघर से शुरू किया— एक-एक कमरे में जाकर मिलान करेगी, उस कमरे के मुतल्लिक जो-जो चीज़ें उसकी नोटबुक में दर्ज थीं, वे हुई या नहीं।

जनार्दन बाबू अपने बैडरूम में खिड़की के नीचे रखी आरामकुर्सी पर अधेलेटे से बैठे एक किताब में व्यस्त थे। सुधा उस कमरे में पहुँची तो बोले- "आओ... आओ सुधा। भई तुमने तो घर की कायापलट ही कर दी।"

"अच्छा लगता है न अब?"

"हाँ चियरफुल! मेरे इस कमरे की तो तुमने इतनी शक्ल बदल दी है कि अब यहाँ से उठने का ही मन नहीं करता, बाहर स्टडी में तभी जाता हूँ जब किसी से मिलना होता है। मेरे एक-एक टेस्ट का ख्याल रखा तुमने और मुझसे बिना पूछे। कैसे जान गयी तुम?"

सुधा झेंप गयी... जितना वह जानती है जनार्दन बाबू को, दूसरा और कौन जानता होगा... वह हल्के गर्व से भर गयी।

"एक-दो दिन जब यहाँ काम चल रहा था, आपको दूसरे कमरे में रहना पड़ा..."

"अरे वह कुछ नहीं। आओ बैठो... यहीं बैठकर कॉफ़ी पीते हैं। कमरे के नये 'लुक' को सैलीब्रेट किया जाय..." जनार्दन बाबू ने कॉफ़ी वहीं लाने के लिए रामू को आवाज़ लगा दी।

बड़ी आरामकुर्सी जिस पर जनार्दन बाबू तब थे, उसके सामने एक छोटी कॉफ़ी टेबल— ये तो सुधा की लिस्ट में थे, कॉफ़ी टेबल के सामने, इस तरफ़ यह आधी आरामकुर्सी रखी है? न एकदम खड़ी, जैसी कुर्सियाँ ट्रस्ट के दफ़्तर

में हैं... न ही पूरी आरामदेह... जैसी वह जो सामने थी, जिस पर जनार्दन बाबू बैठे थे। यह कुर्सी... दफ़्तर वालियों से थोड़ा बड़ी... बीच में आरामदेह-कट... उसने अपनी नोटबुक पर उड़ती-उड़ती नज़र डाली... हाँ... उसकी लिस्ट में यह भी थी, इसी डिज़ाइन की। क्या यह उसने अपने लिए? मतलब, वह जानती थी कि वही इस पर बैठा करेगी— जनार्दन बाबू पूरी रिलैक्स मुद्रा में बड़ी कुर्सी पर सामने, आधा आरामदेह इस कुर्सी पर वह... अब उनकी सहायक नहीं, साथी... क़म्पेनियन!

सुधा उस कुर्सी पर बैठ गयी।

''इस कमरे की सजावट... सजावट नहीं... वह तो यहाँ है ही नहीं... बिछावट कहिये, जब पहली बार देखी तो लगा कि तुम मुझे जितना समझती हो, उतना जीवन में किसी ने नहीं समझा। मैं यही... इतना ही चाहता था। कोई दूसरा होता तो मुझे खुश करने की खातिर या ज़्यादा उत्साह में इसे फूहड़ सजावट से भर देता। यह कमरा तुमने इतना प्रीतिकर बना दिया। कमरे का भी व्यक्तित्व होता है, वह भी एक दोस्त की तरह तुम्हारा साथ दे सकता है। यहाँ रहकर, इस खिड़की से बगीचे... वहाँ पौधे... हरियाली और दूर के पेड़... इन्हें देखते हुए ज़िन्दगी काटी जा सकती है। अच्छा सुधा! तुम्हें नहीं लगता, ज़रूरत से ज़्यादा सजावट नहीं, सादा सजावट है जो आदमी का सहारा बनती है।''

''उसे हमारे स्वभाव से मेल खाता हुआ भी होना चाहिए।''

''तुम्हें कैसे मालूम हुआ कि यही है जो मेरे स्वभाव से...''

''मैं नहीं जानूँगी तो और कौन जानेगा!''

एक लहर... जनार्दन बाबू के भीतर उन्हें सिहरन से भिगोते हुए उतर गयी। कहाँ थी यह लड़की... थी तो, लेकिन पहले कभी इसमें यह नहीं दिखा कि वह उन्हें इतना समझती है और उसके अनुसार इतना ख्याल रख सकती है।

''और क्या-क्या जानती हो मेरे बारे में?''

''एक-एक करके गिना तो नहीं सकूँगी... ज़रूरी भी नहीं है। आज जितना ज़रूरी है, वह जानती हूँ... कल जो ज़रूरी होगा उसे अपने में से निकाल लाऊँगी। वह मेरे अन्दर अभी भी है, भले उसे इस तरह न जानती होऊँ, जैसे आप बताने को कहते हैं।''

रामू कॉफ़ी की ट्रे ले आया, साथ में दो अजवाइन स्ट्रा, जो सुधा ने रसोई में ख़ास रखवाये थे— जनार्दन बाबू जब भी चाय या कॉफ़ी लें, साथ में ये ज़रूर रखे जायें। खाली पेट चाय-कॉफ़ी कतई नहीं। जब पहली बार रामू ये स्ट्रा चाय के

साथ लेकर आया था, तभी जनार्दन बाबू ने समझ लिया था कि ज़रूर रसोई में यह सुधा का जोड़ा हुआ आइटम है।

''अच्छा सुधा!'' रामू के चले जाने के बाद जनार्दन बाबू ने कहा- ''घर तो तैयार हो गया। अब आगे मुझे क्या करना है... यह बताओ।''

''आप बेहतर समझते हैं।''

''पिछले दिनों मैं यह सोचता रहा हूँ कि मेरी ज़िन्दगी का ज़्यादा हिस्सा राजनीति में बीता है, शायद इसीलिए मैं बाकी ज़िन्दगी भी उसी से, उसके आसपास की चीज़ों से भरने की सोचा करता हूँ... जबकि संसार में, जीवन में इसके अलावा और कितनी चीज़ें हैं। क्यों हम वही-वही करना चाहते हैं जो करते रहे हैं, क्या उसके अलावा कुछ और जानते नहीं... इसलिए?''

''आपने इतना पढ़ा है, दूसरी चीज़ों के बारे में आप जानते नहीं... यह नहीं माना जा सकता।''

''फिर क्यों मैं उन्हीं-उन्हीं राजनीति से सम्बन्धित चीज़ों पर आ जाता हूँ... चाहे लिखना-पढ़ना हो, या यह ट्रस्ट खड़ा करना हो?''

''चुनने की बात है। हम जानते तो कितनी चीज़ें हैं, करने के लिए कुछ को ही चुनते हैं।''

''मुझे हमेशा अपने लिए की जाने वाली चीज़ों की बनिस्बत समाज के लिए की जाने वाली चीज़ें ज़्यादा महत्त्वपूर्ण लगीं... लेकिन अब कभी-कभी लगता है कि बाहर सिर्फ़ खेल है... चलता रहेगा, मुझ जैसे कितने आये, चले गये... और आयेंगे, वे भी चले जायेंगे... तो अब वह खेल दूसरों के लिए छोड़ मैं अपना ख्याल करूँ, शेष जीवन अपने लिये जिऊँ... लेकिन तब लगता है कि उम्र के इस मुकाम पर पहुँचकर वहाँ किया ही क्या जा सकता है, असल तो जा चुका, बचा ही नहीं कुछ?''

''जो बचा है... क्या पता वही असल हो?''

''क्या...?''

''जीना... पहले आप जो सामने आता था, उसमें इधर से उधर होते रहते थे, वही जीना लगता होगा... पर वह था क्या। अब जो चीज़ें आप अपने लिए सँजो रहे हैं, माने अपने लिए जी रहे हैं। तो ज़िन्दगी और बेहतर ढंग से जियें...''

''बेहतर... माने?''

''माने जो आपको ज़्यादा तृप्ति देता है, ज़्यादा प्रीतिकर लगता है वह करें।''

''तुमने इतनी अच्छी दिनचर्या तो बिठा दी है। उसके हिसाब से चल रहा हूँ।''

''वह तो दिनचर्या है, दिन काटने और स्वस्थ रहने के लिए। उसमें अब दिल को भरने वाली चीज़ें जोड़िये।''

''वे कौन-सी चीज़ें हैं?''

''यह हमें ही अपने लिए ढूँढ़ना होता है।''

''तुमने ढूँढ़ लीं, तुम्हारे अपने लिए कौन-सी चीज़ें हैं?''

''जो मैं कर रही हूँ। मन की चीज़ें हमारी दिनचर्या में आ जायें तो फिर हमें और क्या चाहिए।''

''तुम तो बड़ी समझदार हो भाई...''

''आपको ऐसा लगता है। आपके जितना पढ़ा नहीं है... शायद इसलिए...''

जनार्दन बाबू सोच में पड़ गये। सचमुच बहुत पढ़ा-लिखा होना भी बाधा है। इस मायने में महिलाएँ जीवन की बड़ी व्यावहारिक समझ रखती हैं, बुनियादी चीज़ों से जुड़ी रहती हैं... आजीवन। इस तरह जीवन से सट कर चलती हैं।

''अच्छा सच बताओ... मेरे लिए जो तुम इतना करती हो... यह अपने मन की वजह से या मुझे उपकृत करने के लिए।''

''उपकृत माने...?''

''तुम्हें लगा होगा कि पहले मैंने तुम्हारे लिए इतना किया, अपना विशेष सलाहाकार तक बनाया... उसका प्रतिदान करना चाहिए, ऋण महसूस करती हो, उऋण होना चाहती हो।''

''इस तरह अलग-अलग खानों में मैं नहीं सोच पाती... सब कुछ मिला-जुला है, जो अब मेरा मन बन गया है। मैं जो भी करती हूँ... किसी भी तरह की बाध्यता से नहीं, मन करता है, इसलिए करती हूँ। करती भी क्या हूँ... जीती हूँ अपनी ज़िन्दगी... यहाँ, इस तरह...''

''और जीना सिखा रही हो मुझे...'' जनार्दन बाबू ने थोड़ा हँसते हुए जोड़ा।

''इस काबिल मैं नहीं हूँ।''

''तुम्हें मुझसे कोई खतरा महसूस नहीं होता?''

''आपके साथ मैं पहले भी सुरक्षित थी, अब भी हूँ।''

''तुम्हारी नज़दीकियों से मैं ही खतरा महसूस करता होऊँ तो...?''

''अब क्यों महसूस होगा? जो उस समय नहीं हुआ जब हो सकता था।''

''तब बाहरी समाज, प्रतिष्ठा वगैरह का डर रहा होगा।''

''आप में वह डर कभी नहीं था, न अब है। खतरा-वतरा... ये तो ख्याल हैं जो किताबों से आप तक आते हैं, आपके स्वभाव से नहीं उपजते।''

जनार्दन बाबू सोचने लगे तो सुधा ने उन्हें जो सामने था, उधर खींचा—

''बाकी घर भी देख लूँ। मेरी लिस्ट के हिसाब से सारा काम हो गया कि नहीं, कुछ बाकी रह गया होगा तो मोहन को लिखा दूँगी। वह सी.पी.डब्ल्यू.डी. से बात कर लेगा।''

''मेरा यह कमरा देख लिया?''

''इसके लिए तो सर्टीफिकेट भी मिल गया।''

सुधा हँस दी, कॉफ़ी का आखिरी घूँट लेकर उठ गयी।

''गाँव का क्या सोचा?'' जनार्दन बाबू चाहते थे वह और बैठे।

''डॉक्टर को मना कर दिया है।''

''क्या वजह बतायी उसे?''

''उसकी ज़रूरत नहीं थी। बस कह दिया— जाना बन्द कर दे।''

''आगे?''

''अगली बैठक में इस बाबत बात करूँगी। अभी यह देख लूँ।''

सुधा चली गयी तो कमरे में सूनापन उतरा आया। तो क्या यह कमरा इसलिए खूबसूरत था कि सुधा यहाँ बैठी थी? फिर वे बड़ी-बड़ी बातें जो कमरे के बारे में सुधा से कहीं, वे क्या थीं!

सुधा से यह कौन-सा सम्बन्ध है जो उन पर लता की बेल की तरह चढ़ता चला आ रहा है? इधर उनका दिल-ओ-दिमाग बेल के चिपकने के लिए दीवार-सा बनाता जा रहा है। सुधा पिछले कितने वर्षों से साथ रही है... करीब-करीब लगातार। कभी उससे अन्तरंग होने का मन हुआ तो जनार्दन बाबू स्टियरिंग को दफ़्तर के काम की तरफ़ मोड़ देते थे, पीछे-पीछे सुधा चली आती... वह भी खुद को काम में डुबो लेती।

तब कुछ नहीं हुआ, क्योंकि जनार्दन बाबू दूसरे नशे की गिरफ़्त में थे। सुधा की तरफ़ से कुछ यों नहीं हुआ... क्योंकि जनार्दन बाबू... मंत्री का कद इतना बड़ा था, उसे वह हमेशा एक अभेद्य दीवार जैसे खड़े दिखते होंगे। राजनीति का नशा उतरा, वे खाली हो गये तो यह रंग चढ़ना शुरू हुआ, सुधा के लिए दरवाज़ा खुला तो वह भी चली आ रही है...

क्या यह प्रेम है? उम्र अब प्रेम वाली तो नहीं। सुधा का स्पर्श वह स्फुरण नहीं पैदा करता जैसा कि श्रुति का शरीर छू जाने पर हुआ था। वहाँ झनझनाहट हुई थी, यहाँ थमा-थमा सा सुकून महसूस होता है... क्या इसलिए कि श्रुति युवा है, सुधा उम्र के उतार पर। दोनों ही उनकी बौद्धिकता से प्रभावित हैं। श्रुति के साथ कोई

लम्बा सम्बन्ध बनने का सवाल ही नहीं। सुधा के साथ बन रहा क्या, बन गया है। क्या सामीप्य की सुविधा... या कि दोनों की उम्र में बहुत फासला नहीं है... या इसलिए कि उनका साथ पुराना है...

जनार्दन बाबू का लाख मन करे... सुधा उनके साथ यहाँ चौबीस घंटे क्या, एक-दो घंटे से ज़्यादा नहीं रह सकती। जो वह कर सकती है, कर रही है— घर सँभाल देना, ऐसी व्यवस्था कर देना जिससे कि उनकी ज़िन्दगी ज़्यादा से ज़्यादा आरामदेह हो सके। इधर वे हैं कि बढ़े चले जा रहे हैं... आगे... और आगे। आश्रित होने की आदत जिसे एक बार पड़ी तो वह और ज़्यादा आश्रित होता चला जाता है, पूरी तरह टिक जाना चाहता है, अपना सारा बोझ साथी पर लाद देना चाहता है...

कितना अजीब... कि राजनीति से छुट्टी पाकर, पत्नी के दिवंगत होने, परिवार के न होने के बाद भी जनार्दन बाबू बँधे हुए हैं... वह भी उन्हीं-उन्हीं चीज़ों से। जैसे कैद में हैं। साधारण जीवन— जिसे जीने का सोचते हैं— उसके लिए भी स्वतंत्र नहीं। सीकचें... थोड़ा दूर पर गड़ी ज़रूर हैं, अब भी... चिलकने लगती हैं...

जनार्दन बाबू को भले ही उनकी पार्टी ने एक किनारे फेंक दिया हो, जनता में वे अब भी उसी पार्टी के सम्माननीय सदस्य हैं। पब्लिक-फिगर के फ्रेम में जड़े हुए। वृहत्तर समाज या देश में जिनकी पहचान बन जाती है, उन पर बन्दिश लगातार रहती है... वे अपने मन का जो चाहे नहीं कर सकते। फ़िल्मी दुनिया में छूट होती है... यों कि वहाँ उनकी ख्याति-कुख्याति पहले से ही— पर्दे पर उन्हें बदल-बदल कर किसी के भी साथ देखकर— बन चुकी होती है। वहाँ कोई किसी के साथ बिना विवाह रह सकता है, दूसरा-तीसरा विवाह कर सकता है, पत्नी-बच्चों के रहते हुए विवाह कर सकता है...

जनार्दन बाबू ऐसा कुछ नहीं कर सकते।

पिछली बार की तरह श्रुति ने रामू से कहला भेजा- 'वह सर से मिलना चाहती है।' जनार्दन बाबू को अपनी पुरानी स्टडी/ट्रस्ट के कमरे में आना पड़ा।

वह जनार्दन बाबू के सामने की कुर्सी पर बैठी हुई थी। किताबों को इधर-उधर सरकाती हुई नहीं, जैसे पहले अमूनन आने पर करती थी। जनार्दन बाबू के आते ही उसने उठकर नमस्ते की, उनके अपनी कुर्सी पर बैठ जाने के बाद ही बैठी। शालीन ड्रैस में थी। चेहरे पर पुराने खिलंदड़ेपन की जगह गम्भीरता... शायद जनार्दन बाबू को ही ऐसा लग रहा था... काफी समय बाद जो उसे देख रहे थे।

''सो... ?'' जनार्दन बाबू ही खिलंदड़ेपन पर उतर आये। श्रुति की गम्भीरता को हटाने चाहते थे, जो उसके चेहरे पर अच्छी नहीं लग रही थी।

''ठीक हूँ, सर...'' श्रुति का चेहरा वैसा ही रहा।

''किताबें चुन लीं ?''

''पिछली बार से पिछली बार जो ले गयी थी, वे अभी हैं।''

''पुरानी अधपढ़ी पड़ी हों, जब वे पूरी हो जायें तभी नयी उठाना... ऐसा कोई बन्धन नहीं डालना चाहिए। कभी-कभी दो-दो, तीन-तीन किताबें एक साथ पढ़ी जा सकती हैं... जैसा मूड हुआ। इम्तहान हो गये ?''

''कब के...''

''आगे क्या इरादा है ?''

''पीएच.डी. का सोच रही हूँ...''

''गुड आइडिया...''

''साथ-साथ सिविल सर्विसेज के इम्तहान की तैयारी करूँगी।''

''हाँ... लड़कियाँ खूब सैलैक्ट हो रही हैं आजकल, टौप टैन में भी तीन-चार होती हैं।''

''मैं उस लेविल की नहीं हूँ... सर! वह तो सोचा कि पीएच.डी. में काफी समय रहेगा तो...''

''ऐसा सोचकर... चलते-चलते वाला रवैया नहीं। फोकस एक ही चीज़ पर होना चाहिए। तभी बात बनेगी... तो पहले तय करो कि टीचिंग में जाना चाहती हो या अफसर होना चाहती हो... और फिर उसी लाइन के लिए जमकर तैयारी करो।''

श्रुति कुछ नहीं बोली। भीतर टटोल रही थी... क्या उसमें है ऐसी एकाग्रता... नहीं तो क्या आ सकेगी। अभी तो कितनी बिखरी-बिखरी है।

''पापा के घर आ गयी हूँ।''

''पापा के नहीं... अपने घर कहो। वैसे तुम गई ही कहाँ थी। किसी रिश्तेदार के यहाँ थोड़े समय के लिए चले जाना, घर छोड़ना नहीं होता।''

''पापा के साथ समझौता हो गया।''

''वाह... बाप बेटी न हुए दो वयस्क हो गये।''

''उम्र से मैं हूँ नहीं क्या ?''

''आज की बेटियाँ यह सोच सकती हैं... लेकिन बाप के लिए बेटी हमेशा बच्ची ही रहती है।''

''हो सकता है... लेकिन हमने जो समझौता किया वह वयस्कों की तरह ही। मेरी शर्त थी कि जब भी शादी करूँगी आनंद से ही। पापा इसके लिए तैयार हो गये, तभी मैं घर लौटी।''

जनार्दन बाबू चुप रहे। अपना मंतव्य जाहिर नहीं किया... कोई था भी नहीं। वैसे भी मामला श्रुति और उसके परिवार का था। वे यह भी जानते थे कि ऐसे मामलों में आखिर पिता को ही झुकना पड़ता है। उन्हें यह ताज्जुब ज़रूर हो रहा था कि श्रुति के पिता जो इतनी आक्रामक मुद्रा में उनके यहाँ आये थे... वे इतनी जल्दी झुक जायेंगे।

''आई.ए.एस. की तैयारी के लिए कोचिंग ज्वाइन कर रही हूँ।''

खर्च बाप ही उठायेगा— जनार्दन बाबू सोच रहे थे— कार लेकर दे सकता है, तो यह क्या है! तसल्ली हुई कि पिता-पुत्री के बीच का वैमनस्य खत्म हुआ, श्रुति 'लिव-इन' में नहीं गयी। आगे का किसने देखा... हो सकता है समय के साथ आनंद ही श्रुति के दिमाग से उतर जाये...

''अच्छा ख्याल है।''

''तय नहीं है कि कम्पटीशन में निकल ही जाऊँगी, इसलिए पीएच.डी. का रास्ता भी खुला रहना होगा। इस बीच आनंद भी कोई दूसरा जॉब ढूँढ़ लेगा। सोशियोलौजी में एम.ए. है ही... उस लाइन में। डान्स हौबी के रूप में रख सकता है। वह चाहेगा तो नये जॉब के बाद डान्स के लिए ईवनिंग क्लासेज खोल सकता है। पापा इस योजना से सहमत थे।''

जनार्दन बाबू थोड़ा अचम्भित थे। ये आधुनिक लड़कियाँ बाहर से खिलंदड़ी, लेकिन अन्दर से इतनी गम्भीर। अपने जीवन के बारे में कितनी साफ सोच और उसके लिए रास्ता भी निकाल लेती हैं। श्रुति ने आनंद, पिता और अपना... तीनों के मन का रास्ता निकाल लिया। पहले उसने पिता का घर छोड़कर दबाव बनाया, सख्त सा संदेश दिया कि अपने जीवन के बारे में फैसला वह खुद करेगी... फिर आनंद को भी पिता की मर्जी की तरफ़ थोड़ा झुकने को तैयार कर लिया... डान्स टीचरी छोड़ देने से ही पिता को तसल्ली हो जायेगी। आगे भी उनका सहयोग उसे और आनंद को मिलता रहेगा। खुले दिमाग़ से उसने 'लिव-इन' के बारे में भी जनार्दन बाबू की राय के आलोक में सोचा होगा... एक साथ तीन पुरुषों के मन का कर दिया और आनंद से ही विवाह करने की अपनी राह भी पकड़े रही...

बड़ी होश्यार है यह लड़की तो।

''लम्बी योजना है।''

"तो हम दोनों कौन बूढ़े हुए जा रहे हैं, कल ही। एक दूसरे को जीवनसाथी के रूप में पाने के लिए संघर्ष तो करना होगा। इस बीच आनंद और मेरे मिलने-जुलने में कोई रोक-टोक नहीं होगी। जैसे ही आनंद को नया जॉब मिला, हम शादी कर लेंगे। मेरा कैरियर इन्तज़ार कर सकता है।"

"आनंद अपनी मौजूदा सर्विस अभी छोड़ रहा है?"

"नहीं, नया जॉब पाने के बाद ही।"

जनार्दन बाबू को यहाँ श्रुति के पिता की चाल दिखाई दी। व्यापारी है... जानता है, नई नौकरी पाना इतना आसान नहीं।

"तुमने तो अपनी सारी समस्याएँ सुलझा लीं। बधाई।"

"नहीं सर! मुझे तो लगता है कि मैं वहीं खड़ी हूँ जहां थी। आगे के लिए जो सोच रही हूँ वे मेरे ख्याली पुलाव भी साबित हो सकते हैं। मैं अपने पिता को जानती हूँ... वे बहुत जिद्दी हैं।"

"मतलब?"

"वे आपके पास फिर आयेंगे।"

"ऐं...? अब किसलिए?"

"अपना पुराना राग अलापने... और क्या! मैं आपसे एक छोटा-सा फेवर चाहती हूँ। आप उनसे न मिलें, किसी बहाने टाल दें।"

जनार्दन बाबू चिन्ता में पड़ गये। फौरन कुछ कहते न बना। उधर श्रुति भी चुप... जनार्दन बाबू की तरफ़ देखे जा रही थी। दोतर्फा चुप्पी जब बोझित होने लगी तो जनार्दन बाबू ने ही साफ किया...

"देखो भाई! हम नेता लोग हैं, सबसे मिलने, सबको सुनने की आदत सालों से है... तो वो मिलने आयें और मैं न मिलूँ... यह मुझसे न हो सकेगा... लेकिन साथ ही यह भी आदत है कि हम किसी के घरेलू मामलों में दखल नहीं देते, अपने ही घरेलू मसलों की उपेक्षा करते रहते हैं, सार्वजनिक पर ही ध्यान रहता है। देखो तो अभी तक मैंने तुम्हारे मसले में भी दखल नहीं दिया।"

"लेकिन वे चाहेंगे।"

"उनके चाहने से क्या होता है। हमारी आदत तो सालों से बन गयी, वह अड़ियल बैल की तरह खड़ी रहती है। अगर कभी मुझसे भूल हो भी जाये तो उसे दरकिनार करने का अधिकार हमेशा तुम्हारा है।"

"मुझे तो गाइड करते रहेंगे।"

"ज़रूर... लेकिन सलाह और दखल की सीमा-रेखा बहुत पतली होती है...

एक हितैषी के नाते तुम्हें सलाह देता ही रहता हूँ, तुम्हीं को करना चाहिए... जो भी, और वह तुम कर भी रही हो, पर, मान्यता मेरी यही है कि अपने बारे में तुम लोग बेहतर फैसले ले सकते हो... हम लोग तो कितने पूर्वग्रहों से ग्रसित रहते हैं... तुम्हारे यहाँ वह झंझट नहीं है। बाई द वे जो तुमने आनंद के नये जौब में जाने की बात तय की है, उसमें कोई समय-रेखा भी रखी है... क्योंकि हमारे यहाँ मन की नौकरी मिलना काफी मुश्किल काम है ?''

''मैं जानती हूँ। मैं भी तो अपने लिए कोशिश करती रहूँगी। मैं कहीं फिट हो गई तो वह भी ठीक...''

''आनंद अपनी मौजूदा नौकरी करते हुए, नयी नौकरी ढूँढ़ता रहेगा... कब तक ?''

''मेरी नौकरी पहले लग गई तो आनंद अपनी डान्स वाली यह नौकरी छोड़ देगा... हम शादी कर लेंगे, अलग रहने लगेंगे, आनंद डान्स का ईवनिंग क्लास खोल सकता है। सोशियालौजी की लाइन में अपने लिए ढूँढ़ता रहेगा। हम दोनों में से किसी की भी लगने पर यह नौकरी छोड़ देगा। इसके लिए वह तैयार है। पापा की खुशी के लिए हम इतना तो कर ही सकते हैं।''

जनार्दन बाबू श्रुति के साफ-सुथरे सोच पर चकित थे। उसी वक्त वे अपने भीतर भी झाँक रहे थे... अपने मामलों में वे कितने कन्फ्यूज्ड होते हैं। उनके मुकाबले ये बच्चे कितना कम जानते हैं लेकिन ज़िंदगी के बारे में कैसा सीधा-साफ सोच होता है— ये करना है... यह नहीं करना है... जबकि जनार्दन बाबू! क्या इसलिए कि वे ज़्यादा पढ़े-लिखे हैं, उनकी जानकारियाँ कहीं ज़्यादा हैं... या कि राजनीति में होने की वजह से है यह... हर समय, हर मसले पर कितने विकल्प सामने होते हैं, कितने रास्ते... किस तरफ़ जाना है, किस तरफ़ नहीं... यही पशोपेश चलता रहता है। फिर कुछ भी सोचने का वही तरीका बन जाता है... यह कि वह, इधर कि उधर... जो खिसकते-खिसकते हमें अपने विश्वासों-मूल्यों से भी दूर ले जाता है। श्रुति आनंद जैसे नौजवानों के अभी कोई मूल्य नहीं हैं... लेकिन साफ-सोच से चलते-चलते वे उन तक पहुँच सकते हैं, जबकि हम मूल्यों से शुरू करते हैं और भटक जाते हैं, भटकते रहते हैं।

''आपका बहुत समय लिया। इसी तरह आपसे मिलने आ सकती हूँ... जब कभी ?''

''जब तुम्हारे पिता को मिलने से मना नहीं कर सकता... तो तुम्हें कैसे कर सकता हूँ। यू आर आल्वेज़ वैलकम।''

"थैंक यू सर..."

श्रुति चली गयी। जनार्दन बाबू सोच रहे थे कि शुरू के दिनों अगर वे अपनी भावनाओं को कैद में नहीं रखते, तो आज श्रुति के जीवन में दूरसे ही सही जो हिस्सेदारी चल रही है, चल पाती क्या? क्षणिक सुख के लालच में, आवेश में आकर हम जो कर बैठते हैं... उससे ऐसे लम्बे सुख से स्वयं को वंचित कर लेते हैं।

एक सवाल यह भी उठ रहा था... कि हर समय राजनीति... राजनीति में सार्वजनिक... यही राग अलापते हुए क्या हम व्यक्ति-परक कोनों की ऐसी छोटी-छोटी खुशियों से दूर नहीं चले जाते... जो हमें मिल सकती हैं अगर हम व्यक्तियों के करीबी होते चलें।

18

नम्रता— जनार्दन बाबू की एकमात्र सन्तान— अपने दो बच्चों के साथ आई है। बड़ा कमरा— जो पहले जनार्दन बाबू का बैडरूम था— उसमें ठहरी है, उसे वह अपनी माँ का कमरा मानती है। जाहिरी तौर पर पिता के हालचाल लेने, उन्हें परिवार का अहसास दिलाने आयी है। बच्चों की छुट्टियाँ हैं, हफ्ता भर रहेगी।

जनार्दन बाबू नहीं चाहते कि इस दर्म्यान सुधा उनके यहाँ आये। इन दोनों का परिचय तो है... जब जनार्दन बाबू मंत्री थे और सुधा उनकी सलाहकार, तभी से, लेकिन उनके वानप्रस्थ में भी सुधा साथ है— यह नम्रता को कम से कम उन्होंने नहीं बताया था। फाउण्डेशन की स्थापना, उसमें सुधा, मोहन आदि की भागीदारी... ये दफ़्तरी मामले थे। उड़ी खबरें नम्रता तक पहुँची थीं, जिनकी पुष्टि यहाँ पहुँचकर रामू से हो गई। जनार्दन बाबू ने सुधा को फ़ोन पर नम्रता के आने की सूचना दे दी, अब वह आये, न आये... यह उसका फैसला। जहाँ तक सुधा यही सोचेगी कि इन दिनों जनार्दन बाबू पारिवारिक मामलों में व्यस्त रहेंगे। उसके आने के नियमित दिन या समय तो थे नहीं। आने, न आने, कब आने के फैसले वह खुद ही करती थी। नम्रता ज़रूर चाहती थी कि सुधा से मुलाकात हो जाये... जिससे कि खुद समझ ले— कहीं वह उसकी माँ की जगह लेने को तो नहीं बढ़ी चली आ रही। सुधा को वह बुलाये, इसके लिए जनार्दन बाबू को बोले... या उसका फ़ोन पता कर खुद उसे बुलाये... इसे जनार्दन बाबू अपने मामलों में अनावश्यक घुसपैठ मानेंगे। यह अधिकार उन्होंने कभी किसी को नहीं दिया... इसलिए नम्रता सिर्फ़ इन्तज़ार करती रही, रामू से ज़रूर पहले ही दिन चलते-चलते पूछ लिया था।

"मैडम का कुछ तय नहीं... कहिये तो लगातार दो दिन आ जायें, या हफ्तों न आयें। घर में जब काम लगा था तो उसे देखने हर दूसरे दिन आती थीं।" रामू ने बताया था।

नम्रता को यह बात अच्छी तो नहीं लगी थी, लेकिन उसने राहत भी महसूस की थी... कि रिनोवेशन के काम की देखरेख सुधा ने कर ली, वर्ना क्या पता उसे आकर धूल-धक्कड़ में खपना पड़ता। जनार्दन बाबू खुद देख लेंगे— यह उम्मीद उनसे कोई नहीं करता था।

बाप-बेटी में कितनी बातें होती रहीं... ट्रस्ट का ज़िक्र आता तो जनार्दन बाबू संक्षिप्त सी टिप्पणी कर बातों को दूसरी तरफ़ मोड़ देते।

नम्रता के लौटने को जब एक दिन रह गया तो विस्तार से बातें कर लेने के ख्याल से उसने जनार्दन बाबू को पकड़ ही लिया...

''बाबूजी! आपकी लाइफ 'हैक्टिक' रही है। आपकी सेहत के लिए अच्छा ही रहा कि राजनीति से आपको छुट्टी मिल गयी। अब आपको रिटायर्ड लाइफ जीना चाहिए...''

''तो और क्या कर रहा हूँ... चाहूँ, न चाहूँ।''

''नहीं, हर तरह से रिटायर्ड... रिलैक्स्ड। अब ये ट्रस्ट... उसके काम.... इनके भी तो तनाव होते होंगे।''

''होते हैं... लेकिन आप जब तक जीवित हैं तो कोई काम तो चाहिए और हर काम में थोड़े-बहुत तनाव होते ही हैं।''

''आप सिर्फ़ लिखिये-पढ़िये।''

''वह भी कर रहा हूँ। सिर्फ़ उसी में रहूँ तो लोगों से कोई सम्पर्क नहीं रह जाता। आप नकली दुनिया में रहने लगते हैं। मुझे लोगों से सम्पर्क बराबर चाहिए, सारी ज़िन्दगी उन्हीं के बीच रहा हूँ। सत्ता वाली राजनीति में भले अब न होऊँ, लोकसेवा में तो खुद को रख ही सकता हूँ।''

''माँ के जाने के बाद आपको अकेलापन लगता होगा... आप अब हमारे साथ रहिये... आपसे इन बच्चों को अच्छी चीज़ें सीखने को मिलेंगी।''

''तुम्हारे घर?'' जनार्दन बाबू हँसे- ''तुम्हारे घर में तो मेरी किताबें ही न आयेंगी। वहाँ मुझसे मिलने कौन आयेगा?''

''आपके कमरे के अलावा किताबों को हम ड्राइंग-रूम, पूरे घर में लगा देंगे। मिलने वाले... तो आपको पूरा देश जानता है... वहाँ भी मिलने वाले आयेंगे।''

''यहाँ पार्टी का हैडक्वार्टर है, सरकार है। यहाँ रहकर हम देश में किये जा रहे बदलावों पर नज़र रख सकते हैं, उन पर बहस कर सकते हैं.. इस तरह अपने विचार बनाते हैं। तुम्हारे यहाँ क्या... बीमार की तरह एक कमरे में पड़ा रहूँगा। यह राजधानी है... तो कितने कार्यक्रमों में मुझे अब भी बुलाया जाता है... मैं अपने

विचार लोगों तक पहुँचा सकता हूँ। तुम्हारे यहाँ रहने लगूँ... तो तुम्हारी, तुम्हारे परिवार की ज़िन्दगी में अनावश्यक दखल देते रहने के अलावा क्या करूँगा।''

''दखल नहीं, हमारे ऊपर एक साया रहेगा।''

''हमारी संस्कृति में बेटी के यहाँ नहीं रहा जाता।''

''बाहर यह कहियेगा भी नहीं, वर्ना लोग कहेंगे जनार्दन बाबू पुरातन-पंथी हैं, लड़का-लड़की में फ़र्क़ करते हैं... लड़की को कम आंकते हैं। आप अस्सी पार हो गये, अब आपको आराम की, हमारी देखरेख की ज़रूरत है। इस उम्र में हर कोई अपने बच्चों का सहारा लेता है। यह हमारी संस्कृति नहीं है क्या?''

''है, लेकिन अब हालात बदल गये हैं। बच्चे माँ-बाप को घर से निकालने लगे हैं।'' जनार्दन बाबू हँसे।

''कम ऑन बाबूजी! हम अशिक्षित लोग नहीं हैं। आप हमारे यहाँ रहिये न।''

''और इस घर का क्या करूँ?''

''यह भी रहे... जब-कब आते रहिये, लेकिन मुस्तकिल तौर पर हमारे साथ।''

''यह तुम कह रही हो... तुम्हारे पति की सहमति हो— ज़रूरी नहीं।''

''जब कहिये... उनको भी आपके सामने खड़ा कर दूँगी। आपको विश्वास हो जायेगा कि हमारी यह हार्दिक अच्छा है। हम दोनों एक ही ख्याल के हैं।''

''मुझे खुशी है कि तुम दोनों में हमख्याली है... लेकिन एक छोटे कंकड़ से ही थमे तालाब में लहरियाँ उठने लगती हैं। किसी बाहरी के घर में आने से असुविधा तो आती ही है... जो बढ़ती चली जाती है, क्योंकि अब इस उम्र में मैं तो आगे लचीला होने से रहा... और अड़ियल ही होता चला जाऊँगा।''

''तो... ? अपने पिता का अड़ियल-पन भी प्रेम पैदा करता है!''

''ओ.के... ओ.के... तुम्हारे यहाँ रहूँगा... शरीर से असमर्थ होने लगूँगा... तब, अभी नहीं। जब तक आदमी का शरीर चलता है, उसे पराश्रित नहीं होना चाहिए... फिर मुझे तो सरकार की तरफ़ से कितनी सुविधाएँ हैं। सांसद वाली पेंशन है, अब उन्होंने यह घर भी हमेशा के लिए कर दिया है। पीछे के सर्वेन्ट्स क्वार्टर में रामू और घनश्याम के परिवार हैं। ट्रस्ट के काम में दफ़्तर के मेरे पुराने सहयोगी मदद कर देते हैं...''

नम्रता को सुई-सी गड़ी। सुधा से जब आखिरी बार मिली थी... तब भी वह सुन्दर थी... अब भी होगी। दफ़्तरों में काम करने वालियों को खुद को सुन्दर बनाये रखने की कला आती है। कहीं बाबूजी... ? माँ से उनका रिश्ता प्रेम का तो कभी

नहीं रहा— यह माँ की नम्रता से जब-तब हुई बातचीत से जाहिर हो जाता था... लेकिन तब सब कुछ राजनेता की व्यस्तता से ढक जाता था। सुधा जब जनार्दन बाबू के दफ़्तर में आई तब माँ जीवित थीं, उसके बारे में ज़रूर सुनती होंगी... मिली भी होंगी कभी-न-कभी, यह भी जानती रही होंगी कि बाबूजी हर नये मंत्रालय में सुधा को ले जाते हैं... लेकिन माँ के मुँह से सुधा को लेकर उल्टा-सीधा कभी-कुछ सुना नहीं। शायद वे अपने पति की प्रतिष्ठा में अपनी तरफ़ से कोई आँच नहीं आने देना चाहती थीं, भारतीय स्त्रियाँ यह करती हैं।

माँ नहीं है तो अब नम्रता को यह करना होगा... दफ़्तर की बात और थी, वहाँ हर समय कितने लोग होते थे, काम करने वालों में लड़कियाँ भी होती थीं... लेकिन यहाँ, घर के एकान्त में? घर के नौकर ही क्या-क्या सोचते होंगे, इनसे बातें बाहर जाती होंगी। लोग सामने आकर भले कुछ न कहें, कानाफूसी तो चलती ही होगी। कल के दिन सुधा यहाँ... इस घर में आकर रहने लगती है, या किसी रात को ही रुक जाती है... तो क्या होगा बाबूजी की प्रतिष्ठा का... वह जो उनकी जीवनभर की कमाई है।

बाबूजी से कैसे कहे... ट्रस्ट का काम वे बन्द नहीं करेंगे, कर भी दें तो किसी दूसरे बहाने सुधा घर में घुस आयेगी। बाबूजी जब तक न चाहें, उसे रोका नहीं जा सकता। बाबूजी जो नम्रता के यहाँ रहने की बात को कच्च से काट देते हैं, कहीं सुधा के कारण ही तो नहीं...

''आप हमारे यहाँ कुछ दिन तो रहकर देखिये, प्रोग्राम बनाइये।''

नम्रता ने सोचा कुछ दिन वहाँ रहेंगे बाबूजी, तो उन्हें वहाँ हमेशा रहने के लिए भी तैयार किया जा सकता है।

''बनाऊँगा... जल्दी बनाऊँगा, जैसे ही यहाँ के कामों से थोड़ा फुर्सत मिली।''

कहते हुए जनार्दन बाबू उठ गये। नम्रता अधजली-सी पीछे छूट गयी... काम-काम... कौन से काम, नम्रता को तो एक भी नहीं दिखा!

''जो भी करें... सोच-समझकर। पद हो, न हो, आपकी प्रतिष्ठा तो है। हमें उसे बचाये रखना है।''

पीछे से उसने कह दिया, थोड़ा ज़ोर से... कि जनार्दन बाबू को सुनना ही पड़े।

बेटी के इस वाक्य ने आड़ोलन भर दिया जनार्दन बाबू के मन में। भीतर विरोध की ऊँची-ऊँची लहरें उठने लगीं... तो नम्रता की चिन्ता उनकी सेहत, उनकी प्रसन्नता की नहीं, कमबख्त प्रतिष्ठा की है।

क्या होती है यह प्रतिष्ठा... उनकी प्रतिष्ठा क्या है, कहाँ है... होती तो क्या

उन्हें इस तरह बाहर फेंक दिया जाता? दे दिया एक मकान... पड़े रहो यहाँ जीवन पर्यन्त, पगुराते हुए। 'हाउस-अरैस्ट' भी तो ऐसी ही होती है, फ़र्क़ सिर्फ़ यह है कि यहाँ जनार्दन बाबू की बाहरी सहमति है... और क्या! सरकार भले ही कुछ न कहे, घर देने के पीछे दबा-दबा आदेश है— आप मुँह बन्द रखेंगे। घर में भी आप कैसे रहें... समाज यह नम्रता के माध्यम से तय कर देता है... प्रतिष्ठा!

क्या है यह प्रतिष्ठा? क्या कभी-कभार कहीं आमंत्रित कर लिया जाना... बस? जीवन... बचे हुए वर्षों को कैसे जीना है— इसका कोई ख्याल नहीं? समाज कुछ नहीं दे रहा तो जनार्दन बाबू भी जो खुद को दे सकते हैं, उससे परहेज करें— जीना, जैसा वे चाहते हैं, उससे। जीना... सुधा कहती है— जो करने से मन को तृप्ति मिलती है वह करना। जो नम्रता और बाहर का समाज चाहता है, वह है— सभ्य-सभ्य जीवन... स्थिर, हिलना-डुलना भी नहीं!

19

मैमौयर्स के विमोचन पर उस बुजुर्गवर श्रोता ने ईमानदारी वाली आपत्ति के आगे एक और बात उठायी थी... कि जनार्दन बाबू को दूसरी विचारधाराओं के लिए दरवाज़े बन्द नहीं कर लेना था। कितने ऐसे विन्दु हैं जिनकी तह में जाने के लिए दूसरी पार्टियों के विचारों के लिए खिड़की खुली होना चाहिए। आखिर वे लोग भी देश के हित में ही सोचते हैं। अलग-अलग विचारधाराओं वाले, अलग-अलग पार्टियों के लोग एक दूसरे के लिए अछूत नहीं है— यह हम मानते हैं, सामाजिक स्तर पर एक दूसरे से मिलते भी रहते हैं, लेकिन चिन्तन के स्तर पर अस्पृश्यता बनी ही रहती है... जबकि विचार तो निरन्तर चलने वाली प्रक्रिया है, वहाँ किसी दूसरे विचार का सतत् और पूर्णतः विरोधी कैसे हुआ जा सकता है!

तो जैसे ही एक मार्क्सवादी पार्टी द्वारा आयोजित वैचारिक संगोष्ठी में जाने का निमंत्रण जनार्दन बाबू को मिला, उनका मन वहाँ जाने का हो आया। ऐसे निमंत्रण उन्हें पहले भी मिलते रहे हैं क्योंकि उनकी छवि एक चिन्तनशील राजनेता की थी। वे ही कभी ऐसे कार्यक्रमों में नहीं गये क्योंकि अपनी पार्टी के केन्द्रीय नेताओं में से एक थे। उनकी पार्टी को यह मान्य नहीं होता, नीचे के कार्यकर्ताओं में गलत सन्देश जाता। आज भी पार्टी की केन्द्रीय शक्तियाँ वही सोचेंगी... लेकिन तब जनार्दन बाबू पार्टी में सक्रिय थे... जो आज वे नहीं हैं।

उनकी पार्टी पसन्द तो नहीं ही करेगी। यही कहा जायेगा कि जनार्दन बाबू का फ्रस्टेशन है यह... और क्या! वे पार्टी से निकाले नहीं जायेंगे... इस हो-हल्ला में पार्टी नहीं उतरेगी। निकाल भी दें तो यह पार्टी का मसला है, उससे तो पार्टी की ही छवि धूमिल होगी! जहाँ तक वे जनार्दन बाबू के इस कदम की उपेक्षा करेंगे... जो वे कर ही रहे हैं।

जनार्दन बाबू को पीछे का नहीं, आज का भी नहीं, आगे का सोचना है, स्वतंत्र

चिन्तन की ओर अग्रसर होना है, अपनी पार्टी की विचारधारा में ही कैद नहीं बैठे रहना है। उन्होंने संगोष्ठी में पहुँचने की स्वीकृति दे दी।

उधर आयोजक पार्टी के यहाँ भी छुआछत्त का मसला था। जनार्दन बाबू उस पार्टी के नेता जिसे वे अछूत मानते हैं— उन्हें अपने आयोजन में कैसे आने दें। तब सवाल उठा कि उन्हें निमंत्रित ही क्यों किया गया। निमंत्रण पत्र तो हमेशा की तरह इस उम्मीद से चला गया था कि यह तो मात्र औपचारिकता है— विरोधी पार्टियों के कुछ चुनिन्दा नेताओं को भेजते ही हैं। यह मानकर चला जाता था कि वे लोग नहीं आयेंगे और वे आते भी नहीं थे। इससे अपनी पार्टी की छवि बढ़ती ही थी। जनार्दन बाबू आ रहे हैं... थोड़ी हलचल तो हुई लेकिन आयोजकों ने खुद को समझा लिया कि मौजूदा सभी पार्टियों के बरअक्स उनकी पार्टी बौद्धिकों की पार्टी है, उनके यहाँ चिन्तक/विचारक ज़्यादा हैं, वे संवाद के पक्षधर हैं!

जनार्दन बाबू को उनके कद के हिसाब से मंचासीन किया गया, वक्ताओं में भी रखा गया।

जनार्दन बाबू ने कहा— बेशक, आम आदमी की बुनियादी ज़रूरतें— गरीबी, रोजगार, स्वास्थ्य, शिक्षा आदि इन्हें प्राथमिकता मिलना ही चाहिए, सरकार किसी की हो। आज देश में जो सरकार है या कि प्रान्तों में दूसरी पार्टियों की जो सरकारें हैं... उनकी कार्यशैली में यह नहीं दिखाई देता... कोई ठोस कदम, कोई दूरगामी योजना नहीं दिखती... खातों में मुफ्त पैसा पहुँचाना, रेवड़ियाँ बाँटना लोगों को और निकम्मा बनाती हैं! हमारी यह कमी है, लेकिन हमें यह भी सोचना है कि जिन देशों में मार्क्सवादी विचारधारा वाली सरकारें बनीं, वहाँ पीछे से तानाशाही क्यों चली आयी। आप रोटी तो देते हो, लेकिन मुँह बन्द कर देते हो। यह व्यक्ति की गरिमा का निरादर है। भौतिक ज़रूरतों को पूरा करने के साथ-साथ हम अभिव्यक्ति की स्वतंत्रता बर्करार क्यों नहीं रख पाते। हर देशवासी को रोटी, कपड़ा, मकान, रोजगार मिले... लेकिन उसे बोलने की, अपनी सरकार की आलोचना करने की भी आज़ादी हो— हमें ऐसा मौडल विकसित करना चाहिए...

जनार्दन बाबू का यह कहना बहुतों के गले के नीचे नहीं उतरा, जबकि आयोजकों की पार्टी रेडीकल पार्टी थी!

जनार्दन बाबू ने आगे कहा— कितने देशों ने स्वतंत्रता के लिए संघर्ष अपने-अपने ढंग से किया जिसके बाद समय हमें यहाँ तक लाया है... लेकिन आज भी हम हर जगह अपने मत को मनवाने के प्रति इतने दुराग्रही होते हैं कि तानाशाही

की तरफ़ जाते दिखते हैं, मौका मिलते ही तानाशाह हो भी जाते हैं... चाहे धर्म का मामला हो, सामाजिक विचार का या राजनैतिक विचारधारा का। आज कितने देशों के शासक दिखाने को चाहे जो शासन-प्रणाली अपनाये हों... वे तानाशाह हैं, या तानशाही को उन्मुख हैं। तानाशाही का क्या हश्र होता है... समय हमें दिखा चुका, फिर भी हम इतिहास से कुछ नहीं सीखते।

अन्त में उन्होंने कहा कि यह संगोष्ठी अच्छी शुरूआत है। अलग-अलग विचारधाराओं के नेताओं को कभी-कभी इस तरह मिल-बैठकर मुक्त चिन्तन करना चाहिए।

जनार्दन बाबू विरोधी पार्टी के आयोजन में गये, विपक्षी नेताओं के साथ मंच पर बैठे... इसे लेकर उनकी पार्टी में सुगबुगाहट हुई, बाहर फैली। वे वहाँ क्या बोले... इस पर किसी ने ध्यान नहीं दिया। वे इसी बात पर ठहरे रहे कि जनार्दन बाबू गये ही क्यों! वहाँ जाकर उन्होंने उस पार्टी, उसकी विचारधारा को आदर दिया, अपनी पार्टी से वह बेहतर है... यह मान्यता दी। दबी-दबी यह चर्चा भी हुई कि जनार्दन बाबू अपनी पार्टी से पूरी तरह निराश हो चुके हैं तो उस पार्टी में शामिल होने की भूमिका बना रहे हैं। अगर उनके जैसा कोई पुराना नेता दल बदलता है तो अपनी पार्टी का अपमान तो होगा, सरकार के स्तर पर कोई फ़र्क भले ही न पड़े। उनके पीछे या साथ सौएक पार्टी-सदस्य भी जा सकते हैं!

टटोलने के लिए दूत दौड़ाये गये... जिन्होंने प्रमोद को पकड़ा। वह जनार्दन बाबू के यहाँ ज़्यादा आता-जाता है, उनका मुँहलगा है।

''मुझे पता होता कि आप उस संगोष्ठी में जाने वाले हैं तो मैं भी पहुँचता। शहर से बाहर था, पहले से पता होता तो बाहर जाने का कार्यक्रम आगे बढ़ा देता। कैसा रहा? उन्हें अध्यक्षता आपसे ही कराना थी, आपसे वरिष्ठ तो कोई था नहीं।'' प्रमोद आते ही बोला।

''उन्होंने मुझे बहुत आदर दिया, वरीयता तो अपने नेताओं को ही देंगे। दूसरे देशों के मंत्री जब किसी सम्मेलन में अपने यहाँ आते हैं, तब नहीं हमारा ही मंत्री अध्यक्षता करता है। कौन पहले, कौन बाद में बोलता है... मेरे ख्याल में यह सब था भी नहीं। मैं तो सुनने ही गया था लेकिन उन्होंने मंच पर बिठा दिया, बोलने को कहा तो मैंने अपनी बात रख दी। मंच कोई हो, बात मैं अपनी ही रखता हूँ। अपने देश में ऐसे आयोजनों की परम्परा बनना चाहिए जहाँ विरोधी पार्टियों के नेता अपने दरबों से बाहर निकलें, ऐसे साझा मंच पर अपनी बात रखें, जहाँ विरोधी पार्टियाँ विशुद्ध वैचारिक मंथन करें। हम अपने तंग दायरों से बाहर ही नहीं आते।''

''आपके जाने से क्या परम्परा बन जायेगी?''

''शुरूआत किसी को तो करना होगी। मैं जानता था मेरे वहाँ जाने को हमारी पार्टी में अच्छी नज़रों से तो नहीं देखा जायेगा।''

''हलचल तो है... कुछ लोग तो यह भी कयास लगा रहे हैं कि आप वह पार्टी ज्वाइन करने जा रहे हैं।''

जनार्दन बाबू मुस्कुराकर रह गये। ज़्यादा लोग किसी पार्टी के सदस्य अपने फायदे का सोचकर ही होते हैं। यहाँ फायदा नहीं तो उधर को चले, विचारधारा की समझ, उसमें विश्वास दूर-दूर तक नहीं। वे दूसरों के बारे में भी वे यही सोचते हैं।

''कुछ विचारों से सहमत होने भर से बात नहीं बनती। वह तो हमेशा होता है... हम किसी की दो-चार बातों की कद्र करते हैं, बाकी की आलोचना करते हैं। सहमति-असहमति से भी आगे बात आस्था की होती है। विचारों में आस्था हो जाये तो एक पार्टी छोड़कर दूसरे में जाने से भी क्या गुरेज हो सकता है!''

''पार्टी में अपनी सीनियरटी का भी सोचा जाना चाहिए, अपनी उम्र का भी।''

''वह सोचते हैं... जब हम कुछ पाने के लिए यहाँ से वहाँ जाते हैं। जहाँ सिर्फ़ विश्वास-आस्था... उसके अनुसार काम करने की बात हो... वहाँ यह सब नहीं सोचा जाता। मुश्किल यह है कि राजनैतिक तबके में आज उस स्तर के लोग कम हैं जो मोटी-सी यह बात भी समझ सकें। वैसे इस आयोजन में जाने से एक सन्तोष तो मुझे मिला... ज़्यादातर लोग विशुद्ध वैचारिक स्तर पर थे।''

''जिसे आप विश्वास-आस्था कहते हैं... वह जागी क्या किसी के लिए?''

''एक दिन में नहीं हो जाता यह। बौद्धिक स्तर पर चिन्तन-मनन चलता रहता है... आस्था, विश्वास बहुत बाद में आते हैं... अगर आये तो।''

''आपको अब भी अपनी पार्टी की विचारधारा में विश्वास है?''

''तो क्या वह सिर्फ़ इसलिए नहीं रहेगा... कि मौजूदा समय मुझे कुछ दिया नहीं गया या कि मैंने दूसरी विचारधारा की कुछ बातों की तारीफ़ कर दी? विश्वास न हो तो कौन रोकता है मुझे पार्टी छोड़ देने से। मैं तो फिलवक्त अपने लिए वे काम ढूँढ़ रहा हूँ जो मुझे इस मुकाम पर अपने विश्वासों के तहत करना चाहिए... तब जब मुझे सरकार और पार्टी के कामों से अवकाश मिला हुआ है।''

''वहाँ उनकी पार्टी के बाहर के सिर्फ़ आप थे?''

''अच्छा होता अगर दूसरी पार्टियों के भी होते... लेकिन संगोष्ठी का आयोजक तो मैं नहीं था भाई! क्या पता उन्होंने बुलाये भी हों और दूसरी तरफ़ से नहीं आये। शायद आगामी आयोजनों में आयें... मैंने अपने वक्तव्य में उन्हें सलाह तो दी है।''

प्रमोद जनार्दन बाबू को पूरी तरह नहीं समझ पाता... क्या है यह व्यक्ति... पार्टी ने एक किनारे कर दिया, लेकिन उसने पार्टी में अपने विश्वास को नहीं छोड़ा। ऐसे में जो दूसरे राजनेता करते हैं... घर में ही बैठ अपने लोगों के साथ सलाह-मश्विरा कर अपनी पुरानी हैसियत पाने के लिए कोई जोड़-जुगत बैठाता! चुनाव के पहले भी उसने नहीं किया, जबकि उसे यह इल्म था कि हाईकमाण्ड उसे टिकट न देने को सोच रहा है। बाहर जो उसे लेकर होने वाला है, उसे वह होने देता है... उसके बाद अकेला चलता है... सिर्फ़ अपने विश्वासों के सहारे। इस क्रम में वह और बड़ा होता जाता है, प्रमोद का और आदरणीय।

20

सुधा, एक कुशल सलाहकार की तरह गोद लिये गाँव के लिए कई योजनाएँ बनाकर लायी थी... जिन्हें अपने कमरे में बैठकर तरतीब दे रही थी... कि जनार्दन बाबू बगल के कमरे में आयें तो वह उनके साथ एक-एक आइटम पर चर्चा करे। उधर जनार्दन बाबू अन्दर अपने कमरे में उसका इन्तज़ार कर रहे थे... वहाँ सुधा के साथ अनौपचारिक माहौल में बैठना उन्हें ज़्यादा प्रीतिकर लगता था। सुधा अपने बाहरी कमरे में ही बैठी रही... तो उन्होंने फ़ोन पर उसे अन्दर ही आने को कह दिया। सुधा काग़ज़ सँभालती हुई पहुँची, दस्तक देकर कमरे में दाखिल हुई।

''बहुत फ़ॉर्मल हो रही हो...''

''गाँव में हमारा ट्रस्ट कौन-सी तब्दीलियाँ लाये, कौन-कौन नये काम करे... इस बारे में मैं सोचती रही, कुछ विशेषज्ञों से भी बात की, उसी सबको तरतीब दे रही थी। कुछ नये प्रस्ताव तैयार किये हैं... आप जो एप्रूव करें...''

वह अपनी कुर्सी पर बैठ गयी, और सामने की छोटी कॉफ़ी मेज़ को अपनी तरफ़ खिसका लिया। जनार्दन बाबू सामने अपनी आरामकुर्सी पर थे, थोड़ा अनमने... सुधा इतने दिनों बाद आयी और काग़ज़-पत्तर लेकर बैठ गयी!

सुधा ने बताना शुरू किया—

''गाँव की सबसे बड़ी ज़रूरत स्वास्थ्य से सम्बन्धित है! छोटी-मोटी बीमारियाँ, सर्दी-खाँसी, जुखाम-बुखार... बुढ़ापे की बीमारियाँ... इनके लिए गाँव वालों को बाहर न जाना पड़े... इसके लिए डॉक्टर वाली योजना कामयाब नहीं हुई तो जैसा आपने इशारा किया था कि वहाँ आयुर्वेदिक पद्धति का इलाज उपलब्ध कराया जा सकता है। इन दवाओं के कोई कुप्रभाव नहीं होते। ग़लत दवा भी दे दी गयी तो नुकसान नहीं होगा। शहर में आयुर्वेदिक दवाओं की दुकान का कोई साधारण कर्मचारी भी रोगियों को ये दवाएँ दे सकता है। ऐसा व्यक्ति आसानी से मिल जायेगा, जो हफ्ते में दो दिन गाँव जायेगा, ट्रस्ट की तरफ़ से उसे तनख्वाह दी जायेगी।''

"तनख्वाह और काम देने का प्रस्ताव अच्छा है... लेकिन दुकान का कर्मचारी क्यों! थोड़ा तनख्वाह बढ़ाकर प्रशिक्षित आयुर्वेद डॉक्टर क्यों नहीं। डॉक्टर नाम से ही रोगी में विश्वास उपजता है। कितने आयुर्वेद कॉलेज खुल गये हैं, आयुर्वेद कॉलेज से निकले लड़के को रखो, उसे तनख्वाह दो... नौकरी पाकर वह खुश होगा। दवाइयों का प्रबन्ध कैसे करोगी?"

"उसके लिए हम गाँव का एक कमरा किराये पर लेंगे, वहाँ अपना स्टाक रखेंगे... मैं खुद समय-समय पर जाकर इश्यू करूँगी, उसका हिसाब रखूँगी।"

"तुम क्यों जाओगी?"— जनार्दन बाबू को सुधा का गाँव जाना पसन्द नहीं आता था— "यहाँ स्टॉक रखो, डॉक्टर को यहीं बुलाकर इश्यू करो। पीछे एक सर्वेन्ट क्वाटर खाली पड़ा ही है।"

"हमारा दूसरा फोकस ग्रामवासियों को जागरूक नागरिक बनाने पर होना चाहिए, जिससे वे अपने वोट का सही इस्तेमाल कर सकें।"

"अरे नहीं भाई... तुम उन लोगों को प्रशिक्षित नहीं कर सकतीं। इस मायने में उन्हें अपनी अक्ल पर बहुत भरोसा है, किसी को हवा तक नहीं लगने देते कि किसे वोट देंगे। मैं जानता हूँ... कितने चुनाव लड़े हैं। इसके लिए समय बर्बाद करने की ज़रूरत नहीं है। शिक्षा... बच्चों की, लड़कियों की... उस बारे में सोचो। गाँव के नवयुवकों को ऐसी वोकेशनल ट्रेनिंग, जो उन्हें वहीं गाँव में लगा दे। युवाओं को रोजगार देने की समस्या विकट है आजकल।"

"रोजगार की समस्या से तो सरकार के स्तर पर ही जूझा जा सकता है। ट्रस्ट तो इक्कों-दुक्कों को ही काम दे सकता है।"

"हमारा छोटा योगदान सही। वह दिशा तो दिखायेगा।"

"कोई चीज़... जो खेती में मदद करे, पैदावार बढ़ाये... गाँव वाले इस तरफ पहले लपकते हैं। खाद-बीज... तो हो जाते हैं, पानी, सिंचाई... इनके साधन सीमित हैं, क्योंकि ज़मीन में जलस्तर हर जगह नीचे जा रहा है... क्यों न हम चैकडैम..."

"वैरीगुड आइडिया। इस गाँव में एक छोटी पहाड़ी है, मैंने देखी थी। ऊपर से ही पानी छेंकने, उसे रोककर रखने का इन्तज़ाम कराओ... जैसा अन्ना हजारे ने अपने गाँव में किया था। इस काम में गाँव के नवयुवकों को लगाओ, श्रमदान नहीं... पैसे देकर... बेपढ़े-लिखे लड़कों से।"

"चौथी..."

"बस-बस... तुम बड़ी कल्पनाशील हो सुधा, दौड़ने लगती हो। अभी हम इन

दो चीज़ों पर ही फोकस करें... आयुर्वेदी डॉक्टर, आयुर्वेदी दवाईयाँ बाँटना... इससे गाँव वालों में ट्रस्ट के प्रति विश्वास बढ़ेगा, और दूसरा यह चैकडैम...''

''जिनके पक्के घर हैं... उन्हें 'वाटर हार्वेस्टिंग' के लिए भी प्रेरित कर सकते हैं... एक-एक घर जाकर...''

''तुम नहीं जाओगी''— जनार्दन बाबू के स्वर में थोड़ी सख्ती थी— ''एक लड़का मैनेजर टाइप रखो, उसे तनख्वाह दो... यहाँ तुमने स्टॉफ की इतनी तो बचत कर ली है। नहीं तो दवाईयों वाला काम देखने वाला वह लड़का-डॉक्टर, चैकडैम और वाटर हार्वेस्टिंग भी देख सकता है... उसे थोड़ा ज़्यादा तनख्वाह दो... तो वह रोज जाने लगे... जाने क्या लगे, वहीं रहे। मोहन को कहो, वह आयुर्वेद कॉलेज से पास किये किसी ऐसे लड़के को ढूँढ़ दे, गाँव की तरफ़ वाला, ऐसा जो वहीं रहे, इन कामों को देखे... गाँव के अशिक्षित लड़कों को 'चैकडैम' की वोकेशनल सीख भी दे और उनसे काम कराये। उन लड़कों को स्टाईपैंड दिया जाय।

सुधा की तैयारी और भी कई मुद्दों के लिए थी, लेकिन जनार्दन बाबू ने विराम लगा दिया था तो वह उठ गई, खिड़की का पर्दा उठा दिया तो सामने का भव्य दृश्य कमरे में घुस आया। सुधा मुग्ध... वहीं ठिठकी खड़ी रह गयी, सामने के दृश्य में डूबी। बाहर खिड़की के नीचे फूलों की क्यारी, फिर लाल मुरम की पगडण्डी... फिर हरी घास का फैलाव... उस पार ऐसा ही... रंग ही रंग। एकदम पीछे मँझौले दरख़्तों की कतार... हवा में झूमते पेड़ आम... नीम के... जैसे पूरे घर में पंखा-सा झलते थे...

''कितना खूबसूरत नज़ारा दिखता है यहाँ से...'' बाहर के दृश्य में खोये-खोये सुधा ने कहा।

जनार्दन बाबू भी उठकर पीछे से आ गये। सामने प्रकृति का वह दृश्य जो खिड़की खोलती थी... बगल में सुधा, जिसने वह खिड़की खोली। प्रकृति सुधा के रास्ते उनमें उतर रही थी।

''तुमने यह खिड़की मेरे लिए खोली, इसकी वजह से मेरा यह कमरा भी खिल उठा।''

''खिड़की तो पहले से ही थी।''

''हाँ, लेकिन मेरे ध्यान में यह कहीं नहीं थी, इसे जीवित किया तुमने। तुम्हें भले पता न हो... यह विचार कि यहाँ से यह दृश्य दिखेगा, मैं उसे देखा करूँगा, उससे मुझे शक्ति मिलेगी ये तुम्हारे सोचने से नहीं आये। इन्हें तुम्हारा मन लाया... जो तुम मेरे लिए महसूस करती हो वह। सुधा तुम मेरे लिए इतना करती हो और मैं तुम्हें कुछ नहीं दे पाता!''

''मुझे तो मिल जाता है। कितना कुछ...''

''जैसे...''

''जैसे... जैसे... यह स्वतंत्रता ही— कि मैं इस घर को वह रूप दे सकती हूँ जो मैं चाहती हूँ। मुझे यह घर अपना घर लगता है। यहाँ वह है जो मेरे उस घर में नहीं है... अपनत्व की सुगन्ध उठती है यहाँ की दीवारों से...''

''बस... यही...'' जनार्दन बाबू उचक गये, जैसे इस शब्द की तलाश उन्हें कब से थी! यह उन्हें सुधा से मिलना था? वह उन्हें अपनी पहचान देता था, उसकी भी जो उन दोनों के बीच था...

''हाँ अपनत्व ही। सुधा! प्रेम से भी बड़ी चीज़ है यह। प्रेम की आयु इतनी लम्बी नहीं होती। प्रेम का तो पता नहीं कितने दिन रहे, रहे न रहे... अपनत्व बराबर रहता है। यह नदी की वेगवती धारा नहीं, मद्धिम गति वाला स्थायी बहाव है। हमारे बीच यह पहले भी था, सालों... जब तुम मेरे साथ मंत्रालय में रहीं, हमेशा रहा, यहाँ तक चला आया— जहाँ तुम मंत्री की सलाहकार से चलकर मेरे जीवन की सलाहकार हो गयी हो...''

सुधा के चेहरे पर लाली बिखर गयी। गोरी वह थी ही... चेहरे से जैसे लाल किरणें फूट रही थीं। जनार्दन बाबू देखते रह गये...

सुधा उनके साथ कब से है... पहले कभी इतनी सुन्दर नहीं दिखी। किसी व्यक्ति के भीतर का प्रेम ही है जो उसे हमारे लिए सुन्दर बनाता है। गलत थे वे जो यह सोचते थे कि सुन्दरता प्रेम को उपजाती है। सुन्दरता... वह होती ही इसलिए है कि वहाँ प्रेम है। सुन्दर व्यक्ति में अगर प्रेम नहीं तो वह हमारे लिए साधारण ही है। सुधा कुशल गृहिणी की तरह घर का इन्तज़ाम इस तरह करती है जैसे यहाँ रहती हो... जनार्दन बाबू की सेहत का ख्याल रखती है, उनके एक-एक मनोभाव की पहचान है उसे। वह आती है तो घर रोशनी से भर जाता है।

दोनों कुछ देर... अपने-अपने में चुप, सामने के दृश्य में खोये खड़े रहे। जनार्दन बाबू का अवचेतन कुछ और भी बुनता हुआ चल रहा था... प्रेम स्थायित्व की माँग करता है— नयी आयु हो तो अपने साथी को पूरा पाने, विवाह आदि की तरफ दौड़ता है... और नहीं तो चौबीसों घंटे साथ रहने की चाहना ही... जैसी कि उनके मन में अब भी अक्सरान उठ बैठती है। उनके और सुधा के बीच जो है... उसे पहचानने की ज़रूरत है, उसे जीने के लिए जो शिक्षा, समझदारी, प्रौढ़ावस्था चाहिए... वह दोनों के पास है।

''सामने के ये पेड़... पेड़ ही क्यों, क्यारियों के पौधे, यह घास भी... सब

कितने स्वाभाविक रूप से अपने रास्ते चलते हैं। आम के पेड़ में आम ही आयेंगे, नीबू नहीं। नीम के पेड़ में वैसी ही पत्तियाँ आयेंगी; घास यों गुच्छे में ही फैलेगी। इन्हें कोई सिखाता नहीं, उनका यह स्वभाव है, प्रकृतिजन्य। वे अपने स्वभाव से ही चलते हैं, जबकि मनुष्य पग-पग पर अपने को निर्देशित करता चलता है... उसी में गड़बड़ा जाता है। हमें प्रकृति से सीखना चाहिए...

आओ बैठो, थोड़ा हम इस पर बात करते हैं।''

दोनों अपनी-अपनी जगह बैठ गये।

''मनुष्य भी पेड़-पौधों, पशु-पक्षी आदि की तरह प्रकृति द्वारा उत्पन्न एक प्राणी है। जब प्रकृति के यहाँ सब अपने स्वभाव के अनुसार चलते हैं, तो मनुष्य क्यों नहीं चलता... जबकि प्रकृति ने उसके अन्दर भी एक स्वभाव बिठाया होता है... हर व्यक्ति में थोड़ा फ़र्क-फ़र्क ज़रूर तो वैसा गौर से देखो तो आम के पेड़ भी एक दूसरे से थोड़ा अलग-अलग होते हैं। मनुष्य के यहाँ उसके बुनियादी स्वभाव को उसकी बुद्धि आच्छादित किये रहती है, ज़िन्दगी भर हम बुद्धि के इस कुहासे को छाँटते हुए अपना स्वभाव ढूँढ़ते रहते हैं, जैसे मैं अभी भी ढूँढ़ रहा हूँ।''

''मैं हमेशा कहती हूँ— हमें वह करना चाहिए जो हमारा मन कहता है, मन स्वभाव की तरफ़ से ही तो इशारा करता है।''

''हाँ, तुमने इस कमरे की नयी सजावट के बारे में भी कहा था कि उसे हमारे स्वभाव से मेल खाता हुआ होना चाहिए— मुझे याद है। लेकिन यह बुद्धि जो हमारे स्वभाव को आच्छादित किये रहती है, वह भी तो मनुष्य को प्रकृति ने ही दी है, उसे दरकिनार कैसे किया जा सकता है।''

''मुझे लगता है कि प्रकृति ने अपनी सृष्टि में मनुष्य को जब सर्वाधिक शक्तिशाली बनाया तो उस शक्ति को अनुशासित रखने के लिए उसे बुद्धि भी दी— एक तरह की लगाम... लेकिन मनुष्य उसका इस्तेमाल अक्सर गलत दिशाओं में करता है जो उसे विमार्ग की ओर ले जाता है।''

''यह भी तो किया जा सकता है कि इस लगाम के सहारे मनुष्य समय-समय पर अपने को समझता चले, चलते-चलते कहीं रुके भी, देखे कि वह किस रास्ते जा रहा है। लगाम से इशारा भी तो दिया जाता है— कहाँ मुड़ना है— दाएँ या बाएँ।''

''हाँ, लेकिन लक्ष्य— किधर जाना है वह स्वभाव के अनुकूल ही हो, उधर ही चलना... लगाम से हल्का इशारा ही— खुद को बिखरने से बचाने के लिए, अपने स्वभाव को संस्कारित करते चलना...''

जनार्दन बाबू चुप, पीछे-पीछे सुधा भी। उसे अपना कहा फौरन बड़बोलापन लगा... जनार्दन बाबू इतने वरिष्ठ, सोच-समझ की दृष्टि से इतने प्रौढ़, उससे कई बालिश्त ऊँचे... उनके आगे क्या बोल गई, उन्हें खराब भी लग सकता है!

जनार्दन बाबू उठकर फिर खिड़की पर पहुँच गये, बाहर के दृश्य में खुद को डाल दिया। कुछ क्षणों बाद सामने देखते हुए ही उनके मुँह से निकला, जैसे अपने लिए ही—

''आज भी मैं उतना ही कन्फ्यूज्ड हूँ जितना पहले था...''

अपने विचारों में खलल-बलल... वे सामने देखे जा रहे थे, चुप... लगातार चुप। पीछे सुधा अपनी कुर्सी पर सकुचायी, अपने में ही सिमटी बैठी थी। कुछ बोलना... जैसे उस वक्त खामोशी का जो वितान ऊपर तन आया था... उसे उसका, या कि जनार्दन बाबू का ही कुछ बोलना क्षतिग्रस्त कर देगा।

जनार्दन बाबू अब भी चुप... खिड़की के पार देखे जा रहे थे... क्या-क्या उग रहा होगा उनके अन्दर... एक से एक विचार... बड़े-बड़े विचार... उस ऊँचाई की कल्पना से ही सिहर उठी सुधा। उसे अजीब बौनेपन ने घेर लिया। थोड़ा भयभीत थी। वहाँ अपना होना, ठहरना ही असंगत लग रहा था...

अपने काग़ज़ समेट वह उठी और पीछे से ही निकल गयी... बेआवाज़।

जनार्दन बाबू की नज़रें खिड़की के बाहर ही टिकी थीं, मन हल्के दर्द में कलथ रहा था...

प्रकृति ने उन्हें किसलिए गढ़ा, किसलिए उन अनुभवों से गुजारा जिनसे वे गुजरे? राजनीति में ज़्यादा रखने के पीछे प्रकृति का आशय क्या था... क्या यह नहीं कि यही तुम्हारा कर्मक्षेत्र होगा? सत्ता राजनीति से जब मुक्त हुए तो क्या इस क्षेत्र में करणीय कुछ बचा ही नहीं था, क्या मंत्री-सांसद रहकर ही किया जा सकता है, जो कुछ भी?

वे स्वयं को अपने असली कर्मक्षेत्र से दूर करते चले गये, छोटे से सुविधाजनक घेरे में खुद को डाल दिया, उसी में धँसते गये... और धँसते चले जा रहे हैं। यह ट्रस्ट भी तो व्यक्तिगत ही हुआ— उनके लेख, उनके भाषण, उनके सपने, उनके ही विचार... अपनी ख्याति का संरक्षण!

देश में कुछ अच्छा तो नहीं हो रहा और जनार्दन बाबू अपने छोटे घेरे में दुबके बैठे हैं। प्रकृति ने जो उनमें अभी भी इतनी ऊर्जा, विचार-शक्ति छोड़ रखे हैं... किसलिए? क्या घर में इसी तरह बैठे हुए बीतते चले जाना...

सुधा को ट्रस्ट का चीफ़ एक्जीक्यूटिव बनाने लाये थे। वह अच्छे से सँभाल

भी रही है। उसे सौंपकर मुक्त हो जायें... उधर चलें जिधर के वे थे, हैं— राजनीति का क्षेत्र, वहीं उनका देय होगा जो होगा, उसे तलाशें। लेकिन पहले अपने विचार तो साफ हों...

जनार्दन बाबू मुड़े, बायीं तरफ़ लिखने वाली मेज़ की कुर्सी खिसका कर बैठ गये और लिखने लगे—

'प्रजातंत्र, संविधान, नागरिक, स्वतंत्रता... इन शब्दों को हमने ऊपर बिठा तो लिया लेकिन हमारे काम इनके उलट होते हैं, जिन्हें हम राजनीति कहकर सही ठहराते हैं। अगर ये सिर्फ़ शब्द भर नहीं हैं और इनके लिए हमारी श्रद्धा भी है तो क्या राजनीति का व्याकरण ही बदल गया? अगर प्रजातंत्र के माने दूसरे की सुनना है तो देखिए शोर ही शोर है, कोई किसी की नहीं सुन रहा— न टी.वी. की बहसों में, न संसद, विधानसभाओं में। हर जगह और ऊँची आवाज़ से विरोधी-आवाज़ को दबाने का चलन है। सरकारें न्यायपालिका की अनसुनी करती हैं... उनके फैसलों के खिलाफ़ आर्डीनेंस/एक्ट ले आती हैं। संसद में महत्त्वपूर्ण बिल भी बिना बहस के पास हो जाते हैं। अतिरिक्त वोट चाहिए तो विपक्षी पार्टियों के कुछ सदस्यों को फोड़ लिया। कोई पार्टी हो प्रान्तों में अपनी सरकार बनाने के लिए यह हथकंडा अपनाने में जरा भी नहीं हिचकती। कोई नहीं सोचता कि यह मतदाता के साथ कितना बड़ा विश्वासघात है, क्योंकि उसने उस व्यक्ति को चुना तो दूसरी विचारधारा के आधार पर था। विरोधी पार्टी को हर तरह से कमज़ोर करना सत्तासीन पार्टी को जायज राजनीति लगती है। विरोधी पार्टियाँ न होंगी तो प्रजातंत्र ही कहाँ रहेगा? कहाँ से आएँगे नये विचार। विरोधी पार्टियाँ, न्यायपालिका, मीडिया... इनकी परस्पर विरोधी आवाज़ों से एक तरह का सन्तुलन बना रहता है जिससे देश सही रास्ते पर चलता है। आज की राजनीति से हम उस सन्तुलन को बिगाड़ रहे हैं।

प्रजातंत्र माने कोई भी राजनीति में आ सकता है... लेकिन यह उतना आसान रह गया है क्या... क्योंकि हर पार्टी में एक अति-विशिष्ट जमात है... उसी के दिशा-निर्देश में सब होता है, उसकी छत्र-छाया में आये बिना आप कहीं नहीं पहुँच सकते। किसी तरह पहुँच भी गये तो आप भी विशिष्ट बनने की राह चल पड़ते हैं... तो जनता के लिए जनता का शासन कहाँ रहा फिर?

जनता चुनाव में हिस्सा लेती है कि शायद इस बार कुछ अच्छा निकल आये, उस विकल्प को चुनने की कोशिश करती है जिससे कुछ आशा दिखती है, जिससे निराश होती है उसे बाहर का रास्ता भी दिखा देती है... तो हमने जनता को ही ख़रीदने के रास्ते निकाल लिये। उसकी कमजोरियों को पकड़ो... वह धार्मिक है तो

धर्मान्धता को बढ़ाओ, गरीब है तो रेवड़ियाँ बाँटो— यह मुफ्त, वह मुफ्त। भविष्य के लिए बड़ी-बड़ी योजनाओं के सपने दिखाओ। हर पार्टी यह राह पकड़ लेती है। गरीब महिलाओं के लिए अनुदानों की घोषणाओं में होड़ लग जाती है... एक पार्टी कहती है... हम 1000 महीना देंगे तो दूसरी चिल्लाने लगती है हम 1200 देंगे। यह रिश्वतबाजी नहीं तो और क्या है! चुनावों में जनता के सामने परीक्षार्थी की तरह प्रस्तुत होने की बजाय हम पहले ही परीक्षक को खरीदने चल पड़ते हैं।

चुनाव पाँच सालों में एक बार सम्पन्न होने वाली प्रक्रिया है, जबकि प्रजातंत्र बनाये रखना एक बड़ी प्रौजैक्ट है जिसकी प्रक्रिया सतत् चलती रहना चाहिए। इसे चलाये रखने के लिए ही कुछ अफ़सरों, पुलिस आदि से निष्पक्ष रूप से अपना काम करते रहने की अपेक्षा की जाती है, लेकिन प्रान्तों में जिस पार्टी की सरकार हुई, वह उन्हें अपने पक्ष में ही काम करने के लिए करीब-करीब बाध्य कर देती हैं। सरकारी एजैन्सियाँ/संस्थान होते ही इसलिए हैं कि वे प्रजातांत्रिक मूल्यों की सुरक्षा करें... जैसे न्यायपालिका, निर्वाचन आयोग आदि। इन्हें खड़ा करने में वर्षों लगते हैं, लेकिन ढहाने में ज़्यादा समय नहीं लगता। प्रचण्ड बहुमत वाली सरकारें इन संस्थानों को अपनी पार्टी के लिए इस्तेमाल करने के लालच से बच नहीं पातीं। और उन्हें उनके असली कर्म— प्रजातांत्रिक मूल्यों की सुरक्षा करना— उससे उलट दिशा में ले जाती हैं। अगर हमें प्रजातांत्रिक मूल्यों को बचाये रखना है तो इन संस्थानों की स्वतंत्रता को बचाये रखना होगा। ये नहीं होंगे तो प्रजातांत्रिक मूल्यों की रक्षा कौन करेगा?

प्रजातंत्र माने सिर्फ़ चुनाव, चुनी हुई सरकार बना देना भर नहीं है। यह सरकार अपने कार्यकाल में क्या करती है... उससे तय होगा कि हमारे देश में प्रजातंत्र है या नहीं। क्या यह सरकार उन मूलभूत स्वतंत्रताओं की रक्षा कर रही है, जो प्रजातंत्र की जड़ हैं जैसे- (1) बोलने की स्वतंत्रता (2) अपने धर्म पर चलने की स्वतंत्रता (3) स्वायत्त संस्थानों, संवैधानिक शक्तियों को उनका काम करने की स्वतंत्रता (4) अपना ग़ैर सरकारी संगठन (राजनैतिक पार्टी भर नहीं) बनाने की स्वतंत्रता आदि। अगर नहीं करती तो वह सरकार जनता से चुनी हुई होकर भी उसी जनता के खिलाफ़ काम कर रही है।

प्रजातंत्र विरोधी कामों के फैलते इस जाल की नाल पर अगर उँगली रखना हो तो किस पर रखेंगे? विचार... जो हर चीज़ के उत्स हैं। और विचारों के लिए हमने दरवाज़े ही बन्द कर लिये। विपरीत विचारों का सम्मान करना तो दूर, हम उन्हें कुचलने दौड़ पड़ते हैं। जो हमारे स्वार्थ को नहीं साधता वह विचार हमें मान्य

नहीं। उसे हम हवा में ही न रहने देंगे क्योंकि हमें अपनी गद्दी बचाये रखना है, गद्दी पर बने रहकर ही हम देश में अपने विचारों को लागू कर सकेंगे (गोया गद्दी से उतरकर कुछ किया ही नहीं जा सकता)... और उन्हें ही देश में लागू होना चाहिए क्योंकि हमारे विचार ही सही विचार हैं!

विपरीत विचारों को आने नहीं देंगे, फिर तो देश में प्रजातंत्र सिर्फ़ काग़ज़ पर ही रह जायेगा। प्रजातंत्र नहीं रहा तो देश भी रह सकेगा क्या... हमारे विविधता वाले देश को प्रजातंत्र ही है जो सँभाले हुए है, प्रजातंत्र नहीं रहा तो भारत कई छोटे-छोटे देशों में नहीं बँट जायेगा?

जनार्दन बाबू सहम गये, कलम रुक गयी। बेचैन... उठकर वे फिर खिड़की पर पहुँच गये।

21

विचलित थे ही... कि उन्हीं दिनों अख़बार में पढ़ी दो घटनाओं ने जनार्दन बाबू को झकझोर दिया। अख़बार में पढ़ी दीगर घटनाओं के साथ जैसा होता है कि पन्ना पलटते ही वे जेहन से उतरने लगती हैं, अन्य घटनाएँ या लम्बे-चौड़े खाकों में रिपोर्ट की गई साधारण घटनाएँ ही पहले पढ़ी घटनाओं को दाब देती हैं... वैसा इन दो घटनाओं के साथ नहीं हुआ। वे जनार्दन बाबू के साथ चली आयीं, अब भी चल रही हैं, उनके अवचेतन से चिपकी हुई! जनार्दन बाबू ने किसी के साथ उनकी चर्चा नहीं की, याद करने की कोशिश भी नहीं करते, उल्टे उन्हें विस्मृति की तरफ़ ढकेलते रहते हैं... पर वे कभी भी मौके-बेमौके प्रकट होकर कुरेदनें पैदा करती हैं, उन्हें परे करने की मशक्कत करना पड़ती है। वे इनके प्रत्यक्षदर्शी नहीं थे, सिर्फ़ पढ़ी हुई हैं... किस अख़बार में, कौन-सी तारीख... यह भी नहीं याद जबकि उनकी रिपोर्टिंग/प्रतिक्रियाएँ दूसरे दिन भी चली थीं... फिर एकाएक बन्द हो गयीं।

घटनाएँ कब की हो चुकीं, लेकिन जैसे अभी... इसी वक्त घट रही हों... जनार्दन बाबू के ऐन सामने... एक पर एक तस्वीर तिरती चली आती है...

साधारण से स्कूल का एक क्लास-रूम। टीचर कुर्सी पर इत्मीनान से बैठी हुई है, सामने एक छोटी-सी मेज़। मेज़ पर बेत। एक लड़के को होमवर्क करके न लाने के लिए सजा दी जा रही है। लड़का टीचर के बगल में खड़ा है। कक्षा के दूसरे लड़के बारी-बारी से आते हैं, टीचर की मेज़ पर रखा बेंत उठाते हैं और टीचर के पास खड़े लड़के की पीठ या पौंद पर एक बेंत मारते हैं। बेंत लगते ही खड़ा लड़का कराहता है, कभी-कभी सिसकी के साथ सहन करने की कोशिश करता है। कक्षा में तीसेक लड़के हैं, एक-एक करके सब उस लड़के को बेंत मारेंगे— सजा देने की यह व्यवस्था इसी टीचर ने बिठायी है। कोई लड़का अगर धीरे से मारता है तो वह उसे डपटती है— 'खाना नहीं खाया क्या, जोर से मारो'... मारने वाला लड़का दोबारा ज़्यादा ही जोर से बेंत चलता है।

पिटने वाला लड़का मुस्लिम है।

होमवर्क करके न लाना... ऐसी क्या बड़ी खता हो गयी जिसके लिए ऐसी सजा दी जाये। सजा देनी ही थी तो टीचर खुद देती, लड़के को बुलाकर अपने बगल में मुर्गा बनाकर बिठा देती। आजकल बच्चों को पीटना मना है... तो लड़के को बुलाकर कान उमेठ देती... या चुपचाप एक बेंत मारकर उसे वापस अपनी जगह भेज देती। यह क्या कि क्लास के एक-एक लड़के से पिटवाना... 'और जोर से' कहकर कितनों से दो-दो बेंत लगवाना...

पिटते लड़के का मुँह सामने दीवार पर लगे ब्लैक बोर्ड की तरफ़ है, मासूम चेहरे पर दोनों आँखों से आँसुओं की धार बिना रुके बहती चली आ रही है। बेंत-मार की शारीरिक पीड़ा के साथ-साथ मानसिक पीड़ा... सहपाठियों द्वारा पीटा जाना... लड़का किसी तरह सँभलता है तब तक मारने के लिए अगला लड़का आ जाता है... सटाक... जैसे बेंत जनार्दन बाबू की पीठ पर पड़ता है!

टीचर हिन्दू है।

अख़बारों में सलाह दी गयी थी कि ऐसे टीचर को फौरन बर्खास्त कर दिया जाना चाहिए। कुछ नहीं हुआ।

हो सकता है कि टीचर स्कूल के मालिकों की शह पर यह कर रही हो, या उन्हें खुश करने के ख्याल से ही... स्कूल के मालिक कट्टर हिन्दू रहे होंगे। क्लास के लड़कों से इस तरह पिटवाने का यह नायाब तरीका टीचर के अपने दिमाग़ की भी उपज हो सकता है...

यह ज़्यादा भयावह है।

अख़बार में पढ़ी दूसरी घटना में भी ऐसा ही स्कूल... ऐसा ही क्लास-रूम। दीवार पर टंगे ब्लैकबोर्ड पर एक सुबह सबसे ऊपर चाक से लिखा दिखा— 'जय श्री राम'।

दिन भर की पढ़ाई के दौरान ब्लैकबोर्ड पर नीचे चाक की दूसरी लिखाई आती-मिटती रही, 'जय श्री राम' वैसे ही ऊपर बना रहा, दूसरे दिन सवेरे अलबत्ता वह नदारत था। तीसरे दिन 'जय श्री राम' ऊपर फिर लिखा आया, चौथे दिन उसी तरह से फिर गायब। यह सिलसिला भी चलता दिखा कि कोई टीचर जो ब्लैकबोर्ड का इस्तेमाल करती/करता था वह 'जय श्री राम' को नहीं छेड़ता था, उस तरफ़ नज़र ही नहीं डालती/डालता था, ऐसा दिखाती/दिखाता था कि 'जय श्री राम' के नीचे जो स्पेस था, उसके लिए वह काफी था। टीचर का डस्टर पिछले क्लास की लिखाई तो पोंछ देता था, ऊपर 'जय श्री राम' तक नहीं उठता था।

एक दिन 'जय श्री राम' मिटा मिलता, दूसरे दिन फिर प्रकट हो जाता... माने वे दो थे। एक स्कूल के बन्द होने पर गुपचुप मिटा देता, दूसरा उसी तरह फिर लिख देता था।

अख़बार में सवाल उठाये गये थे कि अगले क्लास के टीचर का डस्टर बोर्ड का इस्तेमाल करते वक्त पिछली लिखाई मिटाते समय 'जय श्री राम' पर उसी तटस्थ भाव से क्यों नहीं चलता, स्कूल का मैनेजमेंट मामले की छानबीन कर दोषियों को क्यों नहीं पकड़ता... स्कूल में धार्मिक द्वेषभाव, धार्मिकता क्यों पनपने दी जा रही है...

दोनों ही घटनाएँ अख़बारों में दो-तीन दिनों में ही आयी-गयी हो गयी थीं, लेकिन जनार्दन बाबू के दिलोदिमाग पर वे छाई रहीं, दिन में कई-कई बार याद आतीं और कभी-कभी एक और पक्ष खोलती हुई एक तीसरी घटना उनके सामने लहराने लगती, जिसे उनकी एक परिचिता महिला टीचर ने अपने स्कूल की उन्हें कुछ दिनों पहले सुनाई थी—

"एक हिन्दू लड़का... पढ़ने में बहुत तेज, अन्तर्विद्यालयीन प्रतियोगिताओं में अपने स्कूल के लिए ट्रौफी जीतने वाला... बहुत ही सभ्य सरल और नम्र। उसे क्लास का एक मुसलमान लड़का परेशान करता था। स्कूल में मुसलमान लड़के कम थे, उस क्लास में एक वही, लेकिन आफिस स्टाफ़ में मुसलमान कई थे। वे नमाज के वक्त नमाज के लिए स्कूल में ही एक जगह इकट्ठा होते जिसमें स्कूल के मुसलमान विद्यार्थी भी जो जाना चाहें जा सकते थे। वह मुसलमान लड़का नमाज में नियमित जाता, शुक्रवार के रोज तो स्कूल के दूसरे कर्मचारियों की तरह काफी-काफी देर तक गायब रहता, एक-दो, कभी-कभी तो तीन क्लास तक बंक करता लेकिन कोई उसे जैसे कि स्कूल के कर्मचारियों को कुछ नहीं बोलता था कि वे आफिस टाइम में आफिस काम छोड़कर अपनी सीट से क्यों उठ जाते हैं, भले नमाज के नाम पर। मुस्लिम लड़का अलग-अलग तरीकों से उस हिन्दू लड़के को छेड़ता था— 'तुझे मुसलमान बनाकर ही रहूँगा, तू मेरी माशूक है।' हिन्दू लड़का सहनशील था... सहता चला जाता। एक दिन मुस्लिम लड़के ने टायलेट में हिन्दू लड़के का निकर खींच उसे नंगा करने की कोशिश की तो उसकी सहनशीलता जवाब दे गयी। उसने मुस्लिम लड़के को खरी-खोटी सुनाई और अपने दोस्तों को भी उसकी हरकत बता दी, जिस पर क्लास के हिन्दू लड़कों ने मुस्लिम लड़के की धुनाई कर दी। मुस्लिम लड़का रोते-रोते प्रिंसिपल के पास पहुँच गया... पीटने वाले हिन्दू लड़कों की पेशी हुई जिन्होंने निकर खींचने की बात का खुलासा किया। हिन्दू

लड़के को बुलाया गया जिसने प्रिंसिपल के सामने साफ-साफ कहा कि हाँ मुस्लिम लड़के ने वह गन्दी हरकत की थी। मुस्लिम लड़का पलट गया, बोला कि क्लास में एक वही मुसलमान है... इसलिए हिन्दू लड़के उसे तरह-तरह से परेशान करते हैं। उसे पीटने के लिए यह कहानी गढ़ी गई है और ऐसे हिन्दू लड़के का आगे किया गया जिस पर प्रिंसिपल मैडम यकीन करें ही...

जब प्रिंसिपल के कमरे में पेशी चल रही थी, उनके दफ़्तर के मुस्लिम कर्मचारी भी पहुँच गये। उन्होंने तस्दीक की कि मुस्लिम लड़का अच्छे खानदान का, बहुत ही नेक, नम्र और अच्छे चरित्र का है। हिन्दू लड़के को... जिसका निकर खींचा गया था, उसे दस दिनों के लिए स्कूल से रस्टीकेट कर दिया गया।

प्रिंसिपल हिन्दू थी, हिन्दू लड़के की प्रतिभा से वाक़िफ थी लेकिन वह नहीं चाहती थी कि उस पर या कि स्कूल पर ही कोई धब्बा लगे कि वहाँ हिन्दुओं से पक्षपात और मुसलमान बच्चों को प्रताड़ित किया जाता है।

जनार्दन बाबू की परिचिता ने यह भी बताया कि रस्टीकेट किये जाने से हिन्दू लड़का इस कदर आहत हुआ कि पढ़ाई का उसका स्तर गिरता चला गया, इम्तहान में जिसके अंक 80 प्रतिशत से ऊपर ही रहते थे, वे लुढ़क कर 50 प्रतिशत पर आ गये। लड़का सूखकर काँटा हो गया।

जनार्दन बाबू को तीनों घटनाएँ जुड़ी हुई लगती हैं। पहली घटना में हिन्दू टीचर के दिमाग में वैसी सजा देने का ख्याल आया ही कैसे... टीचर के लिए लड़कों को पीटना प्रतिबंधित है तो क्लास के लड़कों से पिटवाना... और जोर से कहकर बार-बार पिटवाना... ऐसी क्रूरता। दूसरी घटना में नये रोज जैसे ही जो भी पहला टीचर ब्लैकबोर्ड का इस्तेमाल करने चलता, उसका डस्टर मशीनी ढंग से ऊपर से नीचे तक सब साफ क्यों नहीं करता गया... जैसा कि तब होता था जब जनार्दन बाबू स्कूल में पढ़ते थे, अध्यापक ब्लैकबोर्ड में पिछला क्या लिखा है... उसकी तरफ़ देखता भी नहीं था, और बोर्ड की सारी लिखाई पोंछ डालता था। तीसरी— सुनी हुई घटना— प्रिंसिपल ने हिन्दू और मुस्लिम लड़के का रिकॉर्ड देखकर स्वतंत्र फैसला क्यों नहीं किया— स्कूल में नमाज.. नमाज में विद्यार्थी का भी जाना... स्कूल न हुआ मस्जिद हो गया! तुष्टिकरण के रास्ते चलकर एक मेधावी लड़के को दंड दिया, उसे रस्टीकेट कर दिया, जिससे उसका जीवन ही गलत दिशा में चला गया...

घटनाएँ अलग-अलग जगहों की, लेकिन करीब-करीब एक ही समय की... जनार्दन बाबू तक वे साथ-साथ आती हैं। विद्यालयों, विद्यार्थियों में जहर उतारा जा

रहा है। शिक्षक भयभीत हैं। मुस्लिम समाज भी कम जिम्मेदार नहीं जो अपने बच्चों को नमाजी बनाने में ज़्यादा यकीन रखता है, बनिस्बत इसके कि वे स्कूल के रास्ते खुले समाज में उतरें, अच्छी आधुनिक शिक्षा हासिल करें जो आगे चलकर उनका जीवन स्तर ऊँचा उठाने में मदद करे। मुस्लिम समाज ऐसा है ही या हालिया हिन्दू कट्टरवाद की प्रतिक्रिया में ऐसा हो गया है...

विभाजन की विभीषिका इन बच्चों ने, उनके अधिकांश शिक्षकों ने भी नहीं देखी, जनार्दन बाबू ने देखी है। उसे फिर से लाने की तैयारी है क्या...

जनार्दन बाबू के रोंगटे खड़े हो जाते हैं।

22

जनार्दन बाबू प्रैस कान्फ्रैन्स कर रहे हैं, उन्होंने ही बुलायी है।

शुरूआती बयान में पहले उन्होंने अपने रिटायरमैंट की बात की। अपनी पार्टी की इसके लिए तारीफ़ की कि 75 और उसके ऊपर की उम्र वाले वरिष्ठ नेताओं को चुनाव लड़ने और सरकारी पदों पर होने से मुक्त रखा। सभी पार्टियों को यह अपनाना चाहिए। सब जगह रिटायरमैंट है तो राजनीति में भी क्यों नहीं? 75 पार के ऐसे राजनेता जिन्हें अपनी पार्टी की विचारधारा में अब भी विश्वास है, वे अपनी पार्टी के थिंक-टैंक बनें। अगर उनकी पार्टी उनका उपयोग उस रूप में नहीं करती तो भी वे घरों में हिचकते हुए न बैठे रहें, देश और अपने समाज का सोचें, और समय-समय पर खुले में आकर अपनी बात रखें। जनार्दन बाबू अपने स्तर पर इसकी छोटी-मोटी शुरूआत कर रहे हैं...

फिलवक्त दो-तीन ख़ास बातें कहने के लिए उन्होंने यह प्रैस कान्फ्रैन्स बुलाई है। पहली बात— देश में हिन्दू-मुस्लिम सम्बन्धित मसला पुराना है, गाँधी जी उससे आजीवन जूझते रहे। विभाजन... उसमें हुआ खूनखराबा... कितनों की बलि चढ़ गयी। आत्मालोचन शुरू हुआ और स्वतंत्रता प्राप्ति के कई वर्षों बाद लगा कि हिन्दू-मुसलमानों की साथ रहने की उनकी जो पुरानी लय थी... वह हम वापस पा रहे हैं, विभाजन की विभीषिका को पीछे छोड़ आये हैं कि... समय के साथ जो स्वाभाविक मिश्रण समाज में हो रहा था, उसमें व्यवधान डालना शुरू हो गया दीखता है... वह जो कभी अंग्रेज़ करते थे, आज हमारे कुछ अति उत्साही व्यक्ति, संगठन करने लगे हैं। कट्टरता अगर राजनीति से जुड़े लोगों में आती है, दिखाई देती है तो समाज में सोयी पड़ी कट्टरता को बल मिलता है.. आपकी तरफ़ वाली को और फिर प्रतिक्रिया में विरोधी विचारधारा वाली को भी। स्थानीय दंगे, गाय और गोमांस जैसे बहानों की आड़ में 'मौबलिंचिंग' जैसी घटनाएँ होती हैं। जहर स्कूल के बच्चों में भी उतारा जा रहा है। हमारे बच्चों में भी अगर यह घर कर गया

तो आगे क्या रूप लेगा, इसका अनुमान लगाया जा सकता है। ऐसे में हर पार्टी के शीर्ष नेताओं का... सत्तासीन पार्टी के नेताओं का ख़ासकर— उनका कर्त्तव्य है कि जहाँ भी इससे सम्बन्धित कुरूपताएँ दिखाई दें, उनसे सख्ती से निपटें, अति उत्साही लोगों और संगठनों पर लगाम लगायें, सरकारें— केन्द्रीय या प्रान्तीय— बिना भेदभाव के दोषी व्यक्तियों को दंड दे, किसी को सुरक्षा की छाया न दे जिससे कि यह साफ-साफ संदेश जाये कि देश इस प्रवृत्ति के खिलाफ़ है। सामाजिक सामंस्य बनाये रखना हर पार्टी, हर सरकार, हर व्यक्ति का कर्त्तव्य है— यह विचार सर्वमान्य रूप से हमारी फिजां में घुल-मिल जाना चाहिए।

दूसरी बात— देश में डर का वातावरण फैल रहा है... जबकि स्वतंत्रता संग्राम के पीछे हमारा यह लक्ष्य था कि देश में साधारण जन भी भय-मुक्त हो। जनता जब यह देखती है कि जिसने भी सरकार के खिलाफ़ आवाज़ उठायी, उसके खिलाफ़ इस या उस कानून के अन्तर्गत कार्यवाही शुरू हो गयी... तो डर का वातावरण बनता है। अधिकतर कार्यवाहियाँ किसी स्पष्ट नतीजों तक नहीं पहुँचती... माने सिर्फ़ डराने-धमकाने के ख्याल से यह किया जा रहा है। विदेशी हुकूमत की जगह अगर देशी हुकूमत से डर हुआ तो हम कहाँ के स्वतंत्र हुए। सरकारी एजैन्सियाँ स्वतंत्र हैं... यह सिर्फ़ भाषण/वक्तव्य से नहीं, सरकारों के व्यवहार में भी दिखाई दे। एजैन्सियाँ तटस्थ, निष्पक्ष होकर अपना काम करें, जैसा कि काननून उनसे अपेक्षा है। वहीं कार्यवाही करें जहाँ सचमुच कोई केस बनना हो और उसे ठोस नतीज़ों तक पहुँचाएँ... और इस प्रवृत्ति को तो कतई बढ़ावा नहीं मिलना चाहिए कि अफसरान मौजूदा नेतृत्व को खुश करने के ख्याल से जहाँ कोई मटीरियल नहीं है, वहाँ भी कार्यवाही शुरू कर देते हैं।

तीसरी बात— आज टेलीविज़न के करीब-करीब सभी चैनल्स सरकार और उसकी पार्टी का गुणगान या तरफ़दारी करते दिखाई देते हैं। बिल्कुल हो सकता है कि यह चापलूसों का अपना खेल हो... उस जमात का जो हर देश में, हर समय मौजूद रहती है, हर नयी सरकार के साथ हो जाती है। यह भी हो सकता है कि इन चैनल्स को कुछ अमीरों ने खरीद लिया हो जिन्हें फिर सरकार अपनी नीतियों द्वारा फायदा पहुँचाने वाली हो या जिन्हें इसकी उम्मीद हो। जो हो, मीडिया अगर अपनी नैतिकता नहीं समझता तो शीर्ष नेताओं को इस प्रवृत्ति को रोकना चाहिए, कम से कम 'प्रमोट' तो नहीं ही करना चाहिए। मीडिया स्वतंत्र, निष्पक्ष रहे, चापलूसों की मंडली न हो जाये, यह उन सब लोगों की जिम्मेदारी है जो तात्कालिक फायदों के ऊपर उठकर देश, समाज का सोचते हैं, जिनकी प्रजातंत्र

में आस्था है, क्योंकि निष्पक्ष और स्वतंत्र मीडिया प्रजातंत्र का एक महत्त्वपूर्ण आधार-स्तम्भ है।

खलबली मच गयी... सरकार की पार्टी के एक वरिष्ठ नेता— जनार्दन बाबू यह कह रहे हैं। पार्टी के एक पिछलग्गू ने पीछे से चिल्लाकर कहा कि जनार्दन बाबू अपनी भंड़ास निकाल रहे हैं, मौजूदा सरकार से उनहें कुछ नहीं मिला... इसलिए। जनार्दन बाबू ने उस व्यक्तिगत आक्षेप को शान्ति से लिया... कहा कि उन्होंने शुरू में ही साफ कर दिया है कि वे नेताओं के रिटारयरमैंट वाले विचार के पक्षधर हैं, सभी पार्टियों को यह अपनाना चाहिए, लेकिन रिटायर्ड नेताओं को भी समय-समय पर अपनी पार्टी में और ज़रूरी हो तो अपनी पार्टी के बाहर आकर देश-हित में बोलना चाहिए...

जनार्दन बाबू के वक्तव्य के बाद उनके साथ कुछ सवाल-जवाब हुए।

सवाल : राजनीति में इतना सक्रिय जीवन जीने के बाद क्या आप राजनीति से संन्यास ले रहे हैं ?

जवाब : चुनाव या सत्ता राजनीति से संन्यास है, सार्वजनिक जीवन से नहीं। समय-समय पर इस तरह अपनी बात जनता तक पहुँचाता चलूँगा... वह मानी जाती है या नहीं, मानी जाती है तो किस हद तक, यह मेरी चिन्ता नहीं है। उसकी आलोचना होती है— तो यह अच्छा ही है। उससे नये विचार जन्म लेंगे। मैं चाहता हूँ कि विभिन्न पार्टियों के अवकाश प्राप्त वरिष्ठ नेताओं का एक संयुक्त फोरम बने। मैं सभी पार्टियों के सामने ऐसा फोरम बनाने का प्रस्ताव रखता हूँ, जो समय-समय पर सरकारों/राजनैतिक पार्टियों के सामने अपने विचार रखेगा।

सवाल : अगर मीडिया ने ही आपके फोरम की बातें को ब्लौक कर दिया तो? आपका फोरम जो सोचता है, उसे सुनने ही कोई नहीं आया सरकार के डर से... तो?

जवाब : ऐसा नहीं होगा। अभी भी विपक्ष के नेता बोलते ही हैं। उनकी बातों को गम्भीरता से नहीं लिया जाता, क्योंकि सबको मालूम है कि वे अपने राजनैतिक लाभ के लिए बोल रहे हैं। कई पार्टियों को मिलाकर भी जो सरकारें बनती हैं, वहाँ भी अपने-अपने राजनैतिक स्वार्थों की खींचातानी होती है। फोरम की बात को सुना जायेगा, उसका असर होगा क्योंकि वह देश के ऐसे वरिष्ठ नेताओं का फोरम होगा जिनका अपना कोई निजी— राजनैतिक या दूसरा कोई स्वार्थ या एजेन्डा नहीं है। हाँ, यह हो सकता है कि हमारी बातें इस कान से सुनी और उस कान से उड़ा दी जायें... तो हम बार-बार कहेंगे, जगह-जगह कहेंगे। राजनीति में नैतिकता की एक बयार बहायेंगे। हम कहते रहेंगे, हाँ कहने के लिए ही कहना है— इस प्रवृत्ति

से व्यर्थ की बातें नहीं उठायेंगे। ज़रूरी हुआ तो आगे चलकर हर प्रान्त में फोरम की शाखाएँ हो सकती हैं। दूसरी पार्टियों के नेताओं से बात करने के बाद मेरी इस कल्पना का खाका उभरेगा।

सवाल : फोरम में ग़लत लोग भी तो हो सकते हैं ?

जवाब : ऐसी प्रक्रिया बनायी जा सकती है कि इससे बचा जा सके... जैसे कि फोरम के नये सदस्य मौजूदा फोरम द्वारा ही चुने जायें... उसमें सत्ता/राजनीति से अवकाश प्राप्त नेता ही हों... वे जिन पर जनता का विश्वास हो। ये डिटेल्स की बातें हैं, हो जायेंगी।

सवाल : आप चिल्लाते रहेंगे, सत्तासीन लोग आपको सुनेंगे ही नहीं ?

जवाब : अपने देश में साधुओं/फकीरों को अब भी ज़्यादा सम्मान दिया जाता है। गाँधी को क्यों लोग ज़्यादा सुनते थे, उनके पीछे चलते थे... क्योंकि उन्हें कुछ चाहिए नहीं था। हम गाँधी तो नहीं हो सकते, लेकिन उनके कई क्लोन्स मिलकर एक गाँधी बन सकता है। गाँधी जो अंतिम दिनों में कहते थे कि कांग्रेस को अब स्वयं को समाप्त कर लेना चाहिए, उसके पीछे आशय यही था कि पार्टी-पार चिन्तन और कर्म का भी एक क्षेत्र हो। हमारा फोरम उस क्षेत्र में उतरेगा। फोरम के नेताओं के पृथक्-पृथक् विचार हो सकते हैं, अपनी पार्टी के लिए उनकी जो आस्था है, वे उससे भी जुड़े रह सकते हैं... लेकिन फोरम की तरफ़ से सभी विचार— देश-समाज का हित, उसका भविष्य... इस व्यापक फिल्टर से छनकर ही निकलेंगे। यह फोरम एक तरह से संसद की आत्मा होगा... उसके विचारों का प्रभाव जनमत पर पड़ेगा जो चुनाव के वक्त तो अपना असर ज़रूर दिखायेगा... जिससे फिर सत्ता की राजनीति खेलने वाले भी डरेंगे। यह फोरम एक तरह से राष्ट्रीय आत्मिक बल का साकार रूप होगा।

जनार्दन बाबू ने अन्त में कहा कि वे सभी राजनैतिक पार्टियों के नेताओं का ऐसा फोरम खड़ा करने की कोशिश करेंगे। फिलहाल वे भविष्य के लिए हमारी क्या चिन्ताएँ हों... इस पर एक किताब लिख रहे हैं। उन विषयों को यहाँ नहीं उठाया, क्योंकि वे गहन चिन्तन की माँग करते हैं। किताब सामने आने पर उसमें उठायी गयी बातों पर विचार होगा। वे कोई बड़े विचारक नहीं हैं, देश में एक से एक है... लेकिन चूँकि उनका राजनीति में लम्बा अनुभव रहा है, इसलिए शायद उनकी कुछ बातें विचारणीय हों और वे सुधी विचारकों के चिन्तन का आधार बन सकें। इस कान्फ्रैन्स में उन्होंने वे ही बातें उठायी हैं जो तात्कालिक हैं, तत्काल कार्यवाही की माँग करती हैं...

कान्फ्रैन्स थोड़ी गरमागरमी के बावजूद अच्छी गयी, क्योंकि जनार्दन बाबू ने उन बातों को उठाया था जो बहुतों के मन में थीं, पर जिन्हें बाहर कहने में लोग हिचकते थे। उनकी बातों का वज़न महसूस किया गया क्योंकि एक तरह से अपनी आलोचना थी वह। जनार्दन बाबू में आत्मविश्वास था, क्योंकि वे वरिष्ठ नेता थे... और उन्हें अब सरकार से कुछ लेना नहीं था। ले-दे कर एक मकान था जो सरकार ने दे दिया, उन्होंने नहीं माँगा था। सरकार जब चाहे, ले ले। वे अपने छोटे मकान में चले जायेंगे, साधारण आदमी की अपनी ज़िन्दगी जियेंगे। अगर हमें कुछ चाहिए ही न हो तो भीतर कितनी हिम्मत आ जाती है।

चाय के दौरान जनार्दन बाबू लोगों में घुलते-मिलते रहे... जैसा वे तब भी करते थे जब मंत्री थे... लेकिन तब एक कैद थी— अपनी सरकार, अपनी पार्टी की तरफ़ ही बोलना। आज वे दोनों की आलोचना कर सकते हैं। तब सुरक्षा के घेरे में रहना होता था, आज वे एक साधारण आदमी की तरह लोगों के बीच, उनके कन्धे से कन्धे रगड़ते हुए मिल रहे थे। तब मंच और जनता के बीच वाली दूरी होती थी, आज वे मंच पर भी हो सकते हैं— जैसे थोड़ी देर पहले थे... और भीड़ में भी, जैसे कि अब थे।

वे दोनों थे... साधारण आदमी, विशिष्ट भी।

•••